To Dana Perino
With best wishes, *[signatures: George Bush, Laura Bush]*

凡事
多往好处想

And the
Good News Is

〔美〕　达娜·佩里诺　著
（Dana Perino）

欧阳瑾　译

江西人民出版社
Jiangxi People's Publishing House
全国百佳出版社

图书在版编目（CIP）数据

凡事多往好处想 /（美）达娜·佩里诺（Dana Perino）著；
欧阳瑾译. — 南昌：江西人民出版社，2016.9

ISBN 978-7-210-08766-3

Ⅰ.①凡… Ⅱ.①达… ②欧… Ⅲ.①回忆录—美国—现代

Ⅳ.①I712.55

中国版本图书馆CIP数据核字（2016）第214110号

著作权登记图字：14-2016-0266

凡事多往好处想

（美）达娜·佩里诺 / 著

欧阳瑾 / 译

责任编辑 / 陈诗懿

出版发行 / 江西人民出版社

印刷 / 北京京都六环印刷厂

版次 / 2016年12月第1版

2016年12月第1次印刷

开本 / 166毫米×235毫米　1/16　17印张

字数 / 217.6千

书号 / ISBN 978-7-210-08766-3

定价 / 36.80元

赣版权登字-01-2016-541

版权所有　侵权必究

谨以本书，献给

我在布什政府里的所有同人

目 录

CONTENTS

巴格达受辱[1]

我很清楚，白宫新闻发言人的工作会非常忙碌，要求也很高，不过，我却从来没有料想过，自己竟然会受到人身伤害。本来我已经差不多安然无恙地度过了在这一职务上的任期，可就在布什总统即将卸任的六个星期之前，一次前往巴格达的绝密出访，彻底改变了这一切。

当时正值2008年12月，白宫派出了一个规模不大的工作组，秘密前往伊拉克和阿富汗。这将是总统先生最后一次乘坐"空军一号"[2]出国访问了，由于新闻媒体早已在到处打探消息，因此我们不得不格外小心，才能不致泄密。负责报道总统动态的记者们都在猜想，总统可能会希望最后再去视察一次军队。他们非常清楚总统的行事风格。

一路上都是我在管理新闻事务，因此我便与手下负责国家安全事务的副新闻发言人戈登·约翰德罗一起来应对这一难题。幸好，戈登长着一副一本正经的面孔。我们在对周末有什么安排的问题上，向同事们撒善意的谎，

---

[1] 受辱（black eye），这里是双关。一方面，指后文所述作者在新闻发布会上被麦克风支架击中眼部，使得眼圈发青的情况；另一方面，也指作者心理上受到了伤害。

[2] 空军一号（Air Force One），美国总统所乘坐的专机。

可是一件非常尴尬的事情。因此，我们只能在偷偷溜出去"喝杯咖啡"的时候商量，才能确保不会被人无意中听到。虽说我并不喜欢在手下面前保留秘密，但我理解必须保密的原因。

我们召集了一群记者、摄影师和一个摄制组，组成了白宫的联合记者团。只有每个单位的主编和随行记者可以得知这次出访的情况。同样，所有记者都只能将自己的行程告诉一位家人（并且这位家人也应当发誓保密）。只要有一个人泄密，这次出访就会被取消。

我必须也遵守同样的规定，只有我的丈夫彼得可以知道我要去哪儿。他很担心，但并不是担心飞行安全，因为世界上还没有哪架飞机会比"空军一号"更安全，他担心的是地面上可能会出现的敌对行动。他很清楚，一旦我们着陆，敌人就会想方设法来破坏我们的计划，甚至有可能伤害到总统本人。而且，我们还面临着另外一个问题。那个周末，彼得要到位于马里兰州安纳波利斯市的美国海军军官学院去参加一个婚礼，当朋友的男傧相。他必须替我捏造一个借口才行。最后，他向朋友道歉说，我没有同去参加婚礼是因为我必须加班。虽说这是实情，但因为这个而不去参加朋友的婚礼，还真是说不过去呢！

12月13日，待华盛顿的太阳落山之后，一些没有任何标志的车辆便接我们这群陪同总统出访的人员，从各自的家中出发，驶往安德鲁斯空军基地。在那里集合后，我们便等着总统和国家安全事务助理斯蒂芬·哈德利从戴维营飞过来。那天，总统头戴一顶标有数字"43"的黑色棒球帽，身穿一件棕色的厚布夹克衫。他在飞机舷梯边停了下来，一边微笑，一边说道："都准备好了？我们走吧！"

登上飞机，我便径直走到位于机头附近的会议室，放下了自己的提包。会议室里放着一张巨大的椭圆形桌子，四周摆满了大转椅，墙上还有一块显示屏，用于召开安全电话会议或者看电视。绝大部分高级行政人员都喜欢坐在那里工作、聊天，有时还会打牌。沿着房间一侧，在那块显示屏下，有一张舒适的、半圆形的沙发。由于飞机上没有能让所有人都躺下来休息的床铺，所以我预先把这张沙发留给了自己。我是所有职员中个子最矮的，躺在沙发上会很舒服。我们安顿下来之后，便开始了这次长达十三个小时的空中旅程。

在抵达伊拉克的两个小时之前，我们便纷纷起床，轮流到那间不大的盥洗室里去洗漱，然后各就各位。我相当擅长在只比电话亭稍大一点点的盥洗室里换衣服。十分钟内，我就洗漱完毕，并且稍稍化了点儿妆，梳好了头发。

出于安全考虑，"空军一号"的驾驶员马克·提尔曼上校驾机在受保护空域里做小半径盘旋，然后迅速下降。总统在窗里注视着。几分钟后，飞机便轻轻降落到了跑道上。我们的第一站——巴格达。

当天，布什总统和努里·马利基总理进行了会晤，讨论了从部队训练到反对派再到经济改革等方方面面的问题。议程中最重要的一个问题，便是布什总统想方设法要与伊拉克敲定的《驻军地位协议》。可惜的是，马利基没有认可这一协定，但双方还是一致同意，继续就这一问题进行协商。接下来，我们便前往另一地点，去参加新闻发布会。车队一路颠簸，但除了摇晃得厉害，我们还是安全地到达了那里。

我走在两位领导人的前面，从后门走了进去。这是一个具有历史意义的时刻，因为这是布什总统与伊拉克总理的最后一次共同亮相。房间里到处是安保人员，还有二十几位记者，包括我方的联合记者团。我们在房间里的一边坐了下来。我的左边是总统顾问埃德·吉莱斯皮，右边则是翻译台，连同一台固定在钢架上的悬挂式麦克风。那个房间相当小，摆满了各种各样的技术设备：相机、灯、电线……在人群里见缝插针地摆放着。

从坐在前面两排的那些伊拉克记者身上，我感受到了某种团结。我对埃德说，在他们长大的过程中，一直都以为自己永远不会有机会对本国的领导人发问，更别说对美国总统发问了。我在心里默默地给他们打气，可这种感觉并没有持续多久。

布什总统和马利基总理走上讲台，开始了他们的开场白。通过眼角的余光，我看到其中一位"记者"弯下腰去，脱下了自己的鞋子，然后又狠又快地朝布什总统的头扔去。布什总统躲闪了一下，鞋子撞到了墙上。"砰！"那个人马上又扔出了另一只鞋子。幸好，总统也躲过了，并且似乎既没有生气也没有害怕，而是觉得很困惑。他脸上的表情似乎在说："您怎么啦？"

然而，我却低声抽泣起来，并不是因为害怕。就在第二只鞋子扔过去的时候，总统身边的那名特勤人员扑过去保护他，撞翻了麦克风的钢架。那个钢架弹了出来，击中了我的上颧骨，就在右眼的下方。我没有看到钢架弹过来，因为当时我正看着另一个方向，正看着那两位领导人。我喊了一声，倒在了埃德的身上。疼痛如针扎一般袭来，我就像卡通人物那样，眼前直冒金星。

我心里还闪过一个念头：我们即将遭到炸弹袭击，而敌人扔鞋子不过是为了分散我们的注意力，以便进行更大、更致命的袭击。我朝房间后部看去，所有的摄像设备和空箱子都堆在那里，显然是一个藏炸弹的理想场所。我心想："我们完了。"

幸运的是，袭击者使用的武器只有鞋子。

埃德将我的头紧紧地抱在怀里，我的手则捂在眼睛上。我们都等待着从后门撤离的命令。就在我咬着脸颊里面的肉来减轻疼痛的时候，那个扔鞋子的人也在伊拉克安全部队的教训下，学到了一点点的礼貌知识。他们把那人摁倒在地，而袭击者发出的尖叫声比我的声音还要响。

在一片混乱当中，布什总统向安全人员确认他没有受伤，然后挥手让安全人员退回去。他对着自己的麦克风说道："请不要担心，没事儿了，请大家镇定下来。我们打算继续开完这场发布会。"他与那名特勤主管对视了一眼，然后点了点头：这就是他的最终决定。

另一方面，马利基总理却气得浑身发抖。他觉得非常尴尬，因为现场竟然存在着这样的安全漏洞，他的一位同胞竟然向他请来的客人扔了鞋子。马利基总理可能像我一样，以为这场新闻发布会可能得取消了。可是，布什总统却没打算被一个向他扔了两只鞋子的人赶出发布室去，因此他把马利基总理留在讲台上，然后继续请那位中途被打断的记者提问。那位记者本来有点儿慌乱，但他还是尽量以布什总统为榜样，继续像平常一样发问。

虽说脸上火辣辣地疼，但我一声也没吭。在意识到我们不会马上撤离之后，我就想找个机会出去。尽管我并不清楚那个麦克风钢架让我的脸受了什么样的伤，但伤势肯定好不到哪里去。我知道白宫的医疗组就在附近，而我也必须让他们看一看才行。一位美国海军陆战队队员来帮我了。他看到我被麦克风钢架击中，便伸出手把我拉起来，领着我穿过一把把椅子朝门口走去。

可我仍然没法走出发布室。伊拉克安全部队已经关闭了出口，不让任何人走出房间。他们接到了命令，要保护好犯罪现场。我把捂在眼睛上的手拿开，好让他们看出我急需帮助。我对他们说："我要看医生。"

那个挡住我去路的伊拉克安保人员脸上露出一抹微笑，拍了拍自己的胸膛说："哦！我就是医生！"他想要帮我检查伤口（他是伊拉克国内众多的专业人士之一，这些专业人士本来都是工程师、医生、律师，只是在战争期间从事着薪水优厚的安保工作罢了）。虽说他是一片好意，但在那个狭小的房间里，我却开始惊慌起来，觉得像是患上了幽闭恐惧症似的，眼睛下方也一阵阵刺痛。

"嗯……还是让我的医生来吧？"我向他恳求道。那位海军陆战队队员把手搭在我的背上，以便保护我。

当时，白宫的总医务官理查德·塔布医生也正在找我。他已经从总统和特勤人员那里得知我受了伤，可不知道我的伤情如何。他迅速地给总统做了检查，然后总统命他来找我，因为总统听到我大叫了一声，却不知道我为什么大叫。在混乱之中，塔布医生看到了我，便叫一位特勤人员过来帮忙，领着我来到了大厅。

塔布医生迅速检查了一下，惊呼道："天哪！"然后给了我一个装满了冰块的塑料袋，让我把冰袋敷在伤处。虽说他认为我的脸部并没有骨折，但由于伤处肿得像鸟蛋那么大，因此他没法确定。我看到冰袋上面有个标签，写着"腹泻"二字。我便跟塔布医生开玩笑，说："您把冰块装进去之前，这个袋子里面究竟装的是什么呀？"我们都笑了起来，但笑的时候，我的伤处很疼。"哎哟"，我叫了一声，只好把冰袋重新敷在眼睛上。

我并没有休息多久。几分钟后，待心跳平缓下来，我突然记起，布什总统还要接受美国广播公司记者玛莎·拉达茨的采访。出于与总统希望继续召开新闻发布会相同的原因，也就是为了强调一切正常，所以尽管局面混乱，我还是希望这次采访能够按时进行。我认为，总统需要尽快公开露面，向国内民众表明他身体健康、心态平静，并没有因为被人扔了鞋子而受到干扰。

在向总统简要介绍情况之前，我还需要给他化妆，才能让他接受电视采访。在这种只带骨干人员的出访中，我还兼职担任化妆师。我随身带着一套化妆粉，总统虽然能够忍受这种化妆粉，但摄像机一关，他就会擦掉。我准备好化妆包，眼睛上仍然敷着那个冰袋，在一间客房里等着他。

新闻发布会结束后，总统匆匆走进这间客房来找我。他弯下身子，用一只胳膊拥抱着我，问道："怎么啦？我听到您大叫，可我还以为您只是因为那个家伙向我扔鞋子才那样呢。"我倾过身子靠着他，以便获得片刻的安慰，但我还是尽量让气氛轻松起来，便说道："您知道，我很爱戴您，总统先生，不过，我可是在西部地区长大的，这种事情算不了什么！"

接着，我让他坐下来，好给他的额头和鼻子扑上化妆粉，给他梳头发，并且向他提一些模拟性的、我觉得玛莎可能会提的问题。总统似乎已经胸有成竹，"我又不是第一次上场。"他打趣地说。自然，那次采访进行得非常顺利。

最后，我们跟伊方人员道别，在车队的护送下往"空军一号"而去。"那么说，一切都进行得非常顺利喽。"我对戈登说，然后，我们你看着我、我看着你，一边摇着头，一边神经质地笑了起来。我们做好了应对一切的准备，却唯独应付不了扔过来的鞋子。

"空军一号"给我们的感觉，就像是回到了家里，安全得很。护士又给我发了一些"艾德维尔"①，并且让我在飞往阿富汗喀布尔市这一路上，尽量继续对伤处进行冰敷。但是，医生和护士都没说我不能躺下来。

同事们都想在机上的会议室里工作，因此我便放弃了那张沙发，向职员舱走去。那儿有十把椅子，摆在一张桌子的两侧，一边五张，我们可以在那里吃饭或者工作。那些椅子每一把都很大，我完全可以蜷在上面。不过，因为他们已经熄了灯，所以我便拽过一张地垫和一条空调毯子，靠着墙躺了下来。只要再过几个小时，我们便可以抵达下一站了。

地上很冷，可我动也不想动。只要一动，我的头就疼，而眼睛下面的伤处仍在阵阵作痛，只是不像前一天晚上那样厉害罢了。机组人员开始供应早餐之后，我闻到了咖啡的味道，便起来了。我把地垫和毯子都放回储物柜，然后走进会议室里。我看不到自己的样子，可同事们的表情让我明白，自己的模样肯定非常糟糕。他们都吸了一口凉气，而总统的讲稿撰写人兼曲棍球运动员马克·蒂森还用手捂住了自己的嘴巴。"不会吧，您难道是侧脸躺着的？血全都瘀一边了！"我到隔壁的盥洗室里照了照镜子。我的眼眶乌青乌青的，整个右脸则肿得像外星人。

化妆是于事无补的。没有什么东西可以盖住瘀伤，而且就算轻轻一碰，我的脸颊也会火辣辣地疼。我在盥洗室内的小洗手池里用海绵蘸着水擦了擦，尽可能地让自己的样子看起来过得去。我把头发夹起来，换了一身较暖和的衣服。就在我们各就各位，准备降落时，总统过来看我，看到我脸的样子，他皱了皱眉头。他知道我的伤处一定很疼，而伤处看起来也糟糕得很。但我还是笑了笑，说道："总统先生，我很好，一点儿问题也没有，这里没什么可看的！"我想要显得坚强一点儿。

喀布尔非常寒冷。我们于当地时间下午4：30左右降落在巴格拉姆空军基地，寒风正猛，凛冽刺骨。可这并没有阻挡数百名士兵的热情，他们都在机场

_____

① 艾德维尔（Advil），美国目前最常用的一种解热镇痛类药品，属于布洛芬品牌。

集合，欢迎自己的总司令。看着那些士兵，我暂时忘记了眼睛下面的伤。在总统讲话的过程中，他们全都欢呼雀跃。其中还有许多士兵参加了当场举行的延长服役期限仪式，宣誓为祖国再服四年兵役。他们不论男女，都是那样出色。

但我们无法与他们久作交流。我们急匆匆地登上早已抵达基地的"海军一号"①，让总统坐飞机去与哈米德·卡尔扎伊总统会晤，要比由车队护送更加安全，也更加快捷。透过舷窗向外望去，我看到整个喀布尔市炊烟弥漫，好像还闻到了炊烟的味道，熏得我的鼻子和眼睛火辣辣的。一切都显得灰蒙蒙的，非常宁静。那种场景，就像是在观看一部黑白电影，因为那里几乎没有别的色彩。

飞行了一段时间之后，一座城堡突然映入了我们的眼帘："阿格尔宫"（就是土耳其语里的"城塞"）。这座城堡，是一位国王于1880年修建的，此后，阿富汗的统治者，不管是国王还是总统，都住在这里。城堡的砖块是灰色的，有些地方已经剥落。一条护城河则环绕在城堡四周（可惜的是，护城河里并没有龙）。城堡的外部看上去是中世纪的风格，就像你们在故事书里看到的那种城堡。不过，城堡内部却非常现代，里面既有铺着丝绸的沙发、枝形吊灯和历史文物，也有阿富汗一些著名画家的作品。

在城堡外面，我看到了迄今为止我所见过的个子最高的人，当时那人竟然是一个人在铺开红毯，并把红色的地毯挂到城墙上做装饰。出于安全考虑，我们只提前了几个小时把我们要来的消息通报给了阿方，因此这座宅邸还没来得及准备好接待美国总统。那个人长得有点儿像巨人安德烈②，后来我得知，他的确也像安德烈那样患有巨人症。他打小就在城堡里面工作。他的那身传统服装，要是穿到其他人身上，可能都会拖到地上，可他的个子实在

---

① 海军一号（Marine One），美国总统的专用直升机。

② 巨人安德烈（André the Giant，1946—1993），原名安德烈·勒内·罗西莫夫（André René Roussimoff），法国职业摔角选手和演员，因在电影《公主新娘》（The Princess Bride）中出演巨人菲兹克（Fezzik）一角而为人们所熟知。他患有肢端肥大症，因而体型巨大，曾被称为"世界第八大奇迹"。

太高，那身衣服竟然还不到他的膝盖。至于我，几乎还没到他的腰部！

　　布什总统要我与他一起，走上前去跟卡尔扎伊总统打招呼。我以前在白宫见过卡尔扎伊，尽管我知道必须提防这个人以及该国民众对他的腐败指控，但他本人还是很有魅力的。我想起了科林·鲍威尔[①]将军曾经跟我说过的一句话，他说这话时，我们正在华盛顿出席一场活动："要警惕那些英语说得非常流利的独裁者。"这则忠告非常中肯，令我终生难忘。

　　卡尔扎伊已经知道了布什总统出访伊拉克以及被人扔了鞋子的消息，但并不知道我受伤了。因此，看到我脸上的伤之后，他吃了一惊，然后握住我的双手，问他们能不能帮上我什么忙。

　　"别担心，总统先生，您应当看到我旁边这个伙计了吧！"我说。

　　卡尔扎伊把头往后一仰，大笑起来。布什总统则向我翻了个白眼儿，并拍了拍我的肩膀。

　　我们在阿格尔宫里待了几个小时，布什总统接见了一些军事将领、外交人员和部落首领。接见活动告一段落后，布什总统要求与卡尔扎伊私下会谈，我便去找我方的联合记者团。我正好碰到了自己最喜欢的三位摄影记者，我已经与他们合作多年了。这几位摄影记者对我说，出于对我的尊重，他们之间已经达成了协议，决不发表任何我受伤的照片。这是一番好意，也反映出我们办公室与白宫联合记者团之间保持着良好的关系（只有两位记者例外，但我不会说出他们的名字）。

　　当然，待我们回到华盛顿，走下"海军一号"时，等候在那里的记者们可没有达成什么协议，因此照相机的快门响个不停。到了那时，我那只青肿的眼睛看上去就像是在打架中所受的伤。在我走进白宫西楼之前，他们仔仔细细地看了个够。我手下的职员全都聚集在西楼的新闻办公室里，等着拥抱我，听我述说出访的所有情况。

---

　　① 科林·鲍威尔（Colin Powell, 1937—），美国当代著名的政治家和军人。他不但是美国第一位黑人上将、第一位黑人参谋长联席会议主席，也是第一位黑人国务卿。

在本届政府任期结束前的最后六个星期里，我的眼眶一直都青着，并且逐渐由青转紫、由紫转蓝，再由蓝转绿、由绿转黄。我的上颊骨疼了好几个月，天冷的时候尤其厉害。这种伤，需要很长时间才能痊愈。

其他的新闻发言人可比我勇敢多了，其中就包括詹姆斯·S.布雷迪[1]。1981年，在小约翰·欣克利试图刺杀罗纳德·里根总统的时候，布雷迪不幸被子弹击中，全身瘫痪了。如今，白宫的新闻发布室就是以布雷迪的名字命名的。布雷迪后来终生致力于公益事业，主要成就是提出对枪支实施管控的议案，到2014年8月才与世长辞。

他身上所受的伤才是实实在在，并且持久存在的。换句话来说，我完全没法与之相提并论，不过是在巴格达被打青眼睛罢了。迄今为止，我是唯一一位（希望也是最后一位）被总统发言时所用的麦克风钢架击中的新闻发言人。不过，从某种程度上来说，所有的新闻发言人有时都是免不了会有此种遭遇的，即替老板受辱。即便是在我担任新闻发言人这一职务期间最难熬的时候，我也觉得，在布什政府工作的这段经历，是我一生中最美的时光。

凡事多往好处想

本书讲述了我成为白宫新闻发言人这段看似不可能的经历，讲述了我在这一岗位上见证和了解到的一些事件以及这些经历如何最终让我回到了起初希望从事的职业领域，即当上一名政治、政策和文化电视评论员的过程。

我是美国历史上第一位也是唯一一位担任过这一职务的女性共和党人。而我在任职期间，也经历了恐怖威胁、两场战争、好几场激烈的国内政策论

---

[1] 詹姆斯·S.布雷迪（James S. Brady，1940—2014），美国政治家、白宫前新闻发言人和枪支管控提倡者。他在1981年的里根遇刺事件中被子弹击中头部，留下了终身残疾，后推动美国通过了管控枪支的《布雷迪法案》。如今，白宫的新闻发布厅也是以他的名字命名的，叫作"詹姆斯·布雷迪新闻发布室"。

争、大规模的枪击事件、最高法院法官提名、自然灾害及一场严重的经济危机等一系列事件。在这一职位上，我是代表整个美国和总统发言的。能够这样做，我感到很荣幸。

在那段时间里，我的目标就是代表美国和总统，带着荣誉感、优雅和尊严，举办好每一场新闻发布会。我在措辞选择和语气方面非常谨慎，倘若我觉得布什总统不喜欢我所说的某些东西或说话方式，我就不会那样干。在我看来，做好准备、坦率友好和亲切有礼，都是相当重要的。那个时候所说的东西，都属于公开的内容，可本书所述的，却都是我的想法、感受和所见之事。这些都是我个人的想法以及我如今依然记得的事情。

我之所以将本书定名为《凡事多往好处想》，是因为我一直都在这样说。我是一个乐天派，希望人们认识到，在美国，任何问题都没有看起来的那么糟糕，因为我们拥有解决问题的机会和能力（不过，我们可不是始终都有解决问题的意愿）。乐观，就是我应对困难的技巧。我心里想着的，就是"挺起胸膛，昂起头来，微笑——你能够处理好这个问题"，也正是这一点，帮助我处理了各种各样的难题。

我具有在任何情况下都能看到其积极一面的天性，这可能源自我的基因。我是在怀俄明州一个经营牧场的家庭里长大的，只能靠着某种"认为一切都会好起来"的信念，过着一种艰难而难以预料的生活。这种天性，让我很喜欢那些乐观的人。我记得小的时候曾经聆听过罗纳德·里根的演讲，他的话语让我觉得很安全。当他谈到自己在山坡上沐浴着阳光时，我很喜欢那种情景，因为它很适合我。他跻身于领导层的过程和他的整个人生，都深深地吸引了我。

多年以后，当我开始向总统进行简要汇报的时候，我的乐观心态也发挥了很大的作用。总统明白，有朝一日我们必然会果断地处理问题，因此他不那么喜欢听到情况有多糟糕的汇报，而是想听到我们打算如何去应对的汇报。在他手下工作多年之后，对于我来说，他已经不仅仅是我的上司，甚至也不仅仅是合众国的总统，而是变得像我的第二位父亲、一个朋友、一个知己那样了。

在本书中，我记录了自己最终来到了总统办公室的那段曲折经历。许多人都想当然地认为，我在成长的过程中一直都积极参与共和党的政治事务，并且我一定认识布什夫妇或者切尼①夫妇，才最终获得了新闻发言人这一职位。但是，直到"9·11恐怖袭击事件"之前，我从来没有见过他们当中的任何一位。我出生于怀俄明州，在科罗拉多州长大，本来打算进入电视新闻行业。然而，我的人生当中一直重复着同一个主题：偶然的机遇以及我对这种机遇来者不拒的心态，打乱了我将自己的人生规划得井井有条的秉性。之所以会在国会第一次当上新闻发言人，然后再回到华盛顿，并且最终在福克斯新闻频道当上《五人谈》节目的联合主持人，都是因为我在正确的时间出现在正确的地点，并且做好了准备，还乐意去冒险。在我做出一生中最重要的那个决定，即与航班上坐在我身旁的一个伙计交谈（后来他成了我的丈夫）时，用的也是同样的方法。

在这本《凡事多往好处想》中，有一章披露了布什政府任期内的一些事情，是你们从来都没有听说的。这些内容，都是我的亲身经历和目击实录以及我对这些事情的感受。比如说，在没有摄像机录像的场合下，总统是如何捍卫美国的；总统是如何与受伤的战士共度温情时光的；总统是怎样根据原则而非流行的观点来做出决策。我既详尽地记述了一些让我颜面扫地的事件，也描述了如今仍然让我发笑的一些其他事情。我还记得，总统曾经教导我不要把功劳都归于自己，以便让别的人也能够实现他们的目标。我还记得，在一名年轻女记者受到了不公正对待的时候，总统曾经与我"合谋"来打抱不平；我也记得，总统通过原谅一位前同事的背叛，帮助我克服了自己的怨恨之情。就在写下这些文字的时候，我仍然喜欢重温那一幕幕场景。

在本书中，我还记录了自己从布什夫妇身上学到的修养的重要性以及修养为何会在政治领域与流行文化中丧失的反思。如今，我们的演说已经变得

① 切尼（Cheney），指迪克·切尼（Dick Cheney，1941—），美国政治家，乔治·W.布什主政时期的副总统。

非常具有攻击性，变得非常堕落了，对此我感到忧心忡忡。然而，我并不认为修养已经消失殆尽了。我相信，让我们的公开辩论恢复到正常状态还是有办法的，因为修养和礼貌都是一个选择的问题。虽说我们并不是非得承认对方的意见，但我们必须对自己说出来的话负责。我们还必须认识到，那些持有不同意见的人并不是我们的敌人。在美国，我们享有表达自己观点的言论自由。而在这样做的时候，我们也应当深思熟虑。

除了这些章节，本书还是一个机会，可以让我与读者分享本人在职业生涯中始终利用得上的、关于工作和人生的最好建议。由于我从事的一直都是知名度很高的工作，因此经常有人问我，我会给年轻人提一些什么样的建议，以便让他们获得成功（许多年轻人肯定都希望，自己有朝一日也能当上白宫的新闻发言人）。特别是，我发现许多年轻人及其父母都渴望听到这种建议，并且在全国范围内他们的问题都是类似的：我是应该去读研究生呢，还是去上法学院？我要怎样做，才能从别人的助手变成一个管理人员呢？如果我的上司是个傻瓜，或者命我去做某件我认为不道德的事情，又该怎么办呢？您如何让工作和生活保持最完美的平衡呢？

在回答这些疑问的过程中，我碰到了一个问题，那就是我根本没有充足的时间，去一对一地解答每个人的疑问，可要是不回答这些疑问的话，我又会觉得非常内疚。我认为，凡是获得了某种成就的人，都有义务去帮助他人，让他人也同样有所成就。在一路成长的过程中，许多人都指导过我，而我也积累了很多可资借鉴的经验，因此本书可以帮助我解决前面所说的那种供需问题。在本书中，我尽可能多地列出了那些最好的建议，大家既可以将它们立即应用到工作中去，也可以把它们应用到整个职业生涯甚至整个人生中去。倘若我是一位母亲、一名教育工作者或者一位雇主，那么我会让自己的孩子、员工都来读一读这个部分，读一读这些可以伴随他们一生，并且会帮助他们获得更大成就、让他们更具创造力并获得更大满足感的建议。

我认为，保持乐观的态度以及对待他人时保持尊重、自尊和彬彬有礼，会让我们在职业和个人方面获得成功，这是一种百试百灵的方法。我也知道，自己这种A型性格①的人所制订的最佳计划，总是会被一些更好的东西破坏。这些更好的东西，就是我预先并未制订但还是决定接受，并且无论它们看上去有多么困难和疯狂也决心接受的计划。

我希望《凡事多往好处想》这本书的读者，能够得出这样一个结论：你们的出身并不重要。无论你们上的是不是一所常春藤盟校②，无论你们是在城市还是在农场里长大，你们最终都是可以到白宫的椭圆形办公室当总统顾问的。任何人都不应该这样想：只是因为自己没有上过哈佛大学，因此就不能通过努力成功地攀上顶峰。我希望，我的成长经历、我在白宫那些年里的工作经历以及成为电视节目主持人的经历，能够给人们带来启发。我这一路，并非全都是阳光灿烂、一帆风顺的，中间我也有过一些不好的和令人羞愧的经历，是它们让我变成了一个脚踏实地的人。不过，我也获得了周游世界的机会，获得了认识到自己成长在一个爱我的美国家庭里是多么幸运的机会。而且，我还很自豪，因为我是"美国之狗"贾斯珀的母亲，在本书第四章，大家就会了解这只小狗的情况。

因此，就让我们开始听一听好消息吧……

---

① A型性格（type A personality），由美国著名心理学家弗雷德曼等人研究得出的一个心理学术语。他们把一般人的性格分为两大类型，即A型和B型。A型性格的人具有个性急躁、求成心切、善于进取、争强好胜等特点。A型性格（或称A型行为模式）的提出，是心理学对于身心疾病研究的一大贡献。

② 常春藤盟校（Ivy League），本指由美国东北部地区的哈佛、耶鲁等八所大学组成的体育赛事联盟。由于它们全部是美国的一流名校，也是美国产生最多"罗德奖学金"得主的高校联盟，所以后来成了一流名校的代名词。

第一章

天地辽阔

　　"对不起，夫人，"那位特勤人员在我的耳边低声说道，"总统希望十分钟后在'海军一号'上见您。"那一万五千名集会者当中，并没有别人听得见他说的话。此时，我们正在弗吉尼亚州的诺福克市参加美国军舰"乔治·H.W.布什"号的试水典礼。这是美国海军最新入列的一艘航空母舰。我没有料到总统会在此时召唤我，我本以为我们还有时间聆听政要们的演讲。当时，我正在努力地铭记这个时刻。虽说一月的空气料峭而干冷，可那天艳阳高照，所以我们才能来到户外，庆祝乔治·H.W.布什总统一生取得的伟大成就。这位乔治·H.W.布什，就是我为之效力的现任总统乔治·W.布什的父亲。我陷入了怀旧和伤感的情绪之中，因为这将是乔治·W.布什总统卸任之前，我们最后参加的盛大活动之一了。可那名特勤人员的话，却将我的思绪拉了回来。

　　我不想那么快地做出反应，以免引起别人的怀疑，尤其是不想引起媒体的怀疑，因此并没有迅速向出口走去。我朝那名特勤人员点了点头，面带微笑，尽量装出一副毫不在意的样子。幸好那天我戴了一副宽大的太阳镜，因为我当时其实非常担心。我国的情报部门已经侦听到了恐怖分子的交谈，得知敌人准备在贝拉克·奥巴马总统宣誓就职之前的大型活动上搞破坏。还有哪个地方，会比重要领袖、政府官员以及两位布什总统的亲友群集的这里更好下手呢？我们必须保持怀疑一切的态度才行。

尽管如此，表面上我还是显得不慌不忙。我大约等了三十秒，才悄悄地走进船舱里面，跟着那名特勤人员，穿过一个四周都是钢铁的走廊，来到一道我原来没有看到的门外。我努力以正常的步伐走过去。虽然我的两条腿很短，可我一向都走得很快。因为小的时候我必须紧紧地跟着妈妈才行，否则就会落在妈妈后面。

"海军一号"已经准备起飞了。我到达时，国务卿康迪·赖斯①也到了。我们登上飞机，系好了安全带。几分钟后，布什总统也一阵慢跑，经过那几级舰梯，登上了直升机。"我们去瞧瞧海豹突击队吧。"他说道，然后坐下来，系好了安全带。

此时我才明白，这并不是突发事件。总统先生只是想最后一次以总司令的身份，再去看一看自己的手下。海豹突击队执行过许多艰巨的任务，总统对他们提出了那么多的要求，而海豹突击队的表现也大大超出了总统的期待。此时，没有几个人知道他正要去看望这支部队，媒体对此也一无所知。这将是他们的最后一次单独相聚了。

海豹突击队队员一个个都酷得很，全都挤在机库里，场面非常壮观。我们一行人从一扇侧门悄悄地走进机库，来到人群的后面，而总统已经做好了登台讲话的准备。当时，海豹突击队正在聆听副总统迪克·切尼的讲话。接下来，切尼却突如其来地向他们宣布，布什总统也要给他们讲话。总统跳上讲台，与副总统握了握手，然后扫视了一下全场。海豹突击队队员带着满腔的爱国热情和感激之情，大声欢呼起来。

总统向这些海豹突击队队员发表了讲话。他们都隶属于美国东海岸海豹突击队，其中包括"海军特种作战发展强化大队"（亦称海豹六队）。他们在"9·11恐怖袭击事件"之后完成了许多任务，总统向他们表示了感谢。他没有用稿子，完全是发自内心地进行即兴演讲。最后，他以"愿上帝保佑你们，愿上帝继续保佑美国"这一句话结束了演讲，海豹突击队队员们全都

---

① 康迪·赖斯（Condi Rice，1954—），美国前国务卿（第66任），全名康多莉扎·赖斯（Condoleezza Rice），"康迪"是"康多莉扎"的昵称。

欢呼起来。尽管总统一再要求他们停下来，但欢呼声还是经久不息。这道命令，他们大可不必去服从。总统的眼中闪烁着泪光，我也是。

演讲完，布什总统与在场的队员一一握手，并且摆好姿势与他们合影，这样，队员们就可以把照片寄给自己的家人和朋友了。那些年轻人全都蓄着长长的胡子，因此不难看出，他们即将被派遣到世界的哪个地区去（自然不会是印第安纳州）。此时他们是为了迎接总统而穿上了夹克、打上了领结，可不久之后，他们就会换上作战服。

与海豹突击队员们在一起，会让人自惭形秽。他们拥有无与伦比的胆量和勇气，我曾经想要做的任何事情，都是没法与之相比的。他们都极其无私、高尚、强大和英勇，使我觉得很有安全感。我喜欢看着他们与布什总统交谈。世界上没有任何东西，能够媲美一位总司令与其部队之间形成的那种凝聚力。那一天，就在布什总统即将把军队的指挥权移交给当选总统奥巴马的时候，海豹突击队给了布什总统无比的感激之情和巨大的鼓励，就像布什总统也尽力地要给他们无比的感激和鼓励一样。

我一直站在后面不起眼的地方，可有两位海豹突击队队员向我走过来，说道："对不起，夫人，您是新闻发言人吧？"我很荣幸，他们竟然认出了我。我伸出手去，向他们做了自我介绍，并且感谢他们为国家做出的贡献。他们则问我可不可以和他们合张影。

就在其中一位小伙子准备用手机拍照的过程中，我试着跟他们闲聊一会儿。

我问第一位小伙子："您是因为什么才想要当海豹突击队队员呢？是因为有机会去冒险？是因为家族传统？是为了挑战自己的体能？还是因为想要看看世界各地呢？"

"哦，都不是，夫人。因为女孩子们喜欢呀！"他回答说。

"连留胡子也是？"我问道。

"哦，是的……她们都喜欢。"他说道。他说得非常肯定，而我也相信他。

接着，我又问第二名海豹突击队队员："你们准备好去……不管你们可能去哪里……的时候，是不是得去上很多语言课程呢？"

"哦，不是的，夫人，我们不管到哪儿，实际上都不是去跟人交谈的。"他回答道。的确如此。

我们都笑了起来，然后微笑着拍照。他们感谢了我的配合，我虽然接受了这种恭维，可我的配合与他们的贡献比起来，其实是微不足道的。

回到"海军一号"上，我把海豹突击队员们所说的关于女孩子和语言课程的话，全都告诉了布什总统。总统把头往后一仰，大笑起来。然后，他便看着舷窗外面，咬着嘴唇，下巴向一侧稍稍扬起。这种表情我以前也见过，说明他陷入了某种情感或者沉思之中。

"唉，我非常喜欢那些小伙子。"他说道。

对于布什总统来说，那些小伙子才是真正的精英。他觉得，自己既对他们负有责任，也是他们的亲人。他们都很理解这场全球性的反恐战争，并且与他这位领袖共同进退。他要求他们做出牺牲，而他们则渴望着履行自己的誓言，履行自己对祖国所负的义务。他们都会思念彼此的。

那是我最后一次乘坐"海军一号"。当时我已经三十六岁，而以前我也从未想过，自己竟然会有机会坐在这架飞机上。我是在那种有着碧蓝天空、阳光普照的美国乡间，普普通通地长大成人的。我从小就受到教育，相信美国是世界上一种善良的力量，相信美国应当认真发挥好自己的领导作用。我很早就明白，美国式的自由正是我们如今这种生活方式的保障，明白我们应当帮助其他民族也能够自由自在地生活。

我在美国西部地区的成长经历，听起来可能很不一般，仿佛我是另一个地方、另一个时代的人似的。而我进入白宫就职的过程，也并非是一帆风顺的。我的家人既没有捐赠大笔大笔的竞选资金，也没有任何能够帮助我在媒体或者政治领域找到一份工作的关系。

我并没有制订什么规划，说自己日后要当白宫的新闻发言人。但如今再回过头去，我就完全能够看出，自己是如何一步步积累生活经验，从而获得

5

了此种职业成就的。因此，要想讲述一个像我这样的人最终怎样才能到白宫新闻发言人那样的职位上去工作，我就必须从头说起，从我成长的那个牧场说起。

怀俄明州与我的出身

我出生于怀俄明州的埃文斯顿。绝大多数人可能从未听说这个州，甚至也没有听说我家乡的这个城市。而绝大部分的怀俄明州人，也更喜欢把这个州的美丽景色当成一个小小的秘密，保守在自己的心里。

我的父亲利奥·欧内斯特·佩里诺和母亲贾妮丝·玛丽·布鲁克斯，也都出生于怀俄明州。在我差不多两岁的时候，他们搬到了科罗拉多州的丹佛市。由于父母经常带着我们回怀俄明州，所以每当有人问我是哪里人时，我都会说自己是科罗拉多和怀俄明人，好像它们是一个州似的。科罗拉多和怀俄明，是一个让我觉得亲切、熟悉并且满意的地方。自二十二岁离家远行之后，我并没有摆脱自己生于斯，长于斯的西部之根，而是始终都怀念着那里。

正是在大西部，我了解到自主、自立、爱国和天赐自由等方面。正是在这里，我第一次跨上马背去赶牲畜，看着我的家人给母牛打上烙印，捆扎干草和耕种麦地。我们都清楚，自己拥有一种特殊的生活经历，是绝大部分美国人根本就想象不到的。我们都为城市里的居民感到遗憾，觉得他们都是些可怜的人。

在布拉克山脉①的峡谷之中，长满了巨大的黑松树。尽管经常有凛冽的狂风、漫天的暴风雪和肆虐的森林大火，可这些黑松都长得高大挺拔，茁壮得很。它们的根部，都深深地扎进了下面的红壤之中。虽然这个季节太干旱，

---

① 布拉克山脉（Black Hills），美国南达科他州西部和怀俄明州东北部一座孤立的、受侵蚀的山脉，大部分位于布拉克山国家森林区内，亦译"黑山"。

那个季节又太过潮湿，可无论在什么情况下，它们都牢牢地屹立着。怀俄明州的生活也是如此，在那里，你们得学会适应，才能茁壮成长起来。而过着那种生活的人，也不会再去用其他的方式去生活。

布拉克山脉非常古老，可在20世纪初期，它却决定了我家的未来。我的曾祖父母背井离乡，告别了原本位于意大利的家乡，从一侧走进了"美国之梦"①。而仅仅一百年之后，我以白宫新闻发言人的身份，从另一侧走进了这个梦。那时，他们可绝对没有想到这一点。

我姓"佩里诺"，这属于意大利人的姓。我的曾祖父母都出生于距都灵不远的皮埃蒙特省。他们都是贫苦的农场工人，几乎没有什么希望能过上一种更好的生活。后来，他们加入了19世纪晚期意大利人的移民大潮。那些移民纷纷离开意大利，希望能够找到摆脱贫穷、重新开始并通过努力工作获得某种成就的机会。

他们都不太会说英语。事实上，我的曾祖母罗西几乎不会说英语，也几乎没有接受过正规的教育。1901年底，她仰仗人们的好心，被人从埃利斯岛②带到了伊利诺伊州的煤城。当时，她姐姐在那里开了一家提供膳宿的公寓。抵达美国的时候，她曾对当局称，自己是意大利马泽地区的一个女仆，并且申报说自己名下有十五美元。最终，她搬到了怀俄明州的坎布里亚，并在那里遇到了我的曾祖父哈辛托·马提欧·佩里诺。当时，我的曾祖父是一名煤矿工人。实际上，他们在意大利的老家只相距三英里③，可以前却从未见过面。

他们于1904年结了婚，并且发誓要在怀俄明州的纽卡斯尔建立一个家园。根据美国政府的《扩大宅基地法案》，如果修建一座拥有四面墙壁以及

---

① 美国之梦（American Dream），指一种强调平等，特别是物质繁荣的美国式（社会）理想，即追求富庶、人人自由和机会均等等等美国式的立国理想。

② 埃利斯岛（Ellis Island），美国纽约市曼哈顿区西南的一个小岛。1892至1943年，这里曾用作移民进入美国的检查站。

③ 英里（mile），英制长度单位。1英里相当于1.609千米。

至少有一扇玻璃窗户的房子，并且承诺耕种五年的话，就可以在房屋所在地免费获得三百二十英亩①的土地。我的曾祖父利用周末的时间，挖了一条长达一英里的水渠，将泉水引入宅子，并将那儿收拾了一番，然后便带着新娘子迁入了新居。

接下来，他们的远亲和新交的朋友、家人便纷纷搬到了布拉克山脉的邻近地区。他们耕作田地，还养了几头牛。他们当中的绝大多数人，同时还在那个叫作"坎布里亚营"的煤矿上班。在此期间，据说我的叔祖父皮特还在他家附近的一个箱形峡谷（一个三面都很陡峭的峡谷）里大规模酿制烈酒，并偷偷地用马车把酒运到南达科他州的戴德伍德去卖。我的曾祖父每年也会买上一车葡萄，自己酿酒。虽说我不知道他是不是也卖过酒，但我敢肯定的是，从怀俄明州的标准来看，他酿造的定是一种质量不错的葡萄酒。

我的曾祖父在矿上工作的时候，曾祖母经营着牧场。她极有毅力，意志顽强，体格也很健壮。她生了七个孩子，并且七个都养活下来了。据说那个地区的人全都仰仗我的曾祖母，说纽卡斯尔的许多人都是她接生的。20世纪60年代，我的曾祖父得了黑肺病②去世了。在他们一生的主要事业全然转入了一个新的领域，并且为家人创造了一种如此美满的生活之后，曾祖父的去世一定让她觉得非常悲伤和孤独吧！

我的曾祖母活到了一百岁高龄，因此我很了解她。她总是在我们生日的时候给我们寄贺卡，里面还会装上一张两美元的钞票。我们都会将这些钞票保存下来，希望能给自己带来好运。在她晚年，我的祖父母帮她在镇上买了一套房子，这样她既可以找朋友和家人聊天、看肥皂剧，也可以用包装"神奇面包"的塑料袋子来编织小地毯了。她家的后院有一个小花园，当我们前去看望她时，她总是要看到我们吃很多东西才放心。"身体要强壮！"她会一边说，一边做出肌肉有力的样子来。坐在她家前面的走廊上，我们可以观

---

① 英亩（acre），英制面积单位。1英亩相当于4047平方米或40.47公亩。

② 黑肺病（black lung），亦称"尘肺病""矽肺病"，指因吸入过量煤尘等而引起的一种肺部纤维化疾病。

看每年7月4日韦斯顿县举行的游行活动，并且可以到处跑，尽可能多地捡那些骑在马背上的牛仔、站在花哨卡车上的"骑术女王"扔下来的糖果。

尽管在语言方面存在隔阂，我们之间交流不多，但我为曾祖母感到非常自豪。我们的住所相距三百五十英里，我也并不是每天都想念着她，但我们之间有一种特殊的联系。十四岁的时候，有一天早上醒来之前，我做了一个梦。直到今天，那个梦我仍然记得清清楚楚。在梦里，曾祖母、我妹妹和我正在丹佛的一座办公大楼里。曾祖母往前走，要进电梯，可我却想把她拽回来，因为我知道那部电梯的底下是空的。但是，我没有来得及伸手拉住她，于是她便踏进了空空如也的电梯，而我则眼睁睁地看着她一路跌下去。曾祖母并没有发出尖叫。

第二天早上，我跟妈妈说起那个梦。这时，她打断了我的话，说道："你爸爸刚接到一个电话，说你曾祖母昨天晚上去世了。"我相信，曾祖母是在那个梦里跟我们道别，否则的话，就解释不通了。

我的祖父老利奥·佩里诺是1921年在那座宅子里出生的，是家里的老六。他的童年听上去就像是小说编出来似的，是一个结局圆满的故事。在那个海拔很高的牧场里，冬季寒冷，夏季炎热，而他整天不是骑马、学习，就是做家务。他在家里说意大利语，在学校里则说英语。有一次，我们问他要口香糖的时候，他告诉我们，他小的时候，晚上会把口香糖黏在床柱子上，使得口香糖能够保存好几个月（尽管我们和他接受教育的那两种方式不是同样艰难，但学到的知识却是一样的）。

年轻的时候，祖父曾在第二次世界大战期间当过海军陆战队员，在太平洋地区打过仗。在那些热带岛屿上熬过战争之后，他患上了一种皮疹疾病。我的父亲还记得，在20世纪50年代，当他还是个小孩子的时候，曾经跟着祖父去过夏延①和丹佛两地的退伍军人管理局医院。每次挂号预约，都要花上很长的时间。祖父的病很严重，唯一能够缓解病情的，就只有"婴儿魔力膏"

---

① 夏延（Cheyenne），美国怀俄明州的首府，也是该州最大的城市和拉勒米县的县治所在地。

了，可我却从来没有听他诉过苦。

战争结束后，祖父坐船穿过巴拿马运河，回到了费城的军事基地。他回来的第一天晚上，一些朋友便怂恿他去与一个他们都认识的实习护士相亲。可他不愿去相亲，那名实习护士也拒绝了大家的这一提议。不过，后来还是那些朋友占了上风，于是，一场了不起的恋爱便开始了。第一次约会的两个月之后，我那位以前从未到过密西西比河以西的祖母便离开了费城，来到布拉克山区的农村，开始一种农牧生活。

我的祖母名叫维多利亚·塞尔玛·波茨·史密斯·佩里诺，大家都叫她"维姬"。她出生于宾夕法尼亚州，父亲曾经在煤矿上过班。她很小的时候，父亲的背部便受了工伤，没法再养活所有的孩子。为了帮助这一家子，当地的卫理公会牧师介入进来，安排史密斯家收养了我的祖母和她的妹妹。她们在史密斯家都衣食无忧，而两姐妹之间也终生亲近。我的祖母决心要当一名护士，遇见我的祖父时，她刚刚完成护士培训。

她并没有想到自己会与祖父一见钟情，并且也有点儿担心带祖父见自己的父母，因为在那个时候，人们都信不过也不喜欢意大利人。然而，她的父母对这桩婚事却很支持。于是，在他们的祝福下，我的祖父便去向祖母求婚。她答应了。

祖父并不适应东部沿海地区的生活。他觉得自己的游历和见闻都足够了，所以希望回到老家，回到怀俄明州的那个牧场去。连牧场生活是个什么样子都不知道，维姬祖母便爽快地答应了。于是，他们坐上火车，回到纽卡斯尔，她成为了佩里诺家中的一员。

我的曾祖父母一定很喜欢维姬，因为祖父母在当地的卫理公会教堂里举行完婚礼之后，他们便来到牧场的大门口迎接这对新婚夫妇，并且给了他们一百美元（在那个时候，这可是一大笔钱）。不过，家里的其他人和一些当地人都很担心，因为实际上他们都觉得，我祖父娶回来的这个新娘是个外国人，并且他们还这样问："难道咱们本地的姑娘都配不上他吗？"我倒觉得，这有点儿像是一出怀俄明版的《罗密欧与朱丽叶》。尽管有人反对，他们也是命中注定要在一起的。随着时光流逝，我的祖母在怀俄明州那些勤劳的女性当中赢得了很高的声誉，并且完全变成了一个土生土长的姑娘。她在城里当护士，而在早上、傍晚和每个周末，还在农场里帮着干活。

那些年里，我的祖父和他的兄弟们都是按照分给他们的土地面积来耕作这个牧场的。当时有一位牧场主，在整个大萧条①期间购得了大片土地。他去世之后，名下的牧场准备卖掉，可家族里却没人有那么多钱，无法把那片土地全都买下来。于是，许多家族便纷纷前去协商，将牧场买了下来，然后瓜分掉了。

曾祖父和曾祖母的四个孩子，即多拉姑奶奶、乔爷爷和弗雷德爷爷，以及我的祖父，就是在这个时候买下了这个牧场中的一大部分，并且成立了一家"会社"。这是西部地区的叫法，囊括了牧场里的方方面面以及牧场主本人。这家"会社"团结一致地经营了很长一段时间，但正如家族企业常见的问题那样，各家之间开始产生分歧，于是，这家"会社"便在20世纪60年代中期四分五裂了。我的祖父不再是家族中种地的顶梁柱，而是开始转向放牧，即主要是放养牛马了。在马特叔父的努力下，牧场面积最大的时候达到了五万英亩，几乎有我如今所在的曼哈顿三倍那么大呢！

我祖父母生了三个儿子，即我的父亲小利奥以及马特和汤姆两位叔父。如今，我父亲住在丹佛。马特叔父则继续在纽卡斯尔从事牧业，他在高中时就和妻子唐娜谈起了恋爱，婚后育有二子，分别叫韦德和普雷斯顿。汤姆叔父得了癌症，于2006年去世了，而他在牧场里的那一部分土地，则仍然由他的遗孀珍妮特和家人一起经营着。

牧场里的那座老宅子，坐落在峡谷尽头的一座红土山脚下。房子的位置，比其他建筑物都要高。这些建筑物，包括了一座老式的红色谷仓、一连串刷成白色且围着栅栏的畜栏、一间用于储藏土豆和其他蔬菜的地窖、一栋鸡舍以及几间仓库。整个牧场全都是红壤，这种土壤几乎

---

①　大萧条（the Depression），指1929年至1939年发生于美国以及其他国家的经济危机和大萧条，亦叫作the Great Depression。

跟黏土差不多。

我很喜欢那座谷仓。谷仓很大，里面有好几处马厩、牛厩，二楼还有一个干草棚。谷仓上那种红色带白边的油漆还是多年前刷上的，因此到了我小的时候，谷仓已经轻微褪色了。工作台边的墙壁上，挂着工具、鞭子和缰绳。到了冬天，我的祖父和两位叔父有时必须到谷仓里，去照料某头难产的母牛才行。他们会将链条绑在牛犊的腿上，使劲儿拉拽，竭尽全力，确保母牛与小牛犊在经历了此种严酷考验之后全都健康无虞。虽说肮脏不堪，但这也是一种值得去干的活儿。我和妹妹从来都不用去打扫马厩，虽然曾经因为觉得自己没用而难过，可我们也从来没有主动要求去干这活儿。

我那时经常跑到山下的谷仓里去，爬到谷仓前面那块空坪周围的围栏上头，向四周看一看。我知道这是一个非常特别的地方，而我在这里也感到最心满意足。在属于我们的这个世界里，我们自己就是中心。大人则一遍又一遍地提醒我们，要对我们所拥有的这一切心存感恩。

在牧场并不是时时刻刻都要干活。做完上午的家务活之后，就到了下午的欢乐时光。在老宅子的门廊下面，我和堂弟堂妹们会玩迷你卡车、联合收割机和拖拉机。这些机械，都是大人们在牧场里用的。有些玩具实在是太旧了，连我父亲和两位叔父都记得，他们小时候也玩过。

我们还有其他的娱乐活动：祖父给我们买了一张巨大的蹦床，他趁着夏季那台大型联合收割机正在外面作业的时候，把蹦床搭在仓库里给我们玩。汤姆叔父蹦得最好，他可以玩出好多好多的花样来，并且我们要多高，他就能让我们蹦到多高，一直到我们的妈妈都威胁他说，要是再不停下来的话，她们就会尖叫起来，这才罢手。可接下来，他还会让我们再蹦起来一次，完全就是想把她们逼疯呢！

然而，牧场的真正魅力却要数牧场上的其他居民，即那些动物了。这里既有夸特马①、牛、小鸡、山羊、猪、狗和小猫——它们全都由我的祖父母照

---

① 夸特马（Quarter horse），美国驯养的一种善于冲刺的短距离竞赛用马，竞赛距离通常为四分之一英里。

料，还有土狼和蛇——我们都得小心避开它们才行。多年来，这一地区都有孔雀出没。我的祖母有一个花瓶，里面装的可全是我们在牧场上替她捡来的一根根巨大的孔雀羽毛。

而且，牧场里一直都养着许多狗。祖父养的主要是柯利牧羊犬和澳洲牧羊犬，但偶尔也会养养杂种犬或者看家犬。我的家人都是自行训练这些小狗，让它们服从命令、干活，甚至还能让它们学会一些奇招儿。祖父会吹几种口哨，小狗们都听得懂，明白这些口哨表示主人接下来要它们去干什么（比如把母马赶到一起、把母牛赶拢来，或者在畜群后面跳跃）。而那些牲畜也理解了这些哨声的意思，尤其是爷爷边吹口哨边拿出饲料饼来的时候（饲料饼就像是专给母牛和马儿们吃的"能量棒"①似的）。

其中最威风的一只牧羊犬，就是"布鲁"。即便是室外气温低至零下40℉②，我们要它进屋避寒的时候，布鲁也绝不会踏进屋里一步。它非常高傲，不屑于进屋取暖（它的生活，与我在曼哈顿养的贾斯珀可大不一样）。其他的小狗都对它敬而远之，总是让它先吃食。

马特叔父和唐娜婶婶还养了另外一只宠物，那是一条叫"罗宾"的三色澳洲母牧羊犬，全家人都最喜欢它。它只有一只蓝色的眼睛，因为还在很小的时候，一匹马儿就把它的另一只眼睛踢瞎了。有一次，在一个夏日的午后，我们这些孙子辈的孩子正在汤姆叔父那辆加宽的拖车外面与罗宾玩耍。突然之间，罗宾叫了一声，然后便狂吠起来。一条响尾蛇咬了它一口。

马特叔父和唐娜婶婶试图救下罗宾，便急急忙忙地沿着那条石子路跑下去，到圣丹斯去找兽医，可罗宾还是在半路上就死掉了。在此期间，汤姆叔父拿来了步枪，轰掉了那条响尾蛇的脑袋，不让别人再被蛇咬着。我

---

① 能量棒（PowerBar），美国一种专业的运动食品品牌。这种食品由运动专家研制而成，旨在帮助运动员及其他人士提升最佳表现。自2000年起，它正式成为了美国奥运代表队的指定营养食品。

② 零下40℉（40 degrees below zero），英美人一般是用华氏（Fahrenheit）温度计数法，32℉为冰点。它与摄氏温度（℃）的转换公式为：华氏温度（℉）＝摄氏温度（℃）×1.8+32，因此零下40℉相当于零下40℃。

为婶婶和叔父感到难过，因为罗宾就像他们的孩子，就像他们的第一个宝宝。同时我也吓坏了，因为那条蛇本来是有可能咬到我们这些孩子当中任何一个的。

祖父养的最后两条狗，分别叫雷伊和弗洛伊德。它们跑起来的时候，总是不分上下。它们会坐在院子里，等着主人吩咐它们去干活。要是看到有人开车出门的话，它们甚至会一路跑赢那辆皮卡车。它们可不喜欢落在后面。倘若主人不需要它们干活，那它们就会跑出去冒险。回来的时候，它们全身污浊不堪，并且气喘吁吁。天知道它们出去干什么了。它们似乎天不怕地不怕。不过，既然得到了祖父的允许，可以去统治群山，它们又为什么要害怕呢？

我们经常会和小狗一起玩游戏，比如躲猫猫。我们也会带着小狗坐在皮卡车的后厢里，牵着它们的项圈，沿着马路往下驶去。此时，它们就会把头伸出车厢两侧，嗅着空气中的味道。从很小的时候起，大人就教会了我，喜欢小狗能给我们带来许多简单的快乐。我与彼得养的那两条狗，即亨利和贾斯珀，也是我一生中最快乐的时光和一些最美好的回忆。

即便是我们搬家之后，为了与怀俄明州保持联系，我的父母也会每年带着我和妹妹回牧场几次。从丹佛出发，大约要开七个小时的车才能到达牧场。我们每年的圣诞节、复活节和暑假，都是在那里度过的。

因为我和妹妹并不是一直住在牧场里，所以我们没有什么具体的家务要做。另一方面，我的堂弟堂妹们却有许多活儿要干。我们会帮他们干活，比如给水缸挑满水、在冬季喂牛犊，以及开大门和关大门。只要不去捡鸡蛋，其他什么活儿我都愿意干。我很害怕鸡舍，那里又黑又臭，当我把手伸进鸡窝去掏鸡蛋的时候，母鸡们还会啄我。为了让堂弟堂妹们高兴，我们发现帮他们忙的最佳办法，就是要么听从他们的具体指挥，要么便是不妨碍到他们干活。

那里还有一些很古老的生物等着我们去发现。小的时候，我很喜欢了解恐龙知识，因此到了夏季，父亲便会带着我们到距牧场大约一英里远的一个峡谷里去，在路上挖掘箭石化石。箭石是一种像乌贼的生物，生活在布拉克山脉还处于大洋深处时的二亿五千万多年以前。它们有着长长的尾巴，体型则像一颗子弹。我们发现一块这样的化石之后，就会把它装进一个"福杰仕"①牌的咖啡罐里，带回牧场老宅，去给祖父祖母看。他们看到后，总会显得对我们佩服不已。

冬天下雪的时候，祖父会把木质的雪橇放进一辆皮卡车的后厢里（他是个热衷雪佛兰车的人），而我们则会挤进驾驶室里。接下来，他会开车把我们带到离牧场不远的一座小山顶上。我们用的是两位叔父的雪橇，因为它们都很重，足以让我们真正地滑上一次雪。然后，我们会一路滑到一条积雪深厚的巨沟里。滑雪时，我们就像是在空中飞行，用如今的标准来看，那样做很可能是相当危险的。

祖父不会让我们自己步行上山去再来一遍的，相反，他会盯着我们滑下来，然后把车开到山下，捎上我们，把我们带回山顶。待我们玩够了，觉得身上有点儿冷了之后，祖父便会打开车载的民用无线电台呼叫祖母，告诉她在家里准备好热巧克力和蜜饯。

小时候，我的无线电对讲代号是"大鸟"，我妹妹的则是"甜饼怪"。有的时候，一位正经过这一地区的卡车司机会在无线电里听到我们的声音，还会呼叫我们。得到祖父的允许后，我们就会问他要到哪里去以及他拉的是什么货物等。

我们用无线电纯粹是为了好玩，可家里大人用无线电却是为了工作，因为无线电联络能够让他们了解到本地区正在发生的事情。在炎热、干旱的夏季，他们会通过无线电收听雷击情况的报道，因为一次雷击便有可能导致一场肆虐的森林大火。森林起火之后，附近地区的人全都会行动起来，相互帮助，控制或者扑灭大火。

祖父有一辆黄色的消防车，那是韦斯顿县消防队从美国军方购买过来，

①福杰仕（Folgers），美国的老品牌咖啡之一，现属于宝洁公司，是J.M.斯马克公司的拳头产品。

15

作为备用设备的。祖父允许我们姐妹俩跟着他们一起去，条件是我们得一直留在消防车的后座上。这可是一种特殊的优待，因此我们根本就不敢乱动。后来我进入白宫，担任布什总统制订的"健康森林计划"①的新闻发言人时，我在这些突发事件中学到的经验便派上了用场。在华盛顿，我可是为数不多的、真正实地见过灌木过度生长这一问题的人当中的一个。

到了晚上，爷爷会给我们做根汁饮料②或者百事可乐冰激凌，或者让我们吃上几片他从花园里摘来的西瓜。晚饭我们吃得都很丰盛，总是有黄瓜沙拉、洋葱、橄榄油加醋汁炒西红柿以及牛肉。牛肉通常都做得很好，不加卤汁。有的时候，还有奶奶烤制的巧克力蛋糕，或者由"施万家的人"这家食品递送服务商送来的香草冰激凌。

中午的那一顿叫"正餐"，也是一天当中的主餐。老宅的那扇大门旁边有一口大钟，钟声一响，就是在告诉家里的人，饭菜准备好了。吃完饭后，倘若是在冬季，两位叔父就会用帽子罩着脸，在沙发上小睡一会儿；若是在夏天，他们就会到外面的院子里去打盹儿。差不多半个小时后，他们就会再次出去干活，捆扎干草、赶拢牛群、给马匹钉掌，或者修理拖拉机。他们的身材保持得非常好，也就不足为奇了。

要是在你们看来，这个牧场带点儿美国式乡村风味的话，那我会完全同意你们的看法。而且，可不是只有我们这样认为。在20世纪70年代，有两个人正在寻找一处能够给"万宝路"牌香烟拍广告的地方，后来他们驱车来到了我家的牧场。他们希望找到一个有牛有羊的外景地来拍摄广告片。我家同意协助他们，因此在整个拍摄期间，大家在幕后都做了很多的工作。

---

① 健康森林计划（Healthy Forests Initiative），美国前总统乔治·W.布什根据2002年夏季美国各地森林火灾不断的局面而提出来的一项保护森林的举措和法案，正式名称是《2003年健康森林恢复法案》，其要点是清理过密的林木、清理植被以形成防火通道、改进森林灭火设备和技术等。

② 根汁饮料（root beer），美国一种用木质根和树皮煮汁经发酵而成的无醇饮料，多以黄樟油和冬青油为香料，亦译"根汁汽水""沙士（麦根）"和"乐啤露"等。

　　马特叔父还记得，给"万宝路"公司拍广告的那些人，并非全都是有着英俊的面孔、穿着合身的"牧马人"牌牛仔裤的模特。他们也是优秀的牛仔，有着高超的本领和丰富的经验。他们来我家的时候，婶婶唐娜就会做饭给他们吃，她甚至还到拍摄现场去给他们理发。有一天，我也跟他们一起出去拍摄，可惜当时我不够精明，没有索要他们的亲笔签名。

　　作为半个城里人，那时我仍然能够骑马，并且骑马也是我最喜欢的一件事情。爷爷得知我要去看望他们之后，就会让两位叔父去把我的小马萨莉牵回来。这样，我一到牧场，在畜栏里就能看到萨莉了。然后，我要做的第一件事情，就是爬上马背，揪住马鬃，轻轻地踢一踢马腹，让马儿跑起来。它会沿着我那两位叔父和堂弟堂妹们练习骑术的场地慢慢地跑动。爷爷曾说，我是个相当优秀的女骑手，照我看来，这话可是一种最好的称赞。

　　萨莉只是一匹矮种马，但牧场里也有许多威风八面的马儿。"杰特"既是爷爷的骄傲，也是他的乐趣所在。这是一匹来自得克萨斯州东南部地区的"3A"级赛马，因此爷爷想让它与牧场里的夸特母马杂交，从而让生下来的小马驹体型更大、速度更快。这个主意效果非常好。在四十年左右的时间里，爷爷每年都举行一次马匹拍卖会，买主遍布美国的每一个州，甚至还有好几个外国买家。

　　有一次，按照计划让杰特与一匹母马交配之后，爷爷奶奶带着它来到了我们位于丹佛的家，而杰特也在我家后院啃食了一些城市里的青草。邻居家的孩子全都对我羡慕不已，我也好好地享受了一把被人羡慕的感觉。杰特在三十岁左右死掉时，我们还给它在山上找了一块特别的墓地。站在牧场老宅的厨房里，从落地窗往外看去，就能看到那块墓地。

　　不过，并非所有的动物都是宠物。马特和汤姆叔父一直都想让我的堂弟堂妹们，即韦德、普雷斯顿、吉尔、杰瑞德和洛根变得坚强起来，因此在吃饭的时候，他们会经常提起我们所吃的牛排，说："哎，韦德，你那头叫'饼干'的老牛肯定很好吃吧？"虽然从不知道他们说的是不是真的，但我还是替堂弟堂妹们感到难过。他们都咬着嘴唇，尽量不理不睬。牛仔男孩和牛仔女孩是不会（经常）哭鼻子的。

牧场生活的实际情况就是这样，而照料牲口，哪怕是照料野生动物的过程，也是这样。在夏季，爷爷都会把从林中清理出来的木头和灌木堆起来。那些巨大的柴堆，本来是应当点火烧掉的，可到了晚年，爷爷却没有再将它们烧掉，因为他不希望那些小动物无家可归。我非常赞同他的这一做法，因为他连小松鼠也要保护。

我必须承认，这一切听起来都极具萝拉·英格斯·怀德[①]的风格。但是，情况并非始终都是那样的。我们还必须吸取农牧生活的痛苦教训才是。在我差不多八岁、我妹妹还只有四岁的时候，有一次我们坐着爷爷的皮卡车，沿着那条碎石马路，回到牧场的宅子里去。我们都喜欢跟他说蓝精灵的故事，而他则假装自己看得到山上有一些戴着白色帽子的蓝色小精灵。我知道他是在逗我们玩儿，但为了逗妹妹高兴，我还是顺着他的话说下去。一路上我们玩得很高兴，可当我们来到路边的一处防畜栏时，他看到自家的一匹夸特马掉到了防畜栏外，摔断了一条腿。那匹马儿伤得很重，它一直低声嘶鸣着，疼得直翻白眼儿。

爷爷把车停在路边，并且不待车子完全停稳，便伸手取下了本来牢牢地挂在车子后窗上的那支步枪。他让妹妹和我在皮卡车驾驶室里蹲下来，然后盯着我说："不要抬头，知道吗？"我点了点头。

我确保妹妹捂住了眼睛，脸朝地下，可自己却完全没有听爷爷的话。虽说知道不该那样做，可我还是偷偷地瞅了爷爷一眼。透过皮卡车的车窗，我看到了他的侧脸：坚挺的鼻子、一顶牛仔帽、黝黑的皮肤、蓝色的眼睛，眼睛上面还戴着一副眼镜。我看到，就在他扣动扳机之前，一滴眼泪从他的脸颊上滚落下来。

我使劲儿忍住，没有大叫起来，以免让当时的情况变得更糟糕，也免得

[①] 萝拉·英格斯·怀德（Laura Ingalls Wilder，1867—1957），美国著名女作家，其作品大部分是以萝拉的童年时代及西部开拓故事为背景的系列小说，其中最有名的是《草原上的小木屋》（*Little House on the Prairie*）。

因为抬头看了而自找麻烦。回到车上后，他仍然让我们蹲着，直到车子驶过了那处防畜栏。就在我们继续沿着马路往前开的过程中，他用无线电呼叫我的两位叔父，把这件事情告诉了他们。然后，他把手放到我的膝盖上，轻轻地捏了捏。我感觉到，他性格当中的一部分也由此渗入了我的内心深处。从他身上，我了解到坚强与温柔也是可以并存的。

爷爷不会轻易发脾气。不过，有一年冬天，我的堂弟韦德却真正地把他惹怒了。当时，连着几天的气温都降到了零度以下，我们这些孙子辈的便负责混合好配方奶粉，用瓶子装好牛奶，再送到谷仓去喂小牛犊。那些小牛犊，都是母牛不愿哺乳或者母牛难产死去后留下来的。然后，我们还要把小牛犊喝剩的热奶倒进几个巨大的铸铁煎锅里，放到谷仓的地上，给小猫们喝。每天下午，我们都得这样干。

有一天，就在日落之前，我们来到谷仓后，发现有只小猫爬到了盛放热牛奶的铁锅里面，它的头部以下全都浸在牛奶里面，就像泡牛奶浴似的。问题是，小猫四周的牛奶在白天已经结成了冰，因此待我们到达谷仓时，那只小猫已经卡在里面了。韦德当时还很小，他提起铁锅，一边转着圈子，一边高兴地大呼小叫起来。唉，就在此时，爷爷拐过墙角，走进了谷仓前的院子，正好看到了这一幕。

这下，韦德可是惹上了大麻烦。接下来的一个星期里，他受罚干了许多的家务。而对韦德而言，最糟糕的其实还是辜负了爷爷的期望，这才是最严厉的惩罚。那一天，爷爷给我们的教训就是，每一颗跳动着的心脏都值得被尊重，而那些由我们照料的、脆弱的生灵，则尤其如此。就算我们在捏死一只蜘蛛的时候，他也会要我们快点儿动手，绝不能让蜘蛛受苦。与我所认识的绝大多数乡民一样，他与自己喂养的那些动物之间，有着一种真正的感情。他明白，自己的生活以及整个家庭的生活，都与这些动物的安全与健康息息相关。而且，他也是个有点儿多愁善感的人。

一年当中，我最喜欢赶牛的时候。它比你们在电影里面看到的任何场面都要壮观。每年6月，我的家人和整个社区的朋友便会聚集到一起，将小牛犊和母牛赶往南达科他州的青草牧场，去进行夏季放牧活动。此时，爷爷必须与铁路调度员进行协调，才能确保我们有充足的时间，把所有牲口都安全地赶到铁路的那一边去。

我们会在早上四点钟的时候，就从牧场出发。我和爷爷各自骑着马儿，看着最后一趟运煤的火车驶过，然后驱赶畜群的时候，爷爷会说："火车又走了，把怀俄明州的资源全都运到遥远的东部地区去了。"爷爷是个真正的环保主义者，而那些耕作土地的人，通常也都是真正的环保主义者。

大学毕业之后，我仍然尽可能地经常回牧场去，但去的次数其实并没有我希望的那么多。到那座老宅子里走上一遭，要花上一整天的时间。而我开始上班后，就很少有假期可度了。我和彼得结婚后，有一年的6月，我们曾经一起参加了一场春季赶牛活动。最后，待我们把小牛和母牛全都赶到牧场之后，便开始往回走。我们骑着马儿排成一行，尽情驰骋，就像是《大淘金》①开头那一幕似的。那是一种自由自在的感觉：头上是碧蓝的天空，脚下是葱郁的绿草，带着彼此的爱意和爱国情怀，在大地上劳作。那一天，连我的英国丈夫彼得，都要比其他任何时候更像是一个美国人。此外，他还得到了我那两个叔父无心的赞扬："彼得可真是把好手……双手灵活得很。"

实际情况是，彼得的骑术的确不错，并且方向感很好。他满腔热情、自告奋勇地包揽了那些最难干的杂活儿，包括冲进林中去寻找一头走失了的小牛以及在隆冬时节去给牛群饮水的水坑破冰。他们都很喜欢他，因为他聪明得很，并没有被这种下马威给打趴下。对于大家的讽刺，他一一回敬了许多俏皮话。而他的英国口音，则逗得我们哈哈大笑。"往前走吧，女士们！"他冲着那些母牛喊道，听起来也根本没有什么不妥。而且，他每次出去时，总会把一小点儿猫食丢进普雷斯顿的靴子里。普雷斯顿把一只脚伸进

---

① 《大淘金》（Bonanza），美国的一部电视剧，描述了卡特赖特一家（the Cartwrights），即父亲及三个儿子在内华达州太浩湖（Lake Tahoe）畔的庞德罗萨（Ponderosa）经营牧场、创造新生活的故事。

靴子，踩到猫食后，便会大叫起来："该死的彼得！"我们曾经带了一位朋友去赶牛，过了几个小时之后，她便问道："难道大家的中名①都叫'该死'吗？！"

随着自己慢慢长大，我也开始从爷爷佩里诺那里，了解到了更多经济和政治方面的知识。他是一名县委委员，还是"韦斯顿县集市委员会"的地方委员，负责监管"初级牛仔竞技大赛"。我不止一次见到他给一些年轻选手的公牛出以高价，以便增强他们的自信心。有的时候，他最终支付的竞价，甚至会高于他本想出的价钱。

爷爷不喜欢喝酒。他曾经告诉我，在聚会的时候，他虽然会接过酒来，但会在没人注意的时候偷偷把酒倒在花草上。他每天都会把自己观察到的天气情况记录下来，比如气温、降水、风速以及其他值得注意的方面，然后将它们与《农事历书》进行比较。到了晚上，他会翻一翻报纸，或者看一看夸特马名录，还会尽量教给我一些东西。他是头一个跟我说起"牛脑海绵状病"，即俗称"疯牛病"的人，因为他担心，其他牧场主的一些做法可能会导致这一疾病蔓延。几年之后，当"疯牛病"爆发的新闻真的占据了各大报纸的头条之后，在国会办公室的所有职员中，只有我一人听说过这种疾病。我的牧场生活背景，对我在华盛顿的工作经常发挥有益的作用。

我到牧场去时，总会与爷爷奶奶一起收看所有的电视新闻，如《早安美国》《今日新闻》和哥伦比亚广播公司的《今日晨讯》，然后再看拉皮特城、南达科他州或者丹佛的本地新闻（虽说它们并非全然都是地方新闻，但对这一地区的天气预报还是很准确的）。一大早我就能听见电视的声音，从而明白自己该起床了，省得因为睡懒觉而让两个叔父冲我大喊大叫。我的家

---

　　① 中名（middle name），指欧美人姓名中的名与姓之间的那个名字，一般属于自取名。英国人习惯于将名字（first name）与中名一起缩写，比如M. H. Thatcher（Margaret Hilda Thatcher，撒切尔夫人），而美国人则习惯于只将中名缩写，如Ronald W. Reagan（里根）和George W. Bush（小布什），甚至将中名完全省略。由于中名具有区分人物的作用（比如老布什与小布什的名字就在于中名不同），因此如今middle name一词还指"突出的个性、显著的特征"等。

人一直都是在日出之前起床，而太阳一下山，大家也都会很快就去睡觉。自那时以来，我一直保持着早睡的习惯，尽管后来我住到了城里，而从事的工作也经常要求我加晚班。

我还记得，在20世纪80年代，我经常去听政治辩论。这些辩论的主题，涉及遗产税和政府支出、外国的石油和共产主义、土地管理局和《濒危物种保护法案》、采矿公司和环境保护署、美国农业部，等等。通过借鉴他人的思想和观察他人的辩论，我学到了很多东西。我觉得，如今自己信奉的种种保守主义价值观，全都源自这一时期。

在怀俄明州，你们很快就会明白，每个人都必须做好自己分内的事情，而要保护好每个人的自身安全，关键就是关注他人。你们不会比其他任何人优秀，而出风头则必定会让你们失去朋友。帮邻居排忧解难是人的第二天性，而此种友好也是相互的。在牧场上，你们既是幸运的受益者，也是不幸的地主，完全依赖于大自然母亲为我们储备的资源。没有人会整天坐在书桌边上，因为马鞍就是牧民们的办公椅。

在长大成人的过程中，我也见证了一个真正的爱情故事。爷爷非常疼爱我的奶奶。他叫她"妈妈"，而她则回称他"爸爸"。她不在乎他晚上睡觉时呼噜打得震天响。他们之间不会恶声恶气地说话，不会斗嘴。他们相互都很宽容，包容着彼此的缺点。奶奶会帮爷爷打水洗澡，然后整理好他去城里开会时穿的衣服；爷爷则会帮她按摩肩膀，并且逗得她开怀大笑。他们都很疼爱自己的孙子孙女。到了星期天，我们就会挤在他们中间，坐在皮卡车里，到牧场里到处兜风。

我还记得，在爷爷去世之前的最后一次赶牛过程中，我们中午停下来野餐时，看到他们俩远远地坐在一棵树下。共同生活了那么多年之后，他们还是只想一起待上一段时间。那时我还新婚燕尔，因此心想，假如我和丈夫彼得能够时不时地留住这样的时光，那我也会拥有一段幸福的婚姻。

　　爷爷患有心脏疾病多年了，因此总是随身带着拜耳①公司生产的一种小药丸，放在牛仔衬衣的口袋里，以备紧急情况时服用。他的口袋里，还放着"救生圈"牌薄荷糖、"大红"牌口香糖和"快乐牧人"牌果味糖。但是，2001年感恩节后的那一天，爷爷在将母牛从一片牧草区赶往另一片牧草区的时候，却突发了严重的心脏病。在此种情况下，拜耳公司生产的那种药丸根本不可能有效。因此，尽管我的堂弟竭尽全力地帮他进行了心脏复苏，可爷爷还是在距他出生之地两英里远的地方与世长辞了。

　　两个月后，我便去白宫上班了。他也不知道，后来我还会成为白宫的新闻发言人，但我觉得，他肯定会赞同我的选择的。正是有了他这个榜样，我才一直牢记着说话时要和蔼、优雅，牢记着镇静是与他人进行交流，同时维护好自尊的最佳途径。

　　我的奶奶在患上阿尔茨海默病和糖尿病多年后，也于2010年去世了。不过，真正导致她与世长辞的，其实是变成遗孀之后的那种孤独。爷爷去世后，她的心就死了。虽说她也很爱我们这些儿孙，可她只是为爷爷一个人而活着。

　　我爷爷奶奶的一生，是彻彻底底美国式的一生。他们将一个小小的牧场，发展壮大成了一家大型的企业，实现了曾祖父母的梦想。他们所处的，是一个与如今不同的时代。虽说并不是没有属于那个时代的问题和错误，但那是一个洋溢着满足感与爱国情怀的、比如今更单纯的时代。而我父亲的那一代，也是如此。

　　我不清楚母亲一方的家族历史，因为在她出生之前，她的爷爷奶奶便已经去世了。但我们都知道，有一位叫作"莉娜·玛丽·冯·佩茨"的奶奶，是在十四岁的时候离开德国，来到美国的。那位奶奶是一位钢琴师，她把这种音乐天赋遗传给了我的妈妈。至于母亲其余的那些爷爷奶奶，则都是出生于美国的中西部地区，比如堪萨斯州、密苏里州和伊利诺伊州。

---

　　① 拜耳（Bayer），德国一家生物化学和制药企业，属于全球财富五百强之一。

与"大萧条"时期的许多人一样，我那位生活在堪萨斯州的外婆多萝西（她的昵称是"多特"）十四岁时就成了孤儿，最终被送到了怀俄明州的罗林斯，跟一位叔叔和姊姊一起生活。正是在那里，她遇到了我的外公托马斯·布鲁克斯。外公出生于得克萨斯州的拉瓦卡港，本来叫作"托马斯·'得州游骑兵'·布鲁克斯"。他参军之后，便把自己的名字改成了"托马斯·雷蒙德·布鲁克斯"。

外公搬到怀俄明州之后，便在1943年参军，参加了第二次世界大战。他在德国作战，那是他母亲的出生地。而在美国国内，我的外婆则成了一名"铆工露丝"[①]，编织毛袜，送给前线的士兵。在那些年里，每年的冬天一定非常寒冷，而她则在孤独地等待着，希望听到前线传来他是安是危的消息。她攒够了钱，买了一辆汽车，待他打完仗回家后，他们便在1946年开着那辆汽车，到尼亚加拉大瀑布度蜜月去了。我的妈妈出生于1947年。因此可以说，那真是一次成功的旅行。

我的外公很有生意头脑。战后，他先是在"城市蒸汽洗衣公司"上班，然后成了"罗林斯国家银行"的一名银行家。后来，他又成立了一家企业，即"托马斯·R.布鲁克斯保险经纪公司"。他还独自经营着一个加油站和一栋公寓大楼。外公最后经营的一家企业，是"上城汽车旅馆"。那家旅馆位于80号州际公路上，此处货运交通非常繁忙。他还是学校董事会的董事，罗林斯市立公墓外，有一条街道还是以他的名字命名的。妈妈说过，外公曾经教导她，与人握手时应当坚定有力，应当记住人们的名字、正视他人的眼睛，应当问及并关注他人的生活。她说，这些技巧就是她所从事的市场营销职业的关键。

假日里或者学校放假时，我们要是没有去牧场，便会到怀俄明州的罗林斯市去看望外公和外婆。罗林斯市地处80号州际公路上，因此真的不是一个让人想要外出的地方。它是美国刮风最频繁的地方之一。由于那时还没有

---

① 铆工露丝（Rosie the Riveter），第二次世界大战期间美国女工的统称。

电子游戏和电脑，因此我们经常在厨房餐桌上玩牌，比如"四角K""疯狂8""拍J"和"比大小"。偶尔我们也会到"拉里亚特"餐馆去吃饭，那可是方圆数英里最好的一家墨西哥餐馆。罗林斯市的主街上有一家电影院，每次只放映一部影片，没准儿每个月播放的影片都不相同。姨妈帕蒂·苏会带着我们，去看《回到未来》《鲁滨孙漂流记》这样的电影。我们会在主街两侧商店旁边的人行道上买东西，夏季还会驱车到雪山山脉①上去玩。

我们经常在外婆家的客厅里看电视。她说客厅里的沙发是一张"坐卧两用沙发"，上面的垫子粗糙得像砖头一样。倘若我们穿着短裤，沙发上的布料还会扎我们的腿呢。我和妹妹决定共用一把"拉兹男孩"牌的大躺椅，而外婆则坐在另一把上。开始播放新闻后，外婆经常会就里根总统的英俊外貌说上几句。"他的发型确实很漂亮啊！"她叹息着说（我的外公可没有那样的好发型呢）。

我所记得的那些关于外婆的点点滴滴，都在我心里留下了深刻的印象。我很喜欢她在卡片上只用一个圆点来代表自己的名字"多萝西"的做法。她允许我们从"幸运魔力"②盒里挑出所有的棉花糖，而把麦片丢掉。她经常做馅儿饼，还会多加一层用肉桂糖做的馅儿饼皮，让我们分着吃。我们最喜欢曲奇饼，她会让我们把碗都舔干净，并且轮流去舔干净做曲奇饼的那柄勺子。

过圣诞节的时候，外婆会仔细地把十几块准备分发给我们的曲奇饼装点起来。她非常注重细节，每个圣诞老人都有蓝色的眼睛，戴着银色的铃铛，有着棕色的胡子。她曾经在当地学校的嘉年华上大出风头。她做的曲奇饼、馅儿饼和蛋糕，是一种叫作"音乐馅儿饼"游戏的奖品，人们都排着长队去领（我们得让这种游戏再次迸发活力才是……玩法是：人们围着一张桌子走，同时播放音乐，音乐一停，身边的东西就是各人赢得的奖品）。

虽说我外婆一直生活在一个非常偏僻的乡村小镇里，可她却很懂时尚。

---

① 雪山山脉（Snowy Range），即梅迪辛博山脉（Medicine Bow Mountains），位于美国怀俄明州东南部及科罗拉多州北部的落基山脉东段。

② 幸运魔力（Lucky Charms），美国的一个麦片品牌。

当她打扮起来，穿上黑色的礼服、长筒袜子、高跟鞋以及裘皮外套（就是我如今所穿的那一件），在某个特别的场合现身时，看上去真是棒极了。她通过订阅《美好家园》和《妇女生活》等杂志，紧跟时尚潮流。在她的梳妆台上，一直放着"杰根斯"牌的玫瑰牛奶润肤露、一个玻璃瓶装的玉兰油以及"白肩"牌的香水。外公总是给她买这些东西，而我妈妈如今还保留着她最后一瓶尚未开封的香水。

她总是给我妈妈和姨妈买最新式的洋娃娃，并且给每个洋娃娃都缝制了整套行头。待两个女儿都去上床睡觉了之后，她才开始缝制，这样，女儿们早上起床后，看到那个盛放着洋娃娃所有衣物的淡蓝色衣箱时，就会觉得又惊又喜。她还给我妈妈做衣服，连我妈妈的结婚礼服，都是她亲手缝制的。

外婆很喜欢在我妈妈弹着钢琴伴奏时放声唱歌。在等着水壶烧开的时候，她还会在厨房里跳查尔斯顿舞①，手里拿着一柄木质的勺子，把它当成自己的舞伴。在我刚刚两岁、我的父母从怀俄明州搬到丹佛之后，妈妈会用烤箱的定时器设定好时间，让我们打费用昂贵的长途电话，去跟外婆说说话。除了我们自己的，外婆的电话可是我记住的第一个电话号码，而如今我也依然记得那个号码。

在我差不多十岁的时候，外公去世了。可惜的是，我所记得的许多东西，都是他接受癌症治疗时的事情了。那时，他经常让我和妹妹帮他用厨房餐桌上的杵臼研碎药丸。我记得，他从来没有发过牢骚。对于病情，他似乎也是一种"既来之，则安之"的心态。有一段时间，他必须吸氧才行。而动过一次手术之后，倘若想要说话，他的喉咙还得装上一种设备，因为放疗已经使他说不出话来了。他说话的声音，很像尤达大师②。他喜欢我们都围在他的身边，而他对自己的两个女儿也很大方。有一次，他偷偷地把二十美元放

---

① 查尔斯顿舞（Charleston），20世纪20年代流行于美国的一种交谊舞，以音乐节奏明快有力为特点。

② 尤达大师（Yoda），美国电影《星球大战》里的一个重要角色。他是德高望重的"绝地大师"，培养了一代又一代的"绝地武士"。

进我妈妈的口袋，妈妈后来才发现。

外公外婆之间的关系很传统。从好的方面来看，就是一种古典式的关系。比如，外公一直都掌管着家里的财政大权，因此到他去世之前，外婆从来没有开过支票。从他们那种夫妻关系来看，这是自然而然的：外公负责家里的各项开支，而外婆则处理家务、协助管理家庭的各项事务。她并不是过分依赖外公，而是非常信任外公。这个例子让我得知，共同分享责任、不试图掌控一切，其实就是自由。这也是彼得和我两个人婚姻幸福的一个方面。

虽说外公去世后，外婆成了郁郁寡欢的遗孀，但她经常到我们家来，参加陶艺课和编织课，她也逐渐恢复过来了。她很有艺术天分，做出来的东西连她自己也觉得惊讶。如今我们仍然保留着她给我们做的毯子、点心盘子、饼干罐和一个馅儿饼盘子。

外婆也经常去罗林斯市那个叫作"庄园"的老年之家。她和四个一起上陶艺课的朋友，组成了"爆米花帮"，每个星期都制作爆米花，边吃边与老年之家里的人聊天。"爆米花帮"是整个社区的一大特色，因此在外婆去世后的讣告中，还特别提到了这一点。1988年，外婆因癌症去世了，当时我还在上高中。

我觉得，第二次世界大战影响了外公外婆对待生活的态度。而我也从他们的身上，理解了这一点：与其他各国相比，美国有多么美好。他们的爱国之情并不明显。外公没有经常提及那场战争，而事实上，我们也是在他去世后，翻看他的那些箱子之后，才了解到他的勇敢。不过，我如今还记得在小镇游行时他站在那里，把帽子扣在胸前时的样子。而且，我一向都很自豪，因为我是一位"二战"老兵的外孙女。

战争或许改变了我的外公外婆，但是，这种影响主要是有益的。外公外婆很有信心，敢于用自己的积蓄在罗林斯市开了几家小型企业，并且在投资方面很精明。显然，他们相互依靠，共同养家，同时也让顾客觉得快乐。由于勤奋努力，他们稳稳当当地发了家，步入了中产阶层。不过，我觉得并不是金钱给他们带来了动力。据我的记忆，他们喜爱的都是一些不起眼的东西，比如外婆做的炖肉、樱桃馅儿饼，然后是在厨房里的餐桌上玩牌，我们经常在桌子上敲一敲，表明轮到下一个人出牌了。这些方面，就是我对罗林斯市最美好的记忆。这些最美好的回忆提醒我们，正是因为有了那些顽强不屈、关怀他人的人，才成就了如今的我们。

我的父母

我的母亲贾妮丝·玛丽·布鲁克斯，是两姊妹中的老大，她的妹妹，也就是我的姨妈叫帕蒂·苏。虽然她们以前都要到外公开的那家汽车旅馆里去帮忙，但也有大量的时间上学和玩耍。我妈妈很喜欢体育运动，会打篮球、垒球和羽毛球，并且什么都愿意试上一试。她还是游行乐队里的单簧手。

关于她的童年，我最喜欢的一个故事，便是罗林斯高中足球队到另一个市镇去参加比赛时，乐队随同足球队前往的故事。往回返的时候，校车在怀俄明州的罗克斯普林停下来吃饭，大家都进了饭店，可店主却不愿接待球队里唯一的那名黑人学生。于是，他们集体拒绝在那家饭店里吃饭。全队都站起身来，走出饭店，回到校车上。我很高兴妈妈当时也那样做了。这是我很小的时候学到的一个教训：她一直都不允许我们听到任何麻木不仁或者含有种族歧视的言论。

我妈妈上了好多年的钢琴课，如今仍然能够弹奏一些流行于20世纪50年代到60年代的乐曲，从经典曲目到圣歌，她都能弹奏。弹奏圣诞节的乐曲，则是她的拿手好戏。以前，我们每天早晨上学之前，她都会为我们弹上一会儿钢琴，像是开私人音乐会似的。1965年，她到卡斯帕尔学院上了大学。当时，女性去上课时，还得穿裙子。她开始是在怀俄明州一位内科医生的办公室里工作，后来一直在怀俄明州从事医院入院与营销方面的工作，也包括对病人实施临终关怀这个方面。

我们上初中和高中的时候，她又开始从事一项额外的工作，那就是替人抄录医疗记录。她每分钟能打一百零五个单词，非常准确，而且非常流畅。她打字的声音还有催眠效果，听着她打字，我都能睡着。她还学会了速记，每分钟能够记下一百到一百二十个单词，然后记录下来。有的时候，她在我们的午餐盒里留下的字条是用速记符号写的，所以我们还得努力去猜她想要说的是什么话。要是我更多一点儿了解速记法就好了，因为那样的话，日后我也会用得着了。

我的妈妈曾经替"路德教友会①家庭服务中心"工作过一段时间，还为一个叫作"难民服务"的国际项目工作过。那个中心，在整个美国境内大约设有十个办公室。每一年里，每个办公室都有一定数量的难民需要重新安置，当然数量是由美国政府来决定的。这些难民，有的时候会在难民营里待上两年甚至更久，才能获得签证进入美国。

我妈妈的工作，则是协助难民家庭安置下来。她组织志愿者，为那些家庭提供餐具、毛巾、婴儿床以及他们所需的其他物品。接下来，她要教会他们一些事情，比如坐公共汽车，那样的话，她就不用每天都陪着他们去买日用品了。她会带着他们去几次，确保他们熟悉路线之后才放心。偶尔，妈妈也会带上我和妹妹以及我的父亲，用车子运着洗衣机和干燥机到难民家里去。那些难民家庭，绝大多数都来自苏联或者东欧各国。妈妈带上我们，是为了让我们看一看，其他人也能够来到我们的国家，过上一种更幸福的生活。

我妈妈在路德教友会赈灾中心工作时，有一部分工作内容就是向俄克拉荷马城爆炸案中的受害者的家人提供帮助。遭受了那次国内恐怖袭击之后，法院需要改变审判地点，并将地点定在丹佛。我妈妈便承担起了照料那些来到这里见证起诉恐怖分子过程的受害者家属的任务。她带领手下的人，每天凌晨四点便起床，去排队替那些家属占座位。白天审判开始之后，他们再到

---

① 路德教友会（Lutheran），基督教新教路德教派的教徒组成的一个互助会。路德教是16世纪德国的宗教改革倡导者马丁·路德创始的一个基督教宗派，亦译"路德宗""信义宗"等。

附近一个教堂的地下室集合。倘若有哪位家属想要休息，他们还会替这位家属在法庭上占着座位。那些志愿者每天还会为所有参与的人提供热腾腾的午餐。

在职业生涯中超额付出了许多之后，她退了休，最终开始每天都看我在福克斯新闻频道播出节目了。我很高兴，她曾经为《五人谈》提出了增设"还有一点儿"的建议，还在节目播出期间给我发了一条信息，说："让那个鲍勃·贝克尔①回家去吧！"

我的父亲是小利奥·佩里诺，他是三兄弟中的老大。他长大后，不但成了一名优秀的牧场劳力、一名出色的骑牛士，而且在学业和生意上都很厉害。他和两个弟弟，即我的马特叔父和汤姆叔父，长得都很英俊：头发是淡黄色的，体格健硕，下巴轮廓分明。佩里诺家的这三兄弟，在怀俄明州的韦斯顿县续写着我曾祖父的传奇。

虽然我的父亲出生于牧业之家，但据他说，他很小的时候就明白，自己希望从事一种不同的职业。他患有严重的枯草热②，每年夏季都非常难受，而当时市场上也没有什么药物可以治疗这种病症。虽说热衷于政治和公共事务，但他还是希望去经商。他是整个家族中第一个上大学的人，后来他在人力资源管理领域的事业也干得很成功。

我的父亲说，他很关注20世纪50年代和60年代的新闻，但伍德斯托克音乐节③原该搬到火星上去举行才是。怀俄明州的孩子，基本上没有受到20世纪60年代政治动荡和文化变革的影响。那个时候，怀俄明州的毒品还不多，但

---

① 鲍勃·贝克尔（Bob Beckel, 1948—），美国政治评论家和前政治活动家，20世纪70年代曾在美国国务院里任过职，后担任福克斯新闻频道（Fox News）主持人。

② 枯草热（hay fever），指具有易感体质的人吸入空气中的致敏花粉而引起的一种呼吸道变态反应性疾病，主要症状为鼻炎、哮喘等，即通常我们所称的"花粉病"或"花粉热"。

③ 伍德斯托克音乐节（Woodstock），每年8月在纽约州东南部伍德斯托克举行的摇滚音乐节，始于1969年，每年都有大量的美国青年在此聚会。

还是有些孩子知道如何时不时地从南达科他州买到三点二度的啤酒。那种东西得喝上许多才能获得快感。

后来，他上了大学。在卡斯帕尔学院的迎新会上，他遇到了我的妈妈。他开始学的是商业，但最终转到了位于拉勒米的怀俄明大学。他很喜欢辩论，经常和朋友们确定一个主题，然后分成两方进行辩论，目的只是验证各自的论点。我父母在1969年私奔了，为此，爸爸连毕业典礼都没有露面。他们的结婚照是在我爷爷那栋红色的谷仓前拍摄的，用的是一种美国哥特式油画的风格。

新婚期间，我的父母住在怀俄明州的纽卡斯尔市里，那里距牧场大约有二十英里，而我的爸爸则在森林里伐木。他们俩经常去牧场里干活，割晒干草和给牲口打烙印。他们到牧场去时，住在爷爷奶奶一间稍微有点儿破旧的出租房里，因此还得对付那些闯进屋来的小动物才行。有一次，妈妈再也忍受不了一只闯进来的小松鼠，因此第二天便决定一劳永逸地改变这种状况。她在身上还穿着睡衣睡裤的情况下，便拿起一把BB型气枪①，一枪就结果了那只松鼠。爷爷听说了这件事情之后，好多年里都逢人便说，他的儿媳是市里最优秀的枪手。

他们生活得很美好。接下来，我爸爸的好运到了头：他应征入伍，去参加越南战争了。当时，他刚刚大学毕业娶了我母亲，并且8月下旬就要开始在怀俄明州立医院从事教学工作了。6月上旬，他接到通知，去丹佛进行了体检。应征入伍的人在怀俄明州的中北部坐公共汽车出发，穿过整个怀俄明州，然后向南开到丹佛，一路接上其他的应征入伍者。当地征兵办公室要他管纽卡斯尔组，并且负责发放纸质餐券和旅馆凭证。"完全就是敲竹杠！旅店又破又旧，饭菜也都是垃圾。"如今回想起来，他会这样说道。体检表明他患有胃溃疡后，父亲被解除了兵役。他说自己觉得很不舒服，因为在战争期间他本来也可以在办公室里工作的。可与此相反，他回到了家里，那个

---

① BB型气枪（BB gun），一种利用压缩空气或者少量火药、发射杀伤力不大的塑胶子弹的气枪，一般使用直径为0.18英寸的子弹。

夏天一直在牧场里干活。

此事之后，我的父母便卷起铺盖，用马车拉着，搬到了怀俄明州的埃文斯顿。因为我爸爸的新工作，就是到这里的州立医院，给那些精神不太正常、远离了社会的年轻病人上商务课。埃文斯顿是怀俄明州西南部一个小城市，离犹他州的边界不远。

此时，我爸爸还想接受更多的教育。除了工作，他还在犹他州州立大学上研究生课程，该大学就位于两州交界处那一边的洛根市。我妈妈也在怀俄明州立医院上班。她是保罗·萨克森医生的行政助理，后者是该医院临床部的主管。他们搬到埃文斯顿两年后的1972年，我出生了。萨克森医生和他的太太多娜成了我的教父教母，同时也成了我父母非常要好的朋友。

我对萨克森医生唯一难忘的记忆，就是他曾经教我系鞋带，当我最终系好了之后，他觉得非常自豪。他是那种大家都希望记住的人。多娜阿姨从不会忘记节日或者我的生日，而我一生中所有的重大时刻，比如毕业典礼，她也总是会到场。她送给我们最好的礼物，就是用一个大盒子邮来的、包裹得严严实实的天使蛋糕①。多娜阿姨最小的儿子在只有十八岁的时候，就被一场可怕的摩托车事故夺去了生命。他的继父，即保罗医生，则因为压力和悲伤过度，六个星期之后也突发心脏病而撒手人寰了。多娜阿姨虽说伤心，但仍表现得很得体。后来，她又结了婚，并从神学院毕了业，成了一名牧师。她一直都让我觉得非常特别。事实上，我觉得她就是一位仙女教母②。

我的爸爸在事业之路上爬升得很快。他从事的是人力资源行业，并把家从怀俄明州搬到了科罗拉多州的丹佛。他真的非常擅长管理"西部农业局人寿保险公司"里的人员和效益，因此我们每次到他的办公室里去时，都会注意到，人们很喜欢在他手下工作。他熟悉每一个人，从大老板到收发室里的

---

① 天使蛋糕（angel food cake），一种用面粉、糖和蛋白制成的白蛋糕，由19世纪中叶生活在美国宾夕法尼亚州的荷兰裔厨师首创。

② 仙女教母（fairy godmother），指充当临死孩童教母的仙女，在民间传说中也指保护婴儿的仙女。

底层员工，全都认识。我还记得，该公司裁员的时候，他觉得压力重重，因为他必须去告诉几位员工，说他们失业了。他的慈悲之心非常明显，而他的担忧之情，也让他觉得浑身难受。

公司化的美国，本来是一个非常适合上班打工的地方，可我的爸爸却还是希望自己来当老板。他从人力资源部门退休之后，便开了一家小型的社区便利店，本地人几乎可以在店里买到所需的一切东西。2008年的经济低迷，使得他的那家商店不可能兴旺起来，但他还是尽可能地坚持着，开了很久。由于不愿意退休在家，所以他如今还是在干着一份自己喜欢的工作，尤其是，如今他开始观看《五人谈》这档节目了（格雷戈·盖特菲尔德①经常让他捧腹大笑）。

爸爸在"里高城"②找到那份工作的时候，我刚刚两岁大。对我的父母来说，住在丹佛就是住在大城市里，因此他们充分利用了这一点，确保我们全都去参观过该市的动物园和一些博物馆。不过，他们也仍然坚守着乡村的生活方式。由于爸爸去上班后，我非常想念他，因此他还制作了一盘磁带，我播放过一遍又一遍："母牛怎么叫？哞……马儿怎么叫？咴……"他是在牲口群里长大的，也是一位完美的模仿者。每年都有几次，他们会从牧场带回一大块牛肉，主要用于做牛排和烤肉。我家楼下有一个超大的冰箱，里面全都是用厚纸和锡纸包裹着的肉类，而我要干的一件家务，便是下楼去将妈妈做饭需要的食材取来。

我上三年级的时候，爸爸给我们俩定下了一个规矩。他要求我在他下班回到家里之前，阅读《落基山新闻报》和《丹佛邮报》。我必须至少挑出两篇文章，在妈妈准备好开饭之前，与爸爸进行讨论。爸爸会看完整篇报道，然后向我提问，以帮助我仔细思考自己的论点。而我在开始阐述自己的想

---

① 格雷戈·盖特菲尔德（Greg Gutfeld，1964—），美国电视名人、作家和杂志编辑。

② 里高城（Mile High City），即丹佛市，因它地处海拔一英里的高地而得此名。

法、有理有据地提出自己的观点时，也会不停地进行回顾。这种本领，在数年之后可派上了大用场。

我爸爸是一个非常喜欢看新闻的人。他订阅了当时可以订阅的全部政治杂志，如《时报》《新闻周刊》《美国新闻与世界报道》《经济学人》《国家评论》等。假如我们想要与对方讨论什么东西，就会把那一页折个角标示出来。每天晚上，我们都会收看晚间新闻，或是全国广播公司的节目，或是美国广播公司的节目，后来还看哥伦比亚广播公司的节目，因为后者一个半小时后才播出。星期六的时候，我们会召开一个简短的家庭会议，计划好星期天的日程安排。我把妹妹都快逼疯了，因为我总是争取上午八点半去教堂做礼拜，那样我们回家时，就赶得上观看周日的电视节目了。我们的周末，是在《六十分钟》[①]这个节目中结束的，节目中的嘀嗒、嘀嗒、嘀嗒之声，说明我们该从后院回到屋里了。爸爸让我迷上了新闻，这可是一件好事。

其余的家人

我的妹妹安吉拉·丽出生于1976年。我妈妈说，安琪[②]出生的那一天，妈妈让我留在家里，没有去上学，并且请一位邻居照看我，直到爸爸妈妈回到家里。妈妈说，她看到我很激动，让我去看刚刚生下来的妹妹。可当我走近一看，却火冒三丈，不停地说妹妹的模样让人讨厌。妈妈问我说，妹妹哪里让人讨厌了，可我却想知道，为什么没有让我去上学。妈妈说，这样安排，是为了让我在家里迎接妹妹。显然，我并没有被妈妈的话语打动，说以后我

①《六十分钟》（*60 Minutes*），美国哥伦比亚广播公司的一档周末时事节目。该节目制作精良、口碑上佳，是美国知名的电视节目，迄今已经播出四十多年，亦译《六十分钟时事杂志》。
②安琪（Angie），是"安吉拉"（Angela）的昵称。

天天都能看到妹妹，可学校却不是天天都能去上的。尽管当时我只有四岁，可我对待学习的态度却很认真。

在早年的那一段时间里，姨妈帕蒂·苏和表兄小迈克尔同我们住在一起。帕蒂·苏姨妈生下迈克尔的时候，才十六岁。她的第一任丈夫参军去了，并在德国驻扎了一段时间。那段婚姻结束之后，帕蒂·苏姨妈和迈克尔便跟我们住在一起了。帕蒂·苏姨妈在"阿扎尔大男孩"酒店里当服务员。迈克尔、安琪和我则在附近到处跑，上的是艾利斯小学。迈克尔更像是我们两姐妹的亲哥哥，而不像是我们的表兄，所以如今我们的关系依然很亲近。

帕蒂·苏是位很酷的姨妈。她比任何人都要迁就我们。比如说，20世纪80年代风雪夹克衫（就是那种有双色套衫、前面还有一个口袋的夹克）风靡一时的时候，我们都非常希望有一套那样的衣服，可它们的售价却有点儿贵。我不知道帕蒂·苏姨妈是怎么办到的，有一天晚上，她把我们带到"白金汉购物广场"里的"蒙哥马利—沃德公司"①，给我们一人买了一件套衫。一出商店，她就让我们把新衣服穿上。

在丹佛住了一段时间之后，她搬回了自己位于怀俄明州罗林斯市的老家去了。她在卡本县路桥公司找到了一份不错的工作，并且实地学到了一些管理和商业知识。她退休后，曾经竞选过市长一职，并且两次都赢了。帕蒂·苏姨妈在使用纳税人的资金和自己的竞选资金时非常节俭，甚至还将挂在院子里的标志回收起来，用于下一次竞选。她和丈夫罗德尼·舒勒在经营着"记忆轨迹"这家保龄球馆的同时，继续担任着市议员。"记忆轨迹"是怀俄明州第一家禁烟禁酒的保龄球馆，曾经有人对她说，这样做是绝对不可能成功的，可如今这里却成了该市生意最火爆的保龄球馆。她喜欢证明别人的话不对。帕蒂·苏姨妈教导我要活在当下，不要去为将来的人生担忧（我并未做到这一点）。在这个方面，她对我的教导可以说是无人能出其右。

---

① 蒙哥马利—沃德公司（Montgomery Ward），美国芝加哥的一家老牌大型百货公司，于2000年宣布破产。

在丹佛，我家位于榆树街，是一栋带有一个后院的小三居。爸爸妈妈充分利用了20世纪70年代末期实行的能源税收减免政策，因此我家房顶上还安装了一块巨大的太阳能电池板，用一个水箱，为我家的盥洗室提供热水。当我们驱车往北，到怀俄明州去看望爷爷奶奶，或者到南达科他州的拉什莫尔山①去参观那些"总统头像"时，用爸爸的话来说，一路上我们就是有了两台55马力的空调。也就是说，我们以每小时55英里的速度兜风的时候，把两扇车窗摇下来，车内就非常凉爽。由于我们经常往返于丹佛与怀俄明州，因此我和妹妹都记住了途中经过的那些市镇，知道哪里最适于停车休息和买糖吃（我最喜欢的是拉斯克，因为那儿的加油站里的糖果商店最好。我很喜欢吃"糖果香烟"②和黑甘草糖）。

当我在旅途中觉得无聊的时候，就会折磨安琪，在她睡觉的时候把我的脚搁到她的脸上。有一天，她勇敢地进行了回击，把我那只印有伯特和厄尼③两兄弟头像的白袜子从我的脚上揪了下来，扔到了车窗外面。我简直不相信，她竟然敢那样干。我提出抗议，可当时我们正在马路上开得飞快，爸爸妈妈没有停下车，无法回去寻找那只我最喜欢的袜子。坐在座位上，我看到妈妈笑了。我觉得，他们是对安琪能够保护自己这一点觉得有点儿自豪呢。实际上，我也是这样。

与其他孩子一样，我既努力与他人和谐相处，又渴望自己穿着当时的时髦服装。我想穿口袋上镶有图案的牛仔裤和"依佐德"④牌的衬衫。妈妈

---

① 拉什莫尔山（Mount Rushmore），美国南达科他州一座国家纪念公园，以其中有四座高达60英尺的前总统头像（包括乔治·华盛顿、托马斯·杰斐逊、西奥多·罗斯福和亚伯拉罕·林肯）而著称，亦称"总统山"。

② 糖果香烟（candy cigarettes），20世纪初推出的一种用白糖、泡泡糖或者巧克力制作、外形与香烟相似的纸包糖。

③ 伯特和厄尼（Bert and Ernie），美国少儿电视节目《芝麻街》中的两个布偶形象。

④ 依佐德（Izod），美国休闲服饰著名品牌，其消费群体主要是25到45岁、喜欢运动的上班族。

为了省钱，想给我的牛仔裤后面的口袋粘上贴花，并给我的衬衫贴上法国鳄鱼的标志（她的首饰盒里，如今仍然还有那个鳄鱼标志）。这让我觉得太丢人了。她认为，没有人能够看出我穿的是假冒货，可我自己心里清楚呀，所以，我在其他"更酷的孩子"周围时，就变得非常敏感了。

不过，爸爸妈妈还是迁就了我对时尚的一些渴望。我还记得，20世纪70年代发带流行起来之后，尽管这种东西完全属于多余之物，但爸爸还是用他那辆黄色的"道奇"牌皮卡车带着我，来到一家商店里，让我去挑选自己最喜欢的发带。当时，只有爸爸和我去了，安琪必须待在家里。我挑选了一条白缎发带，上面印着一道彩虹，并且编有金色丝线。我一直戴着这条发带，直到它差不多变成了棕色、差不多被磨破了才扔掉。我很喜欢父女相处的时光，觉得这种时光对小姑娘来说非常重要，可以帮助她们培养起自信心。

除了衣服，我的要求并不多，但书籍是个例外。每周到图书馆一次，是一种难得的享受，而我也会仔细确认所借图书的期限。回家的路上，我在汽车里便会看完两本书。有一次，在塔吉特①，当爸爸妈妈去购物时，我就看完了朱迪·布鲁姆②的《伟大的希拉》。我还记得，当时我还问他们是不是仍然需要把那本书买下来，因为我觉得那样才公平。那一次以后，我的父母便找了一家二手书店，在那里，我想买多少图书，就可以买多少。

我也并不是时时都在学习。在我刚学会走路的时候，父母就把我送进了基督教青年会主办的一家摔跤俱乐部，而我也很轻松地适应了那里的环境。我很擅长体操，后来还加入了丹佛大学三年级体操队。我曾经每日都伴着司

---

① 塔吉特（Target），美国第二大零售商品牌，属于世界五百强，亦称为美国最时尚的高级折扣零售店。

② 朱迪·布鲁姆（Judy Blume，1938—），美国著名的儿童和成人幽默现实主义作家。她开创了儿童文学创作的新天地，作品以坦诚直接的笔法，从儿童的视角和语言出发，来描写初露端倪的性格特征和同龄群体的压力等问题。其代表作有《骗子狂》（*Fudge-A-Mania*）（1990年）和《双重骗子》（*Double Fudge*）（2002年）等。《伟大的希拉》（*Sheila the Great*）写于1972年，又名《四年级小人物的故事》，讲述了一个爱骗人的小学生和他编造出来的弟弟的故事。

各特·乔普林①的《表演者》在地板上训练体操，并且一次可以做好几个后空翻，完成一次马马虎虎的表演（不，我可不会在《五人谈》节目上表演这个）。我很喜欢平衡木，但双杠练得很艰难。由于我不够优秀，连业余水平都达不到，因此便转而参加了足球队、篮球队和田径队。虽说我并不是一个优秀的运动员，但这些体育活动都增强了我的灵活性和体力。而在一生中的绝大部分时间里，我也一直坚持进行锻炼。

我的父母也让我受到了音乐的熏陶。我曾经上过钢琴课，但我的左手总是跟不上右手的节奏。不过，学会看乐谱也是有好处的，于是我便加入了教堂的钟楼合唱队（这一点，可让盖特菲尔德折服不已呢）。不过，虽说我试过上述种种不同的体育运动和活动，但我最擅长的，可能还是讲话。

或许，早在我们前往东海岸旅行的时候，就预示了我的未来。1979年我七岁的时候，我们曾经去华盛顿旅行。爸爸每年都会来这儿参加几场会议，而当时公司也会承担员工全家旅行的费用。我的父母决定，将这次旅行变成一次教育之旅。由于我妹妹那时还太小，只能待在家里，因此只有我与他们一起去。我们一家三口，以前谁也没有去过华盛顿。我们参观了所有的旅游景点：阿灵顿国家公墓、福特剧院、林肯纪念堂和杰斐逊纪念馆、国会大厦、华盛顿动物园，甚至还去过白宫。

我妈妈有个高中时的朋友，曾经在尼克松总统和卡特总统手下工作过，负责"空军一号"的行程安排和乘员名单。她安排我们一家三口去参观了白宫，由于当时卡特总统一家都去戴维营了，因此我还看到了那台可以直通克里姆林宫的红色电话（谁会知道，当时贝克尔正在白宫西楼里面工作呢）。我记得，7月4日我们坐飞机回家时，还看到了华盛顿纪念碑上方绽放的焰火。或许，正是从那个时候起，我觉得华盛顿是一个神奇的地方了。

在我父母看来，那次旅行给我留下了极其深刻的印象。他们说，回到家

---

① 司各特·乔普林（Scott Joplin，1868—1917），美国著名的黑人作曲家和钢琴家，他创作并演奏了大量拉格泰姆（Ragtime）风格的钢琴曲，代表作有《枫叶拉格泰姆》《表演者》等。

后，我便站在前门外的一个牛奶盒子上，看着爸爸手中挥舞着的国旗，说："有朝一日，我要到白宫里去工作。"

对于那次旅行，我的印象已经很模糊了。不过，每当看到华盛顿的全景时，我还是会觉得精神百倍。我觉得，所有父母在自己的一生中，都应当尽量带孩子到华盛顿去参观两次：一次是在孩子们七八岁的时候，让他们一睹特区的庄严和神奇；另一次则是在孩子们十五岁的时候，好让他们理解我国的历史和未来。这样做，最起码也会让孩子们体验到，参与我国的民主进程是种什么样的感觉，更何况，小时候的经历最终会影响他们取得些什么样的成就，谁又说得清呢？

我和妹妹，是整个家族里的两个长孙女。爸爸很重视这一点。还在我们年纪很小的时候，他就对我们说过，长大以后，无论我们想干什么工作都可以。他曾经给了我一件黄色的T恤衫，上面印着一行很大的粗体黑字："男孩能做的事，女孩做得更好。"虽说那件T恤后来被我穿破了，可如今它仍然年复一年地在家庭相册里露露面。早期女权主义推广运动的力量还真是不小（不过，那也是有一种相当可笑的设计啊）。

直到上四年级之前，我和妹妹都是步行去上学的。上一年级的时候，我的老师里顿鲍姆夫人可以说是一位天才。她通过举办竞赛，鼓励我们阅读；通过颁发每周公民奖章，让我们成为更善良的人。

里顿鲍姆夫人还经常带着我们去周游世界，当然，这种周游只是一种想象。她会让我们把椅子排好，假装我们是坐在一架飞机上，然后再把我们那一天打算去地方的相关内容读给我们听。我们"抵达"之后，全班便会吃到那个国家的小吃。有一次，我们去的是马达加斯加，她给我们吃的便是石榴。我要妈妈到商店里给我们买了几个石榴，可接下来我和妹妹便搞得乱七八糟，不知道石榴要怎样吃。如今，我们吃的可都是石榴汁了。

在绝大部分时间里，我都是一个规规矩矩的孩子。不过，有一件往事，如今想来却依然令我觉得痛苦。上三年级的时候，我的一位同班同学问我，能不能抄我的拼写测验卷子。我虽然觉得紧张，但还是同意了。几个小时后，我便被叫到了老师的办公桌前。

"达娜，为什么你交了两份拼写测验卷子呢？"老师问道。

当时我并没有意识到，那个小姑娘并非只是将测验拼写的单词抄下来，而是将我的整张卷子都照抄不误，连我的名字也抄到了试卷上方，而那里本来应当写上她自己的名字的。我可惹上了大麻烦，成了一个作弊的学生。

虽说我从上幼儿园到三年级的经历都很美妙，但到了上四年级的时候，情况就变得很糟糕了。丹佛开始用校车将孩子们送到附近地区的学校去，以便将各个学校融为一体。每天早上我要坐四十五分钟的车才能到学校，而在整个四年级里，我也是全校仅有的五名白人学生当中的一位。一方面要尽量适应，而另一方面，被其他同学欺负后却想不出应对之策来，这种情况可真是太糟糕了。连校车司机也常常叫我"白人小公主"，不但当着其他孩子的面嘲弄我，还警告我说，要是我把这事儿告诉爸爸的话，那么后果自负。我虽然不发一言，心里却焦虑得很。我尽量既不泄露这个秘密，也不在别人面前发牢骚。

我曾经花了好几个小时，一遍又一遍地祈祷："请他们不要生我的气，请他们不要生我的气。"因为同学们对我的确很不友好。他们常常很刻薄，在假期里捉弄完我后，又要我帮他们做家庭作业。这让我觉得像是一种威胁，因为我要是不帮他们做的话，日后我便会为此付出代价。于是，我便开始主动提出帮他们做作业，或者任由他们作弊来抄袭我的考卷，目的就是让他们对我好一点儿。那时，我总是担心有人会大发脾气，因而直到今天，当别人发火时我还是很紧张，直到明白不是自己做了什么事情惹恼了此人才放心。总统先生很了解我这一点，因此倘若让助手来叫我去总统办公室，他就会吩咐说："告诉她，没有什么不好的事情。"如今，福克斯新闻频道的比尔·西恩也是这样做的。优秀的管理者懂得看透员工的心思，知道如何让员工避免因担心而失去勇气，哪怕最初引发这种担心的事情发生在三十多年之前呢。

差不多就是在那个时候，我开始注意到人们交谈时的微妙之处了。我对紧张非常敏感，而我也确实讨厌出现任何形式的矛盾冲突。我的父母也与其他人的父母一样会吵架，因此到我二十八岁的时候，他们最终还是离了婚。

他们之间的争吵，曾经吓坏了我。无论在哪里，只要做得到，我都会在冲突面前退避三舍，因为我在学校里的情况本来已经够糟糕的了，总是处于紧张之中。如果回到家里，父母再吵起架来，我就会屏住自己的呼吸，一声不吭。我会竖起耳朵，听着那些可能让父母大发脾气并动手打架的话语。我还记得，那时我经常这样想："为什么他不这样说，那她就不会以为他是那样的意思了……"或者"真希望她说的是这个，而不是那个，那样他就不会大发脾气了。"

这种信息处理的方法，就是我在后来的一生中，在许多情况下不断练习的东西。在我的个人生活里，我始终都在告诉彼得，他应当如何去表达某事，这样我就会有这种或者那种感受（是的，我很清楚，他是个可怜的家伙）。我会小心谨慎地选词用句，而倘若搞错了，我也会觉得很遗憾。我会就如何与男友分手或者辞职而向朋友们提出建议，后来我又要告诉总统，说他应当对世界各国说些什么。有一天，我纠正了布莱恩·吉米德在福克斯新闻频道播音时说错的一句话后，他问道："你是不是非得当所有人的新闻发言人呢？"我回答道："是的。我是情不自禁！"

我能够正确估计形势，并且马上在合适的时机说出合适的话语这一本领，正是源自这种焦虑感和自己对保持局面平和稳定的需要。这种本领，有一部分属于本能，但另一部分，却决定了我必须是那个掌握信息最充分的人。这样，我才能掌握控制权，才能向双方表明，他们为何应当和平相处：因为他们拥有同样的目标，并且我还有事实能够加以证明。到《五人谈》去当主持人，意味着要放弃此种控制权的一部分，但正如我的搭档主持人将会证明的那样，我有的时候也会通过发送一些可能会影响他们观点的文章，试图让他们的回答符合我的期望。我喜欢了解自己将要面对的是一种什么样的局面。

　　我的父母离开丹佛市，把家搬到位于科罗拉多州丹佛市远郊的帕克之后，我在学校里的麻烦总算是解决了。我们拥有五英亩地，有一座三个卧室的平房，还能一睹落基山脉弗兰特岭的美景。我在学校里很快就跟上了教学进度，并且交到了许多朋友。这段时间与前两年的情况截然不同，很可能对我产生了重大的影响。我的经历，就是我支持实行学校教育选择权的基础。我的父母有办法让我转到一所更好的学校，可其他人的父母却不一定有搬家的能力，因此他们的选择就会受到过时的法律的限制。

　　虽说把家搬到远郊带来了很多好处，但我的爸爸妈妈上下班的路途却更远了，因此下午经常是我和妹妹独自待在家里。大家都想象得到，每天放学回家后我做的第一件事情，就是……写家庭作业啊。

　　我妹妹安琪比我小四岁，她一直待在科罗拉多州。我觉得爸爸妈妈最宠爱她，不过，这一点对我来说也没什么不好。我也最宠爱她呢！安琪完全就是那种标准的第二个孩子。她很少挨父母的处罚，经常想怎样就怎样，除非是在上学前我们就要出发的时候，她把麦片牛奶倒到自己头上，才会受到惩罚：妈妈不会再给她换洗，让她就那个样子去上学。牛奶会一整天在她的头发里咯吱作响，并且发出难闻的气味。不过，这种惩罚很有效，因为她后来再也没有那样干过了。

　　我真希望自己是一个更好的姐姐啊。我曾经捉弄她，假装要把她的被子放到烘干机里化掉，还把她搞得分不清电视剧《史酷比》①里的威尔玛和达芙妮两人。她很喜欢"椰菜"牌的洋娃娃，可当她给如此昂贵的洋娃娃脸上画上雀斑、弄得妈妈火冒三丈之后，我又替安琪感到难过。我本来不应该让她那么做的。不过，就算是遇上了麻烦，我妹妹也从不发牢骚。她可不介意被妈妈罚回房间里去，因为她本来就很喜欢待在自己的房间里！

　　我们之间，也会跟其他人家的兄弟姊妹一样吵架打架，可实际上，我们

_____

　　① 《史酷比》（Scooby-Doo），20世纪60年代美国的一部热门卡通系列剧，故事的主角是一只会说话的大丹狗"史酷比"。威尔玛和达芙妮也是其中的两个主角。

却亲得很。当我们的父母难得一见地准备外出玩一个晚上时，我们经常会看着他们在客厅里练习乡村摇摆舞和两步舞。然后，我们就会把闹钟定到星期六早上的六点半，这样就不会错过看《蓝精灵》了。

我大了一点儿之后，父母给我买了一辆汽车，好让我帮着他们接送安琪去打脱敏针。有时候，待她看完医生之后，我还会带着她去见一见我的朋友，好让她可以经常与"一些很酷的人"打打交道。

我妹妹很擅长处理危机情况。她用的是一种"我能帮上什么忙"的模式。她的好朋友因为药物过量而去世之后，她搜集并制作了纪念性的幻灯片，并配上那位朋友最喜欢的音乐，在其葬礼上播放。当她的朋友——两个小孩的母亲，躺在医院里生命垂危的时候，安琪还在凌晨五点把这位朋友的两个孩子领到麦当劳里去吃东西。然后，她把自己的电话号码给了那两个孩子，说无论什么时候，他们都可以给她发信息，而自那以后，他们也的确经常这样做。她也始终都会回复他们。

无论是在不幸场合还是喜庆时分，她都会到厨房里，做上自制的鸡肉面条汤、牛腩、意大利式烤千层饼、卷肉玉米饼以及她最喜欢的蓝莓面包。她的身材如此苗条，真是令人惊讶（也有点儿不太公平）！

安琪也是那种传统型的妹妹。她确实认为我是最机灵、最酷的人。而让我觉得有意思的是，这么多年来，对于我所取得的种种成功，她似乎从来没有嫉妒过。她也很喜欢布什总统，在她位于丹佛的办公桌上，还摆着一张她参观"空军一号"时的照片。有一天，由于电脑出了故障，她便打电话叫电脑部的人来看一看。本·马霍克来给她修电脑，看到了那张照片。两人之间擦出了爱情的火花，因为爱情在任何时候都可以降临到一个人身上。他便问，那张照片是不是真的。她说当然是真的。几年后，他们便喜结连理了。

安琪是我希望自己能够成为的那种人。我很少碰到有人能够像她那样真诚地为别人感到高兴，可安琪正是那样做的。如今我心里尽量记住，要多向她学习。

对我来说，初中是令人糊涂而又混乱的一个时期，对许多青少年来说，也是如此。我差不多属于那种受人欢迎的孩子，但并不是始终都很适应初中的环境。我希望取得成功，曾经参加过学生会竞选、组建过啦啦队，还参与过学校年鉴的编纂工作。

从学业来看，我是个优秀的学生，不过，那是我的英语成绩开始比数学成绩好之后的事情了。我很爱上文学课，甚至还很喜欢将句子进行图解注释。我很机灵，可以不用去上更高级别的数学课，就将成绩保持在平均水平。不过，如今我倒是希望，学校当时要是没有让我那样侥幸得手就好了。

我曾经暗恋过一些男孩子，也知道他们都很想知道我的想法，可如今我无论如何也记不起他们的名字了。我记得，十三岁那年夏天，当时爸爸妈妈都在上班，他们曾经对我说："无论你做什么，都不要去跟那些男孩子坐三轮摩托车。"我本来就不想那样干，但那天下午，我的一帮朋友来看我，其中有个人还开来了他的沙滩车①。他问我，想不想坐车出去兜上一圈。我可不想让他们觉得我是个胆小鬼，便说我们只可以开到下面那条死胡同，然后就回来。

当时我有一种不好的预感，而我本来应当听从自己的直觉，拒绝跟他们开车出去兜风的。那人让我跳上摩托后座，并且双手抱紧他。可我不想让他误以为我喜欢他，因此没有抱住他的腰。当他开到车道尽头向右拐的时候，我一下子从后座上摔了下来，摩托车巨大的轮子从我的脚踝上碾了过去，将我的脚踝和大脚指头碾骨折了。我的小腿肚子也扎进去了许多碎石。妈妈只能赶紧请假回家，带我去看医生。她没有必要再说什么，因为我已经得到了教训。从那时起，我再也没有坐过三轮摩托车了，并且成年后，我坐车时也始终抓得牢牢的。

到了高中，情况有所改善了。我结交了各种各样的朋友，从演讲队员到橄榄球员和啦啦队员，什么朋友都有。我们的父母都是郊区人，有些人在市里的办公室里上班，还有些人则成功地经营着一些小企业，比如"霍夫景观

①沙滩车（ATV），全称为"全地形汽车"（All-Terrain Vehicle），即能行驶于各种地形上的汽车。此处显然是指一种全地形的三轮摩托车。

工程承包公司"，如今这家公司就是由我的一个朋友经营着。我们的好朋友当中，有个人的爸爸就是我们的校长，因此我们一般都很规矩。但我们在试图逃脱某种惩罚的时候，却会拉着校长的虎皮作大旗，来当挡箭牌。我们都非常自由，或许这种自由还有点儿过度，但我们都是在一个和平安宁的时期、在一个半属农村的地区长大的，因此我们并没有受到严酷现实的冲击。

我有一些书呆子式的习气。比如说，有一位朋友，我只跟他说俳句①。我很少惹麻烦，只有一次例外。那一次，我试图与特蕾西·席勒逃学，却被老师逮住了，不得不留校受罚。我本以为爸爸妈妈不知道这件事，但到了那一年的圣诞节，我收到的一件礼物里，却赫然放着妈妈收到的那张装有边框的课后留校通知书。他们知道如何来惩罚我，我当时觉得非常尴尬，一点儿也不觉得这样做很有意思。

好吧，我有点儿像是电影《校园风云》②中的那个特蕾西·弗丽克。我是学生会主席，而在佩里诺家族主政时期，我也成功地让学校每周的学习安排获得了某种灵活性，让学生可以获得额外的辅导，进行额外的研究（并且还让那些不喜欢学习的人多了四十五分钟的旷课时间，因此获得了每个同学的支持）。我曾帮忙安排舞会，其中就包括毕业舞会。不过，我最钟爱的还是演讲组。在演讲组里，全都是我这样的人。如今，每当我主持《五人谈》节目的时候，我都会想起他们来。我也完全清楚，他们十有八九都会收看"红眼"节目（这可是一种恭维呢）。

到了该选择上什么大学的时候，我本希望去上一所大型的、很有意思的学校，可爸爸却建议我去上一个规模虽然较小，却有可能获得奖学金的学

---

① 俳句（haiku），源自日本的一种无韵节的三行诗，多用富有感情的文字来描述一种气氛或者情景，后来被外国诗人融合进了英语和其他一些语言中。

② 《校园风云》（Election），美国1999年拍摄的一部校园喜剧片。其中的特蕾西·弗丽克（Tracy Flick）是学校里最为雄心勃勃的女学生，能干而上进，总想把学校当成她日后成就大事业的跳板。影片讲述了她和其他学生竞选学生管理委员会主席的过程，影射了美国的选举政治，非常尖锐而又不失娱乐性。

院。那个学校，我甚至都不想去考虑，可爸爸却固执己见，于是我便生气地
噘着嘴，开着汽车前往科罗拉多的普韦布洛，去参观南科罗拉多大学。我可
从来没有想过，自己第一次离家独自生活的时候，要住到一座小小的、无足
轻重的学校里去。我的计划，可不是这样的！

不过，还是父亲懂得最多。待拜访了几位教授之后，我便认识到，这个
学校正是适合我待的地方。我既不会湮灭在众人之中，也会有机会到面向科
罗拉多州南部和西部地区的公立电视台去实习，获得那种有助于我找到工作
的实践经验。大众传媒系的每一位教授，都必须具有十年的实践经验，才能
去从事教学工作，但直到我对学术界了解更多之后，才明白这一点是多么独
特。而且，我还因为加入了学校的演讲组而获得了四年学费全免奖学金。因
此，最终表明这是一件相当合算的事情。

所有的大众传媒课程，我都非常喜欢，尤其喜欢"新闻史""伦理学"
和"公共关系"。当然，其他科目我也学得很好。我还辅修了西班牙语，甚
至开始在梦里都说西班牙语。我喜欢政治学，而数年之后，该校教过我的一
位教授宝丽塔·奥蒂斯，也到布什政府的五角大楼里去工作了。

大学一年级的时候，我选修了"哲学"课程。待那一年回家过感恩节
时，我便对爸爸说，我正在考虑皈依佛教，当一名佛教徒。其实，那并不是
我经过深思熟虑后的想法，只不过是心血来潮罢了。因此，到了那一年的圣
诞节，我便再次高高兴兴地回去，坐到我们路德派教堂内的靠背长椅上做礼
拜去了。这就是大学最了不起的一个方面：我们可以去思考一些新的思想，
然后判断出哪种思想对我有用。

在大学里，我曾经在《平局》节目组里工作过。那是一个辩论节目，有
点儿像是如今《五人谈》节目的早期版本。在大四那一年，我曾经主持过每
周播出一次的《国会日志》，那是一档综述节目，讨论的是一周以来影响到
科罗拉多州南部和西部地区的立法问题。当时，我的表现一定是惨不忍睹，
可他们还是给了我尝试的机会。我还在周末打过工，当过通宵乡村音乐主持
人，并且只要匀得出业余时间，我就去餐馆里当服务员。后来，我以优异的

成绩毕了业，毕业典礼一结束，我就准备好继续前进了。

虽说与高中时代一样，上大学时我最好的朋友也都是演讲组里的人，但我也结识了许多其他人。有位来自新英格兰地区的女孩，简直把我乐坏了：她竟然真的相信了一本宣传手册上的话，以为我们这所大学离滑雪场很近。她这个人，喜欢站在宿舍里的窗台旁边抽烟，从不担心会因此而招来麻烦。我曾经替她写过几篇论文，每篇收了她二十美元（那时我真的应该多收她一点儿）。

在大学里，我交过两个男朋友，并且对待其中的一个要比对待另一个认真得多。我的第一位男朋友是个篮球运动员。他是一名控球后卫[①]，因此我们的身高差距并不大。我们平平稳稳地约会了两年。我曾经真的以为，他可能就是那种我能够托付终身的人，因为他聪明、风趣，并不像你们认为的那样木讷（可其实也差不多呢）。

有天晚上，他本来应该开车来接我，可一直没有来。他把我甩了，后来再也没有露过面，连电话也没给我打过。我大病了一场，无比心碎。我既觉得悲伤，觉得受了背叛，又觉得自己很傻。是我的室友安德莉亚·阿拉贡救了我。她让我振作起来，到处走走，最后又在周六的晚上带我到那些具有乡村和西部情调的酒吧里去，与一些小伙子跳舞，然后再独自回家。如今，我们仍然一致认为，"多亏当时他伤透了我的心"。

大学毕业后，我决定马上去读研究生。虽说又是一所小小的学校，可那所学校离科罗拉多州很远，是伊利诺伊大学春田分校。那是一个专属计划，每年只有十八个人可以进入公务报告专业就读。而最好的一点，就是这个专业只要就读一年。虽说当时我急于在新闻行业里找份工作，但我觉得，研究生学位会让我在竞争中具有优势。

我在哥伦比亚广播公司的当地分公司获得了一个实习职位。我本以为自己会热爱那一岗位的，而从某些方面来看，我也确实热爱那份工作。

---

① 控球后卫（point guard），篮球比赛中负责进攻的防守队员，球场上拿球时机最多和组织进攻的人。他们要把球从后场平安地带到前场，再把球传给其他队友，给队友创造得分的时机，亦称"定点后卫""组织后卫"等。

我喜欢了解法律方面的知识，喜欢整理那些用于阐述清楚一个复杂问题的视频材料。不过，那时正值1995年，是数十年来共和党首次上台执政，可与我一起工作的那些人，却似乎都不太尊重共和党人。我注意到，那些人对任何保守观点都心存敌意。而我认为，他们那样做既过分，又不公平。那是我第一次感受到了媒体的偏见。正是这一点，让我不再希望在地方新闻机构工作了。我以优异的成绩毕业之后，便迅速跑回了丹佛，开始做所有研究生似乎都要干的事情了：我住在父母家的地下室里，开始到餐馆里去端盘子。

每天早晨，我都会给一家媒体热线打电话，因为那家热线列出了本地市场有哪些电视台需要招聘员工。我还向西南地区的几家单位提交了求职申请，因为我觉得，自己的西班牙语在那儿可能派得上用场。我还认为，大西部的人可能不会有那么多的偏见（实际上，我却大错特错了）。

其中有个岗位是在关岛，去给一个美军基地当电视主持人。我提交申请的时候，还以为那将是一段令人难忘的经历。可造化真是捉弄人。有天晚上，我和爸爸正在浏览各个电视频道时，看到了一部纪录片的部分内容，说的是棕树蛇正在侵扰关岛的情况。人们在浴缸、厕所、洗衣机里都发现了棕树蛇。有位女士还说，她在散步的时候，一条棕树蛇竟然掉到了她的头上。于是，到关岛去上班的事情就到此为止了。我撤回了自己的求职申请。现在想来，那样做其实可能还是有点儿鲁莽。如今，我仍然在为自己不够大胆、没有去那里工作而感到遗憾。

在餐馆当服务员的过程中，我听说科罗拉多州参议院里有一个副新闻发言人的空缺职位。我想找人好好参考参考，便给美国众议院斯科特·麦金尼斯议员的办公室主任打了个电话。我上大学的时候，麦金尼斯很乐意每个星期都让我去采访他一次，制作成公共广播公司的节目播出。现在回想起来，我认识到，绝大多数政治家都是不会让我在一天中的那个时间去采访的，可麦金尼斯却很和蔼。而与他的办公室保持联系，也是我在建立良好的人际网络方面的第一个职业经验，因为一个人永远都不知道，自己在什么时候可能需要别人的帮助。

这位众议员的办公室主任没有给我提供参考意见，而是为我提供了一个职位。我还以为，他们是要我到麦金尼斯众议员位于科罗拉多州普韦布洛市的办公室里去工作，因此婉言谢绝了。可他们需要我去从事的那个岗位，其实是在华盛顿。这引起了我的兴趣，可我当时还担心，要是没有马上在电视台找到一份工作的话，我就会错失成为一名记者的机会。并且，我是申请了学生贷款来支付读研究生的学费的，难道这一切全都打了水漂不成？

我整整烦躁了三天，夜不能寐。我必须给他们一个答复才行。最后，我只能祈祷，希望自己一觉醒来时就已经做出了决定。这种办法真的管用：留神吧，华盛顿。

国会生涯

我的住处，是国会山上一栋破旧的连排出租住宅里一个又小又乱的房间。实际上，热水器就安装在我的房间里，表明这里很可能是一间储藏室，而不是什么人的卧室。我们把东西搬进去的时候，妈妈一直都没说话。我的室友都很冷淡，并且还有点儿刻薄（这是我第一次接触到对共和党人持怀疑和蔑视态度的民主党人）。她们两人都来自新英格兰地区，并且都叫凯蒂。我们之间的差异，实在是大得不能再大了。她们当中，有一个人与办公室里一个已婚男人同居，平时我几乎见不到她。另一位凯蒂和我本来是试图找出一些共同点来的，可最终还是放弃了，只勉勉强强地做到了以礼相待，而没法成为朋友。

就在"万圣节"①前，有个星期六的晚上，我正待在家里，突然听见外面

---

① 万圣节（Halloween），亦称"诸圣日"（All Saints' Day），本是基督教缅怀已逝并升入天国的所有圣人的节日，时间是11月1日，但许多亚洲地区的人都将万圣节前夕（每年的10月30日晚）误称为万圣节。万圣节前夜，小孩子们都会穿上化妆服，戴上面具，挨家挨户地收集糖果。

有响动。我身上只穿着短裤和T恤，便匆匆趿上上班时穿的鞋子，走了出去。当时风刮得很猛，一不留神，门就在我身后"啪"的一声关上了。我被锁在了门外，又没有带备用钥匙。我急得几乎都要哭了，样子很可笑。我孤身一人，冷得不行，上身穿着不合时宜的衣服，脚上是平跟的黑色皮鞋，穿过街道，到我认识的这些人所住的群租房去。她们让我在那儿一直等着，直到其中一位凯蒂回来。一周之后，我那个小房间里的热水器又坏了，我的床垫泡在水里，我的新衣服全都被糟蹋了。此后，我便另找了一个住处，与另外四位漂亮而和善的年轻女孩子合租一栋房子（如今，我与其中的两位仍然是好朋友），还有了一个属于自己的衣柜。

我认清自己是一名共和党人，与其说是一种醍醐灌顶式的顿悟，还不如说是一个逐渐醒悟的过程。限制政府权力、强调个人责任、提倡强大的国防力量等价值观，都很符合我的思维方式和天性。我的爸爸很可能是我所知的第一个拥有自由主义思想的人，而他也很喜欢跟我抬杠，以便让我能够站在自己的立场上来思考问题。在进行总统大选的年份，他和我妈妈所投的选票经常都会相互抵消：爸爸总是投票支持共和党，妈妈总是投票支持民主党。不过，他们并没有经常在我们面前讨论政见分歧。我呢，则更倾向于支持里根和布什，而不那么支持杜卡基斯①和克林顿。

但是，我并没有真正理解，为什么我会是一个共和党人。那种情况，随着其他的东西，即一本书，发生了改变。我搬到华盛顿后不久，一位朋友给了我一本《我在革命中所见》。这本书，是里根总统最优秀的一位演讲撰稿人佩吉·努南撰写的。我很喜欢她那种清晰的思维和娓娓道来的叙述风格，喜欢她阐述论点的方式，喜欢她用自嘲式的幽默手法，描述了自己在老行政办公大楼里最糟糕的办公室里工作的经历。就是在那间办公室里，她精心为里根总统撰写了许多演讲稿，它们不但鼓舞了整个美国，也完全支持了我们

---

① 杜卡基斯（Michael Dukakis, 1933—），美国政治家，民主党成员。他曾担任过马萨诸塞州州长，并于1987年下半年宣布竞选总统，但最终输给了老布什，后进入美国东北大学任教授。

的国家例外主义[1]。

在阅读那本书的过程中，我开始认识到做一个保守主义者意味着什么了。在我看来，保守主义者更加理性，因为其中没有轻而易举的答案，现实和逻辑占有很重的分量，并且具有一整套明确的核心原则。佩吉帮助我明白了，身为共和党人兼女人完全没有问题，因为这两种角色并不是相互排斥的。如今再来这样说，听起来有点儿奇怪。但是，不妨从每一个角度全面地想一想灌输给美国年轻女性的所有信息吧，更何况如今仍然有人将共和党人说成是敌人。几乎每一本书、每一种杂志、每一部电影和每一种电视节目，在描述保守主义者时都是持否定态度的。我们很少看到正面评价一位共和党女性的材料，而就算看到过，那种材料上的语气也好像是在强调，她们都是规则之外罕见的例外情况（提醒一下编辑们：被人称为"共和党相关人士"可不是一种恭维）。

我用佩吉的方法工作了许多年，因此后来到了福克斯新闻频道取代了麦克·赫卡比[2]的位置之后，我还邀请她来作节目嘉宾。那是一个秋日的周六下午，天气完全适合在中央公园里散散步，但她还是答应到演播室里来。在录播时，我尽量显得没有太过热情，只是感谢了她。让我高兴的是，后来我们还成了朋友。我很高兴，因为她是个善于聆听的人，并且在回答的时候注重实质、充满智慧。即便是觉得对方说的全是废话，她也会眼里含笑。我很高兴，有这样一个机会可以亲口告诉她，她给了我什么，那就是发现自己的愿望并且自信地表达出来的能力。你们完全可以说，佩吉的书真的帮助我开始

---

① 国家例外主义（national exceptionalism），又译"美国卓异主义""美国优越主义"等，是亚历西斯·托克维里于1831年杜撰出来的一个名词，意指美利坚合众国因具有独一无二的国家起源、文教背景、历史进展以及突出的政策与宗教体制，因而世界上其他任何国家都无法与之相比。这实际上体现了美国人狭隘的民族优越主义思想。

② 麦克·赫卡比（Michael Dale Huckabee，1955—），美国政治家、作家、演说家和牧师。他曾担任阿肯色州第54任州长，并于2007年和2015年两次宣布参加总统竞选。

了一种自己从未想象过的职业。

然而，我在华盛顿特区的第一份工作，并不特别。我负责接电话，并且迎接那些来到国会大厦的人。我还自告奋勇地带领选民参观这栋大楼，因此可以不待在办公室里。差不多八天后，我便得心应手地处理工作了。不过，国会生涯的其他方面还是很有吸引力的。通过与美国签订的一份国家销售税与实施合同，我还获得了简易午餐。这里真是一个政策迷的天堂啊。

在华盛顿特区，大家做的可不只是交朋友，还有建立人脉关系。这里是大家建立人际网络的地方，也正是因为在华盛顿有了这第一份工作，我最终才成了白宫的新闻发言人。

这一切，始于一场曲棍球比赛。如今，凡是收看《五人谈》节目的观众都知道，曲棍球这种运动可不是我的强项。不过，在特区生活了两个星期之后，有一天晚上我听说一帮老乡要外出，打算去观看"科罗拉多雪崩队"与"华盛顿首都队"之间的比赛。我跟他们一起去了，毕竟，一方面这次活动不用我出钱，另一方面我也需要结交一些人。

我坐在蒂姆·鲁迪恩旁边，他在参议院那边工作。他问我说，在特区我梦想的工作是什么。我对他说，希望自己能够努力，有朝一日当上国会的新闻发言人。他说我的运气很好，因为科罗拉多州的众议员丹·谢弗正需要一位新的新闻发言人，并且更愿意招聘一位老乡，只要在媒体工作过就行。我的心往下一沉，虽然觉得这似乎是一个绝好的机会，可时机却不对。我在麦金尼斯手下工作还不到两个月，因此我觉得，要是这么快就跳槽的话，会给人留下不好的印象。蒂姆说我的想法很不可思议，便替我做了安排，让我去谢弗的办公室面试。

他说得很对。三个星期之后，我便到谢弗手下工作去了。麦金尼斯根本就没有生气，反而替我感到很高兴，并且自那以后，他一直都在支持我。他的做法，给了我启示，那就是应当乐意与人方便，尤其是为自己手下的雇员开方便之门，无论这样做可能给自己带来多少不便，都应当帮助他们升职或者找到新的工作。

　　因此，几乎一夜之间，我便成为了一名新闻发言人，简直像是速溶咖啡一样，只需加水便成了。我都不知道自己当时在干什么。幸好，我的办公室主任霍莉·普罗普斯特是我遇到的最优秀的管理人员之一。她教我如何写声明和新闻公报，并且确保我已经理解了政策，从而不至于让我把事情弄糟，影响到法案的通过。她跟记者打电话的时候，还让我在一旁听着，以便让我能够了解她应对采访时的诀窍。她给了我许多暴露弱点、犯下错误的机会，可同时也一直陪在我的身边，确保我绝不会再犯这些错误。

　　不管你们信不信，我接到的第一批电话之一，就是主持《六十分钟》节目的、那位已故的迈克·华莱士[1]打来的。留言写在一张粉色的"有事外出"便笺上。我不知道他打电话的目的是什么，但我明白，要是《六十分钟》节目组打电话过来，最好还是提醒一下自己的上司。霍莉说不用着急，看他是不是还会打过来。果真，他第二天又打过来了。这一次，霍莉要我回电，向他解释说我刚开始工作，问他想要干什么。

　　我按那个号码打过去之后，接电话的却不是迈克·华莱士，而是蒂姆·鲁迪恩，就是那个帮助我得到这份工作的人，他是在跟我开玩笑。于是，我给他改了个名字，叫作"蒂姆·坏蛋"[2]。

　　在国会工作，是一个很有效的途径，让我的事业蒸蒸日上。因此，无论大家想不想从政，我都会建议他们这样做。最终也表明，这份工作也是一个了不起的途径，还让我遇到了未来的丈夫。1997年8月17日，受谢弗议员的指派，我登上了从丹佛飞往芝加哥的飞机，而我的人生也由此发生了永远的变化。

---

　　① 迈克·华莱士（Mike Wallace，1918—2012），美国新闻记者、主持人，CBS（哥伦比亚广播公司）访谈节目《六十分钟》的主持人，曾于1996年荣获肯尼迪新闻奖，2003年荣获艾美奖终身成就奖。

　　② "坏蛋"（Rotten）与"鲁迪恩"（Rutten）只有一个字母之差，发音也很相近。

当一些深爱的人去世之后，你们会觉得与之更感亲近，这种事情虽然奇怪，但也是一件好事。我在东海岸的时间越久，就越感谢西部。对于自己独特的成长经历，对于细心地确保我和妹妹接触到了多种不同经历和生活方式的父母，我都深为感激。的确，你们可能永远都不会在芸芸众生中发现我，说："有朝一日，她会成为白宫的新闻发言人。"正是这一点，才让美国变得如此伟大：今天你还坐在谷仓前的篱笆上，以为自己永远都不会离开老家，而明天你却会坐在"海军一号"上，陪着最后一次视察海军海豹突击队的美国总统归来。上帝确实在保佑着美国。

第二章

爱的启航

青年危机①

    1997年，我满二十五岁之后，本来应该对一切都感到非常满意才是。我年轻、健康，在工作中和教会里又结识了许多好朋友。我是众议院"能源和电力小组委员会"主席的发言人，与负责报道国会新闻的记者们保持着很不错的关系。我已经还清了自己的助学贷款，信用卡上没有任何债务，并且独自住在国会山连排住宅区的一栋英式地下公寓里。因此，我为什么时时刻刻都那么紧张，那么忧虑重重呢？虽说当时我并不知道那是怎么回事，但其实是我正在经历许多年轻女性都要经历的一种状况，那就是"青年危机"。

    现在回想起来，我那时竟然会如此缺乏自信，这一点似乎可笑得很。差不多用任何标准来看，我那时都可以说是顺风顺水、春风得意。可我还是无法享受那种得意，因为我对未来忧心忡忡。尽管两年之后，我已经深谙国会新闻发言人的职责，哪怕是睡着了也能干好，但我还是很热爱自己所从事的这份工作。我不知道自己的未来是什么，因此急于向上发展。在谢弗议员的办公室里工作，是没法让我的事业向前发展的，因为那里没有发展的空间。

━━━━━━━━━━

    ① 青年危机（quarter life crisis），社会学术语，指一种多发于20岁至30岁人群，且表现为情绪不稳、自我怀疑、对将来感到迷茫、失去生活目标的社会现象。亦称为"四分之一的生命危机"。

我拼命控制，才没有去白宫前街的一家贸易协会或者院外游说公司①工作——
国会里的工作人员经常这样干。我当时也没有对国会里大老党②的什么领导人
物感兴趣，因为他们与我完全不是一路人。我几乎没有太多选择。

在个人生活方面，我也多年没有交过男朋友了。虽说我经常跟许多朋友
一起出去玩，但特区的约会场所是很乏味的（现在依然如此，对不对，女士
们）。我还记得，当时觉得华盛顿可没有多少让我感兴趣的男人。绝大多数
小伙子的外表，都好像是一生中从没在外面工作过一天那样，双手柔软、握
手无力、肤色苍白，并且大腹便便。而那些长得英俊的家伙呢，要么已经成
家，要么便是一门心思扑在自己的政治野心上，毫无幽默感。单身女性的选
择着实有限。因此，在面对事业上的种种局限，又不可能谈一场浪漫恋爱的
情况下，我便陷入了困惑之中。

那时我并没有意识到，并非只有我一人这样。信不信由你，反正二十五
岁左右的年轻女性（如今，这个年纪看上去是多么年轻啊）都会经历人生中
的这种危机（男性则要迟一点儿才会经历），认识到自己年轻时的梦想无法
成真，并且这些梦想可能本来就没有那么伟大。没有人对她一见倾心，她也
并没有与一个挚爱自己的丈夫生上两个孩子，在山区或者海滨没有第二栋住
宅，也没有一个日益增多的退休金账户。虽说大学毕业几年之后，她在工作
中已经升了两次职，但她仍然觉得自己好像是涉水浮萍，无法靠岸一样。尽
管大学生涯已经过去，可她却并未觉得自己长大成人。她甚至确定不了，究
竟自己希不希望长大，因为长大似乎既无聊，又艰难。但是，时间催人老。
因此，她便给自己施加了更多的压力，担心自己的美好年华会在不知不觉中
悄然逝去。

就在我二十五岁生日之前，我列出了一份个人的清单（我很喜欢列清
单）。我觉得，自己还缺少好几个方面的活动。那份清单，看上去有点儿像

———————

① 院外游说公司（lobbying shop），专门派人在议院走廊通过游说等手段说
服议员支持某种议案的公司。

② 大老党（GOP），全称为Grand Old Party，是美国共和党的别称。

是这样的：

> ○约会：需要尽量多出去。不要再与那帮人出去"鬼混"了。
> 要广撒网。不要降低自己的期望值！
>
> ○职业：下一站，为领导人工作？不。参加2000年的竞选？没
> 有经验。担任办公室主任？可能，但资历不够，因为办公室主任必
> 须去募集资金。去贸易协会？呃。去院外游说公司？呃。离开特
> 区？好/不好……可离开特区后，又去哪儿呢？
>
> ○个人发展：旅行，因为我还没有见过世面呢！需要尽量多外
> 出旅行。去参加一些培训班？获得另一个学位？要看一看《伊利亚
> 特》①！
>
> ○节食！

如今看来，这一切都显得多么紧张过度啊。可我该怎么办呢？我该去哪里生活？我该学习些什么东西？我要怎样才能不再束手束脚？我要如何才能不让自己陷入刻板乏味的生活，变得停滞不前呢？我要到哪里才能遇上一个强壮、结实、英俊的男人呢？要是我犯了太多错误，无法扭转局面，该怎么办？要是我失败了，又该怎么办呢？

我需要冷静下来。不过，起码，我并不是独自一人在思考这些问题。美国的年轻人都有仔细思考自己人生中重大决定的自由。我们可以重新确定自己的目标，改变自己的人生道路，然后转过头去，尝试某种新的东西。因此，我根本就没有被困住，而是完全能够获得成功。

当时，我恨不得马上就去国外游历。小的时候，除了到墨西哥的海边度

---

① 《伊利亚特》（*Iliad*），古希腊史诗，相传为荷马所作。全书共24卷，主
要叙述古希腊人远征特洛伊城的故事。它通过对特洛伊战争的描写，歌颂了那些
英勇善战、维护集体利益、为集体建立功勋的英雄人物，是一部重要的古希腊文
学作品，也是整个西方的经典之一，亦译《伊利昂记》。

过一次假，十六岁时随教母去过一次英国，我一直都没有机会到国外旅行。我们度假的时候，就是去牧场。当时，那里似乎也很对我的胃口。不过，长大成人之后，我开始阅读大量的游记，开始希望自己也能像那些作家一样，亲自去旅行了。如今，我仍然记得《蓝色公路》①《托斯卡纳艳阳下》②《小岛记事》③以及《普罗旺斯的一年》④等书中的段落。我开始意识到，自己是多么与世隔绝、孤陋寡闻啊。可是，我是不是年纪太大，无法改变这种情况了呢？

过了多年有条不紊的生活之后，我突然开始渴望率性而为了。我希望自己能够随时离城而去，因此便不再买东买西。我只买了一个茶杯、一个玻璃杯、一个盘子、一个碗以及一套银质餐具。至于炊具，我有一个壶，早上可以煮燕麦粥，晚上则可以煲汤。我还有一个做墨西哥肉卷的煎锅，是房东给我的（这个煎锅是别人送给房东夫妇的结婚礼物，可他们一直都没有用过）。我并没有用它来做墨西哥肉卷，而是用它来做烤面包。

虽说还没有彻底成年，可我并不想固守自己以前对成年生活的那种成见。回想过去，我觉得自己似乎在初中和高中阶段就已经完全成熟了。当时，我为了能够获得成功，已经付出了全部的努力。为了实现"成功"而苦

---

① 《蓝色公路》（*Blue Highways*），美国作家威廉·李斯特·海特穆恩（William Least Heat-Moon，原名William Trogdon，1939—）于1982年出版的自传游记作品。

② 《托斯卡纳艳阳下》（*Under the Tuscan Sun*），美国作家弗朗西丝·梅尔斯（Frances Mayes，1940—）于1996年出版的一部回忆录，记述了她在意大利托斯卡纳乡下购买了一栋废弃别墅并使之重新恢复生机的过程。

③ 《小岛记事》（*Notes from a Small Island*），美国作家比尔·布莱森（Bill Bryson，1951—）于1996年出版的一部幽默游记作品，记录了他在英国的生活经历，亦译《小不列颠》《小岛札记》等。

④ 《普罗旺斯的一年》（*A Year in Provence*），英国作家彼得·梅尔（Peter Mayle，1939—）的一部自传体作品，记述了他与妻子在法国普罗旺斯第一年的生活和当地的风土人情，让人们领略到了法国南部地区的神秘魅力，亦译《山居岁月》。

苦地硬撑了那么久之后，如今我不想再从众了。我不希望自己陷入困境、停滞不前，因此开始努力不再理睬自己那种将人生预先计划好的天性。我希望做一个自由自在的人，希望自己不再念念不忘接下来要做什么。

"青年危机"如暗流般悄悄逼近，表面上却无形无影。但我的确曾经谈到过这一点，还是在华盛顿我最喜欢的地方之一，即位于第三大街和国会东大街上的路德新教教堂里。那是一栋石制建筑，融合了20世纪华盛顿的建筑风格与中世纪基督教的特点。那座教堂，就在最高法院的后面，位于福尔杰莎士比亚图书馆的隔壁。那里通常是一个不谈政治的地方，因此我经常去。

我加入了一个每月都要举行几次聚会的单身团体（其中有两个人，后来还结了婚）。每个星期二，我们都会去对特区东南部安那卡斯提亚的一些孩子进行辅导。那些孩子在阅读、数学和一般的生活指导方面，的确需要我们的帮助。我辅导的是一个九岁的小姑娘，她在阅读方面有很大的困难。倘若在辅导过程中她变得太过沮丧，我就会让她画会儿画，或者是帮我编头发。她给我画了一幅肖像，后来我还把这幅画放在办公室里挂了好多年，画中最突出的地方，就是我的臀部（我可把这一点看成是一种恭维呢）。每一年，我们都会帮助一位朋友对家里进行一次大型的翻修和维护。这一点，让我记起了以前跟妈妈出去安置难民时的经历。参与志愿活动，总给我带来我称之为"希望"的东西（那可是一种大写的"希望"）。而在遭受个人困扰的过程中，教会则帮助我获得了一种脚踏实地的感觉。

我们也有自己的时间。每个星期三，我们都会在教堂的地下室里研习《圣经》，而晚上则会聚餐。每隔一周，我们都会在周末组织一项活动，比如骑自行车去远游，或者到雪伦多亚河谷徒步远足。对于我们这些从外地搬到特区的人来说，这个团体的作用，就像是一个大家庭。正是在这样的一次聚会上，有位我很崇拜的女士注意到了我的焦虑不安。她问我，是什么让我觉得烦恼。于是我敞开心扉，向她诉说了我对于自己年纪的担忧（尽管当时她快四十五岁了，可她并没有嘲笑我）以及自己对未来人生不断变化的看法。她向我提出了一些了不起的建议，而自那以后，我也把这些忠告转赠给了其他的人。她对我说，上帝要我们无所畏惧。"不要害怕。对自己说：'不要害怕。'"她建议我把这句话写下来，放在裤子后面的口袋里随身带着，这样，一旦需要，我就可以取出来看一看。我那样做了，而这的确也起到了部分作用。最后，在过完二十五岁生日之后，我便不再时时刻刻焦虑不安了。我已经安然度过了这一危机。不过，就在我刚刚平静下来之后，上帝却再一次打乱了我的心态。

起飞！

1997年8月17日，我跟谢弗议员在会晤了《落基山新闻报》和《丹佛邮报》的编辑委员会之后，订好了上午十点左右飞回华盛顿特区的航班。我的妹妹开着车，送我去全新的丹佛国际机场，可我和她都算错了从市中心开车到达机场所需的时间。一路上我不停地看表，但什么也没说，因为我妹妹已经够紧张的了，我可不想让她变得更加紧张。最后，我总算在登机门即将关闭的那一刻之前及时赶到了。我将机票递给工作人员时，注意到自己背后还排着一个人。一年后，那个人便成了我的丈夫。

在不经意间，这样的事情真的发生了。是怎么回事呢？好吧，既然每个人都更喜欢自己来叙述，那我们就来看一看彼得·麦克马洪对我们初次相遇的记录吧（并且我建议，大家最好用纯正的英国口音来读一读）：

> 1997年8月17日，星期天
>
> 我在丹佛出完差，正准备登上两个半小时左右的飞机，前往芝加哥。由于前一天晚上参加了一场聚会，因此我很晚才抵达机场，成了最后一个登机的人。
>
> 沿着登机通道走去的时候，我看到前面有一位漂亮而年轻的金

发女郎，她走路时，脑后的马尾辫一甩一甩的。我心想，"希望我能坐在她边上"。接下来，我便看到了达娜。不是开玩笑吧！她向工作人员出示登机牌时，我笑了，因为我们的座位的确挨在一起。

就在达娜整理自己的行李时，我问她："您愿意让我来效劳，帮您把包放到上面去吗？"她微笑着婉拒了，于是我便坐了下来。我就像是一条终于赶上了汽车却不知道拿汽车怎么办的小狗，虽然如愿以偿地挨着达娜坐下了，却不知道跟她说什么，因此只能默默地打开书，开始看起来。

接下来，达娜就我看的那本书，即约翰·勒·卡雷的《巴拿马裁缝》[①]，问了我一个问题，于是，我们便开始攀谈起来。我们交谈甚欢，并且在不知不觉当中，便谈到了各自的人生经历。她的年纪显然要比我小得多，并且非常漂亮，因此我自惭形秽，觉得她是一个我高攀不起的美国女孩。此外，当时我刚刚离婚，根本就没有想过要开始另一段恋爱关系。所以，我完全没有对这个漂亮的姑娘动心。不过，我还是发现她非常迷人，发现自己出人意料地被这个极其聪明、非常漂亮的姑娘俘虏了。

这次航程结束得太快，我们相互交换了个人的信息。达娜当时身上没有名片了，因此她在我的一张名片后面写道："达娜·佩里诺，家庭电话：×××，办公室电话：×××，传真号码：×××，电子邮件地址：×××。"因此我非常兴奋，觉得达娜显然也有兴趣与我交往，否则的话，难道她只是非常友好吗？好几天，我都在这两种想法之间毫无把握地徘徊着。

我们在机场相互道了别，而待我拐过角去，远离了她之后，我

---

① 《巴拿马裁缝》（*The Tailor of Panama*），美国间谍小说大师约翰·勒·卡雷（John le Carré，1931—）创作的一部"冷战后"间谍小说，以巴拿马运河即将移交巴拿马政府为背景，展现了世界各大经济强国对巴拿马运河的垂涎。

竟然做了一件自己从未做过的事情：我跳了起来，把脚后跟弄得咔咔直响。接下来的那几天，我都在美国不同的城市出差，可心里却总是不由自主地想起她。到了 8 月 21 日星期四，就要返回英国的时候，我只跟两位朋友说起过自己遇到的这个令人难以忘怀的姑娘。其中有一位就是我的助手林恩·布拉德利，她说："她只是友善罢了，你这个愚蠢的家伙。"当然，林恩是想保护我。

第二天，在确保我不会有什么损失的前提下，我给她发了一封电子邮件，说明了我的感受：我如何情不自禁地想起她坐在我旁边的样子，想起她那双总是笑意盎然的眼睛，想起她那种妩媚的笑，以及我如何真的希望再次见到她。

那是 8 月 22 日，星期五。而接下来的那一周里，我都在度假，骑着摩托车旅行。直到后来我才记起，据林恩说，我曾经告诉过她："要是这趟旅行我出了什么意外的话，麻烦您告诉达娜好吗？"

星期二，我从威尔士给办公室打了个电话。林恩说，有人从美国给我寄了一张明信片。她在电话里将卡片上的内容读出来，而我则兴奋地听着。在明信片上，达娜对我说，她也很高兴遇见了我，希望我下次再到美国出差时能见到我。接着，林恩又告诉我，我的那封电子邮件被退了回来。当时，电子邮件的发展还处于早期阶段，我们的网络供应商不断地发生着变化。因此，达娜是在没有收到邮件的情况下，给我寄了这张明信片的！

这个消息让我变得不知所措，于是第二天我便取消了余下的假期旅行，掉头回去，并在下午五点半就回到了办公室。虽然已经关门，但我还是进了办公室，然后匆匆把那封电子邮件重新发了出去，还附上了解释，说明了邮件延误的原因。

现在，让我们回过头去说说达娜吧……

我在飞机上坐下来后，他便问我，是否可以帮我把包放到行李架上，因此我马上就注意到了他的英国口音（美国女性每次都会为这种口音所倾倒）。我迅速地扫视了他一眼，看到他的手指上并没有戴着婚戒（我后来才发现，他是在两个月前，就是他的离婚诉讼差不多结束时，才决定不再戴着婚戒的。要是他戴着婚戒的话，我很可能不会与他攀谈）。

我觉得他非常英俊，并且我很喜欢他那双蓝色的眼睛。像许多的旅行者一样，在飞机上我也很喜欢一个人待着，不愿别人来打扰我。我当时正在看托妮·莫里森①的《宠儿》，希望在飞行途中把它看完。但他似乎很友好，而我也希望做一名优雅有礼的美国人，好保住我们是一个好客民族的美誉，于是便问了问他放在椅背口袋里那本书的情况。两个小时过去了，我们仍在攀谈。我们的话题，从书籍转到了他近期的旅行、欧洲和美国的政治以及各自是在哪里长大的许多方面。他热爱自由市场竞争制度，支持拥有强大的国防力量（我也如此），并且不支持比尔·克林顿总统（当时我也不支持，因为我们相遇的时候，正值爆出莫尼卡·莱温斯基丑闻②期间）。因此，我们都意识到，讨论相互之间的政治信仰不会出现任何问题。

彼得是一个跟他攀谈起来让人感觉很轻松的人。我们一直都在聊天，从一个话题换到另一个话题。我喜欢他的笑声。我看得出来，他的牛仔裤下面是两条长长的腿。他的双手既结实，又呈古铜色。在很短的一段时间里，我就了解到了他的很多情况（我可是个优秀的采访者）。他爸爸是英国皇家空军的一名空管员，小的时候他们经常搬家。他才十八岁大，妈妈便因心肌

---

① 托妮·莫里森（Toni Morrison，1931—），美国著名的黑人女作家。主要作品有《最蓝的眼睛》（1970）、《苏拉》（1974）、《所罗门之歌》（1977）和《黑婴》（1981）等。她主编的《黑人之书》（*The Black Book*）记录了美国黑人300年的历史，被称为"美国黑人史的百科全书"。其作品情感炽热，简短而富有诗意，并以对美国黑人生活的敏锐观察闻名。她曾荣获1993年的诺贝尔文学奖。

② 莫尼卡·莱温斯基丑闻（the Monica Lewinsky scandal），指20世纪90年代美国白宫见习生莫尼卡·莱温斯基（Monica Lewinsky，1973—）与时任美国总统的比尔·克林顿发生性行为而造成的一桩丑闻。这桩丑闻，后来导致了比尔·克林顿遭到了国会的弹劾。

梗塞而去世了。有两个夏天，他都在一个农场里干活。他与小狗一起长大，希望有朝一日自己也能养上一条（这可是个好兆头）。他喜欢骑摩托车和潜水。他已经周游了全世界，到过了许多我想去看一看的地方。他在苏格兰的一所寄宿学校接受过良好的教育，并且博览群书，有点儿像哈利·波特[①]。他在第一次婚姻中生了两个孩子，那两个孩子比我小不了多少。他还在德国和沙特生活过，从事医疗器械领域的工作，并且还在苏格兰的高尔夫锦标赛球场附近居住过，但他不会打高尔夫球（这又是一个好兆头）。诺里奇队是他最喜欢的足球队，他忠心不贰地支持该队，哪怕这个队很少赢得一场比赛。我很钦佩他的这一点，因为这表明，他是一个性格单纯、稳重而可靠的人，很有魅力。他哪里有不招人喜欢的地方呢？随着我在那次飞行中了解到他的很多情况，他对我也产生了兴趣，因此在飞机降落之前也了解到了我的许多情况。坐飞机的时候，一个人会莫名其妙地比平时更大方，会更坦诚地说出一些东西来。而倘若想到日后还会见到此人的话，恐怕就不会那样做了。我可想象不出那种情形（好吧，其实我已经开始想象了）……

我一度不得不将目光转过去看舷窗外面，因为我意识到，自己正在爱上一个年纪比我大的英国人，他不过是碰巧被安排在同一架航班上，并且坐在我的身旁罢了。我觉得我似乎控制不住自己的感情了，并且心想，在他看来，我一定显得又傻又不成熟吧？在他说话的过程中，我的内心一直都在祈祷："上帝啊，我知道曾经请您帮助我找到一个伴侣，可现在这样可不好。他比我大得多，他生活在英国，他之前还结过两次婚，他可能是个连环杀手。对了，我提没提到过，他是住在英国？我怎么能够在飞机上跟他一见钟情呢？得了吧，这种事情不可能是真的。"

可是，汹涌而至的激情却停不下来了。这种体验，对我来说非常新奇。因为我好久都没有与人约会过，更别说有哪个男人像彼得那样，让我在旅途中一下子就迷恋上了。整个旅程中的大部分时间里，我都觉得头晕目眩。如

---

① 哈利·波特（Harry Potter），英国著名作家J.K.罗琳（J. K. Rowling，1965—）的魔幻文学系列小说《哈利·波特》中的主人公。

今有人问到我婚姻美满的秘诀时，我的看法与那些已经结婚多年的夫妇是一样的：我的丈夫，总是会让我开怀大笑。连那天在飞机上时，他对我说的那些傻傻的玩笑话，如今也仍会让我咯咯直笑，比如"您知道圣雄甘地有个兄弟，曾经在英国的一个代客存衣处工作过吗？他叫'圣雄大衣'呢"。我会因为那样一个笑话而笑个不停，令他觉得难以置信，可对于我来说，这个笑话却永远都不会过时。

然而，还是有一个小问题。彼得从麦当劳买了一个麦香鱼堡，带到了飞机上。那股气味，真是难闻死了。后来他解释说，那是因为前一天晚上他在那个大型社交派对上喝得大醉，而当时他从麦当劳的菜单上能够找到的最健康的食物，就是麦香鱼堡了。可尽管如此，那样做也是很不雅观的。任何人都不应当把鱼带到飞机上去。自那以后，他再也没有那样干过了。

就在我们快要着陆的时候，我心里开始慌张、开始害怕起来。我希望航班永远不要降落，而我们在决定要不要交换联系方式的时候，也尴尬了好一阵子。我可不想让自己显得太过按捺不住，不想主动把电话告诉他，但谢天谢地，是他首先提出了这一点。会见了媒体之后，我的名片就用完了，因此，他给了我一张自己的名片（名片的质量非常好），我便将所有的联系方式都写在那张名片的背后，他用哪一种方式都可以找到我。必须承认，连传真号码都给了他，我做得可有点儿鲁莽。

接下来，我却没有收到他的来信。

结识他的第二天，我便回到国会上班去了。当时还是8月的休会期，因此整个国会大厦里可以说是空无一人。我决定将自己的文件整理好，而当我打开办公桌的抽屉后，却看到了一张明信片：明信片上，是一幅乔治敦城漫山遍野都是郁金香的春日美景，它是我费尽心思找到的，本来打算寄给别人。彼得和我曾经谈起过郁金香这种我最喜欢的花儿，他还说，希望有朝一日也能到乔治敦去看一看。难道这就是缘分？我觉得，把这张明信片寄给他，于我也没有什么坏处。于是，我便简短地写了一句无伤大雅的"很高兴遇到您"，便寄了出去。

接下来……音信全无。没有回信。我可以说是失魂落魄，既睡不着觉，吃不下饭，精神也集中不起来。我需要重新振作起来才行。谢弗议员就要回来参加秋季会期，因此我必须重新打起精神才行。

我没有跟很多人说起彼得，只跟我们办公室里的"妈妈"海伦·莫雷尔以及我最好的朋友兼房东德西蕾·塞利两人说起过。我不敢告诉办公室里的其他同事，因为戏弄我是他们的拿手好戏，而我当时也还没有准备好就此扼杀自己的浪漫梦想呢！

由于那天是会期的最后一天，因此我决定，要在吃中饭的时候开始看一本新书。那是我从国会图书馆里借来的，是米开朗琪罗的传记，即欧文·斯通①所著的《痛苦与迷狂》。我暗暗发誓，等我回到办公室后，就永远不再想彼得了。

我在雷伯恩众议院办公大楼那个有一座喷泉的院子里找了个地方。那天又热又潮湿，我的膝弯里和后脖子上全都是汗，可我并没有起身回到办公室里去。我强迫自己在外面整整坐了一个小时，试图忘掉彼得，只想着米开朗琪罗。最后，直到整个人都燥热难耐后，我才站起来，伸了个懒腰，然后"啪"地合上了那本书。我把他抛到了一边。我回到办公桌边坐下来之前的情况，就是这样。接下来，我发现有邮件。

就在我努力忘掉曾经遇到过彼得·麦克马洪这码事儿的同时，他正急匆匆地向自己的办公室跑去，将那封被退了回去的原邮件再次发送过来。因此，当我在办公桌边坐下来，打开电脑（记住，当时还是1997年）后，收件箱里的第一封邮件，就是彼得发过来的。在邮件的附注里，他什么都没有隐瞒：由于他以为再也见不到我了，因此在寥寥的数段文字里，他把

---

① 欧文·斯通（Irving Stone，1903—1989），美国著名的传记作家，一生撰写过二十五部传记小说，其中最有名的是《梵高传——对生活的渴求》（1934）。他还为杰克·伦敦、米开朗琪罗、弗洛伊德、达尔文等历史文化名人写过传记，在欧美各国很有影响。《痛苦与迷狂》又译《万世千秋》，曾被改编成电影。

自己的感受和盘托出。我翻来覆去地看了一遍又一遍，完全没有听到办公室同事的聊天声。

因此，我根本就不是异想天开，他对我的感觉与我对他的感觉，是完全一样的。我把那封邮件打印下来，放进了自己的钱包里。我感觉到，我的生活即将发生翻天覆地的变化。尽管困难重重，尽管差点儿错过那架航班，可我最终还是遇到了自己的另一半。

接着，我们又互通了更多电子邮件，并且很快开始每周通上几次电话，然后就是每天都要打上好几个电话了。他会在下班后长距离开车回家的途中给我打电话，而那时正是我吃午饭的时间。我会悄悄地对着电话说话，免得我的同事们偷听。电话费用昂贵，可他说自己并不担心那个（他的老板既是他真正的朋友，也是一个有点儿浪漫情怀的人。老板跟他说，哪怕是用公司电话打，也可以报销他的个人电话费）。彼得还给我写信（虽然有点儿傻，可那些信很令人愉快），而我每周也会写上两封回信。这是一种传统的、远距离的闪电式恋爱，就像我看过的某本书中的情况。

现在你们或许会觉得，达娜·佩里诺绝对不会做的事情，可能就是在一个星期五下班后，坐飞机前往新奥尔良，去跟一个可以说还是陌生人的伙计共度周末，不过，我正是那样做的。在经历"青年危机"的时候，我曾对自己说过，想要变得更加自在一点儿，要更多地活在当下，要到许多地方去旅行，从而可以体验到一些东西。而彼得则给了我一个这样做的机会。我很信任他，足以信任到跟着自己的感觉走。

我没有同意他马上在新奥尔良这个"快活之都"见面的要求（我可没有那么随便）。我说，下个周末在华盛顿就与他见面，因为他本来就计划好了要来华盛顿的。不过，就在他动身的前一天，我却改主意了。我说我会去新奥尔良。他兴奋不已，但有点儿慌张。我等了那么久才答应他，因此他费了很大的劲儿，不但给我买好了机票，还帮我在一家旅馆里预订了房间（真有绅士风度啊）。不过，他并没有对我说他费了九牛二虎之力。我需要考虑的，就只有自己要带些什么东西了（以及要不要把这件事情告诉我的父母——最终我还是没有告诉他们）。

前往新奥尔良的航程，似乎是我最难熬的一次飞行。我的心中，如同燃烧着一团火。我觉得，那团火要么会把我推下飞机，要么会让我从座位上翻过去，跑到乘客们的前面去。当时还没有"脸书"这种社交网站和网络电话。我和彼得实际上还是两个月前在飞机上相遇的，因此我很担心，我们彼此可能都认不出对方来了呢！

不过，一出机场我就看到，他正等候在那里。当时，我们都觉得有点儿尴尬，但这种尴尬并不严重。我们既兴奋又紧张，不由自主地上了出租车，然后在往城里去的路上忘情地久久相吻。我觉得有点儿对不起司机，不过，既然我们是在新奥尔良，那我敢打赌，司机肯定见过比这更火爆的场景。

新奥尔良是一个非常适合举行周末派对和观光的地方。彼得已经计划好了，要带我去一些著名的餐馆，比如"菲力克斯饭店"，在那家饭店里，他点了鲑鱼（也是在那一次，他才发现我不喜欢吃鱼，因为尽管我们一小时一小时地煲电话粥，却从来没有在电话里谈到这一点）。我有点儿太过紧张，吃不下东西，因此便喝了点儿酒，以为那样会让我放松一点儿。我甚至还仰着脖子，吃了好几个果冻酒①（这可不像是我的做派呢）。当时我一定是真的很紧张，因为酒精对我一点儿也没有用。而另一方面，彼得虽说一个果冻酒也没吃，可喝了几杯之后，他却觉得醉醺醺的了。我们本来想去波旁街②上走一走醒醒酒，可最终做不到，然后就回去睡觉了。

第二天早上，我们见面后，一起到"杜梦咖啡馆"里吃了面包圈、喝了咖啡，步行穿过杰克逊广场，然后去了美洲水族馆，看了一场关于虎鲸的宽银幕投影电影。在看电影的过程中，彼得睡着了，可后来他的呼噜声又把自

---

① 果冻酒（Jell-O shots），一种将水、糖、果汁等原料同伏特加或者其他酒精合理混合，再加入卡拉胶等凝固剂而制成的固体状酒精饮料，是北美地区用于派对娱乐的酒精类盛行甜品。

② 波旁街（Bourbon Street），美国新奥尔良市法国区里一条全国闻名的酒吧街，曾经出现在许多影视作品里。

己吵醒了。这种情形，让我觉得很是甜蜜（这就是刚刚相遇与结婚十七年了的区别，如今，我再也不觉得他那个样子很可爱了，好吧，没准儿还是有一点儿可爱吧）。我们在"姊妹之家"餐馆吃完晚饭之后，便结束了那个晚上的约会。到了此时，我们手拉着手，再也无法分开，并且彼此在一起也觉得非常愉快了。

告别可是件难事。他送我到机场，我像那些异地的恋人一样心慌不已，因为我知道，分别之后的孤独一定会让我忍受不了。幸好，由于下个周末我会在华盛顿再见到他，这才让我没那么心慌了。在我离开之前，他觉得有些话要对我说，可又难以开口。就在我走到安检通道之前，他告诉我说，自儿子出生后，他便做了输精管结扎手术，因此既没有能力也没有打算再要孩子了。他以为我会无法接受这一点，或者甚至会因为他没有说出实情便开始同我恋爱而对他感到气愤。毕竟，我比他小十八岁，而他也并不知道，我已经逐渐认识到自己不想生孩子。听到我回答说："噢，谢天谢地！"他一下子便如释重负了。在飞机上初次相遇、两个月之后彼此再见之时，我们就谈到了生育方面的问题。这可是一种确定无疑的迹象，说明我们之间的关系正在向前发展。

虽说听上去不可思议，但我们俩都明白，自那个周末开始，我们终将结成夫妇。正是在那个时候，我觉得自己好像正在变成我所希望成为的那个人，即一个不那么谨慎和古板、更愿意打破传统（并且被人爱上）的人。

接下来的那个周末，在华盛顿，我便带着彼得参观了国会大厦。我亮出自己的工作证，带着他绕过那些排队参观的游客，一路畅通无阻，彼得觉得很高兴。我把他介绍给了我的朋友们，而朋友们也很喜欢他。我带他去了我最喜欢的地方，即国家大教堂。就在院子里的玫瑰花旁，彼得突然要我嫁给她。哇！虽说我明白我们将来是会结婚的，可当时却回答他说："再等等吧。"尽管当时正陶醉在爱情中，但我还是很清醒，知道控制自己的感情。

两个月后，我就准备搬到英国去生活了。我的"青年危机"已经替一种终生的承诺扫清了道路。

小人物，大举动

我们匆匆忙忙地成了婚。在接下来的那九个月里，彼得飞到了美国十次，并且带我回了英国两次。在我们初次相遇的九个月后，我搬到了英国。为了让我能够稍微有一点儿主动性，彼得还给我买了一张日期未定的返程票。我觉得他这样做真是体贴入微，他知道我很担心自己在经济上要依赖于他，因而不想让我觉得很压抑。知道自己有办法可以离开英国，让我在人身方面觉得有了一定的安全感。而且，这也向我表明，他完全拥有我期待在一个男人身上能够看到的那种信心和成熟。

我是在1998年5月搬到英国去的，当时正值克林顿总统与实习生莱温斯基之间那些肮脏的细节不断被披露、冗长的听证会没完没了地举行的时候。我的心情非常复杂，一方面，我迫不及待地要离开华盛顿特区，而另一方面，我又真的希望自己能够留在这里，看着接下来将会发生的情况。

过了好一段时间，我才开始习惯对人说，我准备辞掉国会这份了不起的工作，搬到英国去。这种话，听起来根本就不像我的风格。朋友们虽然都很震惊，但也很高兴，或许还有点儿嫉妒我竟然有这样的冒险机会吧！连我父母也高兴得很，我本来很担心，不敢告诉他们说我打算去跟彼得一起生活（想一想那种情况吧），可他们却全力支持我。尽管一直都期待着有人来指出，说我正在犯下一个错误，但我从没听到有人这样说过。于是我决定，不再庸人自扰，不再试图去说服自己，不再认为我们的爱情故事太过美好而显得不真实了。

我们住在一个叫作利松圣安的北部村庄里，那里距彼得的父母家很近，离彼得位于布莱克本的办公室也只有三十分钟的车程。利松圣安距利物浦的直线距离大约是二十英里，距湖泊地区①的南部则是一个小时车程。随便哪个

---

① 湖泊地区（Lake District），英国西北角湖泊密布的一个地区，属于英国十五个国家公园之一，是著名的度假地，被英国人称为自己的"后花园"。

气象学家都会告诉你，那是世界上最沉闷的一个地方（英国气象员的工作则是世界上最轻松的，因为那里总是有雨）。我抵达伦敦的时候，还是艳阳高照，而开车前往利松圣安时，一路上的乡村景色也美不胜收。可是，英格兰的太阳最爱开玩笑。英国1998年的夏季，是二十年间最多雨、最凉爽的一个夏季。这样的天气真是让人干什么事情都扫兴得很。

我无所事事：没有工作，没有任务，没有会议，不用做饭，也不用参加社交活动。难道这就是我以为自己想要的生活，就是那种完全的自由自在和不受约束吗？我曾经以为是的，因此在头几个月里，这种生活非常不错。我其实不用早起，但我每天还是起床与彼得一起喝早茶，然后送他去上班。尽管我要做的事情并不多，但这多少也让我有了一点儿成就感。我是一个喜欢早起的人（绝大部分乐观的人都是这样的，或许这种习惯是生来就有的，似乎有一种古老的遗传密码存在于我们的基因当中，对我们说，起床，还有很多事情要干呢），不过，那就意味着我一整天都没有什么计划好的事情要去做，因此我开始变得有点儿坐立不安，这一点也就不足为奇了。

我照着《穆斯伍德食谱》①，学会了几种素食菜（比如"蓝色奶酪天堂"，谁会不喜欢呢）。我到图书馆申请了一张借书卡，阅读了大量的历史小说。我参加了健身俱乐部，去练踏板健身操，在一台老式的跑步机上锻炼竞走。我还参加了游泳课，学会了不用捏着鼻子潜水。我在电视上观看世界杯比赛，为乌兹别克斯坦队加油，这是因为与其他国家的球队相比，我更喜欢乌兹别克斯坦队的队服。我甚至开始自告奋勇地帮助村里的一位母亲，她的孩子一直都走不了路，因为孩子的双腿无力，只能在地板上到处爬。她在做事的时候，需要我帮忙看着孩子。我会跟他玩棋类游戏，并且让他教我用英国口音说话，比如"请给我一杯水喝，好吗？"我们会一遍又一遍地问答，为了彼得而练习，彼得坚定地认为，我起码也能把这句话说得很地道。

---

① 《穆斯伍德食谱》（*Moosewood Cookbook*），美国厨师、艺术家莫利·卡岑（Mollie Katzen, 1950— ）所著的一本素食食谱，首次出版于1977年，被《纽约时报》评为有史以来最畅销的十大食谱之一。

做义工让我想起了妈妈，因此，那就是我打发光阴时最有意义的事情。

我尽量让自己忙起来，去做自己在"青年危机"时期想做的所有事情。我观看纪录片，每天都完整地看完《每日电讯报》和《泰晤士报》，然后再数着时间等彼得回家。在一个不太晒的下午，我曾经试着骑上自行车，跑到村里的公有绿地去。可待我转而向南，开始沿着海滨向前骑去时，大风却刮得我寸步难行。我只能下车步行了。我觉得真是丢人，便回到家里，将自行车扔进了车库，再也没有骑过了。

星期三的晚上，我会去酒吧玩，参加竞猜游戏。好吧，也不是每个星期三都去，但那是我最喜欢参加的活动。我们在利松人中间拼凑起了一个相当不错的团队，而我也比那里的其他人更了解英国的历史。比如，对于"哪位女王在位只有九天"这个问题，就只有我知道答案（那就是简·格蕾①女士）。可惜的是，我当时脱口而出，说出了答案。"谢谢啦，夫人！"邻桌有个人喊道。自那以后，我便学会悄悄地说出答案了。

到了周末，彼得会带我去参观一些我曾经在书上看到过的地方，比如伦敦郊外的汉普顿宫、北部的达勒姆大教堂、碧雅翠丝·波特②位于湖泊地区的故居，以及东海岸的罗宾汉湾。有一次，彼得甚至还趁着出差的时候，带我去欧洲的好几个国家转了一圈。我们把自家的越野车带上了夜班渡轮，然后开着车，一路穿过了比利时、荷兰、意大利、德国和瑞士。我还从来没有这样旅行过，因此一路上学到了不少东西，看到了许多美景，比如意大利北部的科莫湖。在路过都灵的时候，我想起了曾祖父母，他们就是出生在那一地区啊。当时，他们在不知道自己到了美国后会有什么遭遇的情况下背井离

---

① 简·格蕾（Jane Grey，1537—1554），萨福克公爵亨利·格雷的长女，曾嫁给法兰西国王，后又改嫁。1553年7月6日，英王爱德华六世去世，因为政治和宗教原因，简·格雷被推上了英国女王的宝座。同样也是因为宗教原因，1553年7月19日，英国议会废黜了简·格雷的王位，并拥立玛丽一世为女王。1554年2月12日，简·格雷在伦敦塔内被秘密处死，时年16岁。

② 碧雅翠丝·波特（Beatrix Potter，1866—1943），英国童话作家和插图画家，著有"彼得兔"系列童话故事。

乡，一定非常艰难。但我觉得，如果我处在他们那种情况下，一定也会那样做。大山的另一边风景秀丽，可这一侧却灰蒙蒙的，毫无希望。想想佩里诺父子的那个牧场就可以看出，他们做出了正确的选择。

我本以为，有彼得陪着，我并不像一个引人注目的美国游客。不过，在苏黎世的一家酒吧里，我却得到了一个教训，那就是：在欧洲，政治上可要识时务才行。当时我们一边喝酒，一边观看世界杯的一场比赛，即伊朗队对阵美国队。其间，我为美国队喝了几次彩（我觉得这是应该的），可酒吧里其他的人却向我投来了异样的目光。我还以为那是因为自己的声音太大，便把声音降低了一点儿。相反，当伊朗队进球得分、差不多胜了美国队的时候，酒吧里其他人却大声欢呼了起来。我非常震惊。我无法想象，竟然会有人支持伊朗队而不支持美国队，可那些人正是这样。难道他们认为我们美国人是他们的敌人吗？整个欧洲看上去，就像是一块不太长记性的大陆。

我们最明智的一件事情，就是从苏格兰的一位饲养员那里买了一只维兹拉小猎犬①。它全身的皮毛都很光滑，呈红色，有一对长长的耳朵和一双蓝色的眼睛。开车回利松的路上，我一直都抱着它。我们给它起了一个英国国王的名字，叫作亨利。它变成了我生命中的第二个爱人（它在两个国家的三个城市里生活过，到过二十六个州，并且还跟着我在缅因州的肯纳邦克波特给白宫的记者团举行过新闻发布会）。

由于我没有上班，因此亨利便成了我的事业。我把大家想得到的所有技能都教给了它，既有坐、停、来、躺下之类的一切普通技能，还有像吠一声表示"请"、吠两声表示"谢谢"以及当我问它比尔·克林顿应不应该去坐牢（伙计们，这只是一种玩笑）时吠上一大通等不同寻常的本领。亨利和我形影不离，当我们在海滨的沙丘上散完步（我们这些养狗的人，都亲切地将那个地方叫作"狗屎公园"）后，我会让它趴在我的膝上，下巴枕着我的前

_____

① 维兹拉猎犬（Vizsla），一种匈牙利品种、中等体型的短毛猎犬，亦作 Hungarian pointer。

臂，自己则在电脑前坐上几个小时，不停地刷新"德拉吉报道"①网站，看有没有莱温斯基丑闻的新动向。那时我可不知道，当地的电信公司是按分钟收取互联网接入费用的。唉！

由于长期待在家里，我都有点儿要发疯了，于是我们认为，我需要买一辆汽车，这样，我就能够自己出去走一走，至少可以自己去杂货店里买买东西了。彼得对我的驾驶技术不是很放心，尤其是担心我会走错路。为了买一辆二手车，彼得还牺牲了他的一件宝贝，即一辆雅马哈牌摩托车。那个时候我还不是很理解，舍弃那辆摩托车，对他来说是一件多么难过的事情。就在把摩托车交给买家之前，他还带着我骑了一次，说要是在高速公路上，我们一下子就可以飙到时速一百四十英里。我很喜欢那次骑摩托车的经历，由于我对坐摩托车一向都很紧张，所以如今这一点在他看来似乎很是奇怪。最近，他又把自行车换成了一件新的玩物，那就是一辆带边斗的哈雷牌摩托车（你们完全可以想到，那个边斗不是为我准备的，而是给我们如今养的那条小狗贾斯珀坐的）。

过了一阵子，就到结婚的时候了。在相遇一周年的那天，我终于做好接受他求婚的心理准备了。他已经按照我的心意，给了我时间和空间，可我却不知道，如何才能让他再次向我求婚。

于是，我便拿出自己的看家本事，给他写了一封信。他看信的时候，我就紧张地坐在一旁，不知道自己是不是没有表达清楚，因为他没有马上做出回答。但是，后来他说自己看了两遍，把信中的一字一句全都记在了心里。他很激动……我如今都难以相信，自己竟然差点儿没有赶上那趟航班！

几个星期后，我们便偷偷地来到了婚姻登记处（在英国，这个机构有个绰号，叫作"出生、结婚和去世办公室"），然后到希腊的圣托里尼悄悄地

---

① 德拉吉报道（*Drudge Report*），美国的一家新闻网站，创始人是马特·德拉吉。与主流媒体不同，"德拉吉报道"经常有内幕消息爆出，比如曾率先报道了克林顿与莱温斯基的性丑闻。这些颇有刺激性的内幕消息，也为它争取到了不少观众。

度了两个星期的蜜月。那段时间里，我们都是骑着一辆摩托车到处转悠，喂喂流浪狗，边喝香槟边欣赏落日，还到一家在山洞洞壁上凿出来的饭店里去听过歌剧。

我们经过一家商店的橱窗时，我会瞥一眼镜中的自己，心想："这真的是我吗？"我的价值观和内心似乎毫无改变，但爱好冒险的那个我，却已经焕然一新了。这可能是我第一次觉得自己像一个成年人，而我也很喜欢那种感觉。

我们度完蜜月的两个星期之后，我的父母到英国来看望我们了。在我们安排双方父母到场的一顿晚餐上，彼得却露了馅儿。我们举起已经戴上了婚戒的手指，当时，我戴的是曾祖母罗西的那个金质婚戒。大家看上去都很高兴，可我的妈妈却并不吃惊。后来我才知道，她在动身来伦敦之前就对我妹妹说过，她疑心我们已经结婚了。哪怕身处数千英里之外，我的事情还是瞒不过她。

可是，蜜月结束了。由于好几个月没有上班，我开始觉得无聊了。我感觉得到，自己的大脑正在萎缩。我很担心，怕自己在华盛顿获得的所有成就全都会化为乌有，怕自己又得从某个地方从头开始。我也想过，自己在英国究竟能够干哪种工作。那里可不太需要一个共和党的新闻发言人，实际上，那里根本就没有什么是我真正想干的事情。

而且，那里的天气也让我受不了。每天都有从爱尔兰海而来的阵雨，将英国的迷人之处冲得一干二净。更让我恼火的是，太阳通常都只是在每天日落前才出来半个小时左右，就是彼得快要到家的时候，使得我仿佛不应该过多地埋怨天气不好似的。太阳让我对第二天的天气怀有错误的希望，以为第二天我们可以开车出去兜兜风、到海滩上散散步，或者到麦当劳的汽车餐厅去买奶昔（我喜欢吃香草奶昔，他喜欢吃巧克力奶昔）。可第二天上午，却又下起雨来。我的开朗性格，便再次蒙上了一层阴影。

彼得和我一直都在考虑，是不是要搬回美国去住，而在这种冲劲儿之下，1999年元旦过后，我们就制订出了搬家的计划。英国并没有太多值得我们怀念的东西，可在美国，我们可以期待的东西却很多。我们决定住在圣地亚哥。为什么呢？因为我想看到棕榈树和阳光。那样做，我们是多么冲动啊！

我开始清理东西，不再窝在家里了。我已经迫不及待地要搬走了。我把家具、厨具和衣物全都送给了别人。对于那些送不掉、搬到美国又非绝对必需的东西，我们都是带到一个"汽车后备厢市场"上卖掉了（这种市场与美国的车库甩卖相似，只是人们在一个地方聚集起来，将汽车后备厢里的东西拿出来卖）。让彼得想起来就很痛苦的是，我将他收藏的绝大多数唱片，基本上以每张一毛钱的价格卖掉了。当时，他正跟一位女士争来吵去，那位女士想用自己的东西，换取他出差时带回来的一套中国旧茶具。我不想留下他的任何唱片。连"平克·弗洛伊德"乐队、"披头士"乐队和保罗·韦勒的专辑，我也卖掉了。虽说彼得很难过，但我们的一位朋友还是赞同我的决定，说除了"披头士"乐队的专辑，其他唱片的卖价都很高呢！

就在为即将回国而兴奋不已的时候，我也意识到，彼得即将离开自己的祖国，并且很可能永远都不会回来了。我以为他会很难过，可他离开时却并没有很为难。他的父亲鼓励他到美国去，因为他的父亲知道，这是一次了不起的机会，是一种机缘。彼得曾经说过，他真正怀念的，可能只有啤酒和足球。虽说他也想念自己的孩子，可孩子们那时都已经大学毕业，并且独立谋生了。几年之后，我又有回英国看望他们的理由了：彼得的女儿凯莉在2006年生了一对双胞胎，分别叫作塞巴斯蒂安和雷切尔，如今，他们都叫我"美国外婆"（我很喜欢这个称呼）呢！

我们都是在凭感觉行事。我们没有工作，没有交通工具，也没有住处。我们有的，只是一只六个月大的小狗和一些梦想。如今回想起来，我都不敢相信，当时我们竟然什么都没有计划好。我不知道，如今我还能不能再做出这样的事情来。我们不得不向彼得的老板借了一点儿钱，来帮助彼得自己创业，并且支付定金，在紧挨着圣地亚哥摩门圣殿的5号州际公路那边买了一栋只有一个卧室的公寓。

　　我们买了一辆旧的"福特探路者",而我也利用一些松散的关系,在市政厅找到了一份工作。在国会工作之后,这份工作可让我有点儿接受不了。这么说吧,副市长与我曾经效力的那些议员完全不在同一水准上,因此我只在这个岗位上干了两个月(我甚至没有把它列入自己的简历中)。话虽这么说,但我还是认为,城市行政管理是最难干的一份工作,因为城市管理中每一美元、每一分钱都很重要,而城市里的人来当公务员,通常也不是为了谋生。他们实际上是想要发挥自己的作用。

　　在我们收入不多的那段时间里,我经常为钱的事情发愁。最后,我把财务问题交给了彼得,并且相信他能够处理好这个问题。我很高兴,他依然做得到一方面确保我身上总是有现金打出租车,一方面又负责平衡好我们的收支状况。这就是让我学会了放手、不去事事掌控的方面之一。将钱的问题交给彼得去管,让我在生活中减少了许多压力(只有一个例外,那就是他总是要到最后一刻才去支付账单,这让我很是受不了。我喜欢提前一个月就把账单结清)。

　　职业稳定,并不是我的特点。在两年多的时间里,我在三个不同的公关公司里工作过,但每一次跳槽,都是在走上坡路。这三家公关公司,从小型到中等,再到国际公关公司,规模不一。虽然我尽量往好的方面发展,但其中任何一家公司的工作经历,我都不喜欢。我热爱交流策略,喜欢当新闻发言人,可绝大多数公关公司的组织架构,都与我的风格不符。

　　曾经有一个机会,可以让我摆脱这一切。可问题是,那样做我却得不到任何报酬。2000年3月,国会里一个与我保持联系的老朋友曼迪·塔克尔从布什的竞选办公室给我打了个电话。他们问我能不能帮个忙,在大选前替布什竞选班子当加利福尼亚州的发言人。我非常高兴,他们竟然还记得我,并且心想,尽管知道人们觉得布什不会赢得加利福尼亚州的支持,但我也足够优秀,完全可以代表这位州长发言。这本来是一个大好的机会,但由于我家只有我一个人上班领薪水和补助金,需要我的工资才能做到收支相抵，因此我只能拒绝了她的要求。我觉得很不舒服，不敢挂断电话，不敢切断这种联系。我哭着说："这样一来，我再也无法为乔治·布什工作了。"

是时候面对现实了。可怜的彼得，无论从事什么工作，我似乎都觉得很无聊（妈妈曾经对他说起过，这可不是个什么新问题）。我觉得跟他一起生活很幸福，并且很喜欢周末上午去海滩遛狗、晚上去墨西哥餐馆吃饭的那种生活方式（彼得费了好大的劲儿，才分清了卷肉玉米面饼、玉米酥脆饼和玉米馅儿饼。最后，我告诉他，这三种东西的成分都是一样的，只是包装不同罢了）。彼得买了一块冲浪板和一套潜水服。我们正在尽量融入南加利福尼亚的生活方式，可我还是没法觉得很自在。

我继续关注着华盛顿的政坛动态，渴望着成为其中的一分子。我自然也会在自己的公关策略中带上特区的视角，甚至还协助一家医疗器械公司获得了邀请，就交通部一套新法规所举行的听证会上作证（这套新法规，涉及的是一位卡车司机需要睡几个小时，才能开车上高速公路）。那家公司的执行总裁非常高兴，因为那是一种不同的方式，可以帮助他宣传自己的发明，即一台给睡眠呼吸暂停症患者所用的呼吸机。客户高兴，老板也高兴。可我仍然觉得不满意。

白板事变

彼得明白，我当时正如热锅上的蚂蚁，坐立不安。他一生中的绝大多数时间，都是在强生公司工作，而这种工作经验，也使得他后来成功地开创了自己的事业。他不想仅仅因为我们住在圣地亚哥，就让我没法去干自己真正想做的事情。

最后，他让我坐下来，自己则站在客厅里，手里拿着一块白板和一支可擦写的马克笔。他让我将自己在一个岗位上想要去做的所有事情都列出来

（比如，正式替一位重要的政治人物发言，就如何对媒体发表演讲来推动一项政策或者事业而向政治人物提供建议以及替一些更令人兴奋的、处理一些更大的问题的而不仅仅是考虑如何获得更多风险投资的客户工作）。接下来，我必须再列出自己在一个所有岗位上不想去做的事情（比如，把推销广告发给那些因为太忙而没法关注某些公司业务的记者，对那些总是向客户做出过多承诺的高级副总裁唯命是从以及在连维护已有客户都没有时间的情况下被迫去寻找新客户）。在我看来，公关业务就是一种金字塔式的体制，除非从中突破出来，否则我就看不出一个人如何能够爬到塔顶。可即便是做到了那一点，我也觉得自己并不希望到达塔顶。

我把自己列出来的清单交给了他，然后他要我给每一条都赋上一个值。最后的得分是多少呢？结果表明，到特区去做任何工作，都要比我在其他地方所从事的工作好。

"我觉得已经相当清楚了。我们应该搬到华盛顿去住。"彼得说。

彼得还兼任了我的职业顾问。他帮助我克服了自己的旧习，强迫我把自己的目标用白纸黑字写下来，而不去考虑生活方式上的问题，呈现出了一种鲜明的对比。他让我认识到，我们不应该害怕搬家。事实已经证明，我们做得到这一点，并且能够生存下去。

但是，我并不想这样意气用事。我有无数个"但是"可说，比如我们刚刚买了一栋房子，他很喜欢圣地亚哥，我应当再努力努力，我应该更加从容一点儿，我害怕再回到东海岸去过冬天，等等。可他是对的，除非再回到华盛顿去试一试，否则我是不会幸福的。而由于有了他的支持，我也有了再去尝试的自由，有了经济上的保障。

当时正值2001年的8月，我没有浪费时间，马上给曼迪这位朋友发了电子邮件，她就是那个打电话让我在2000年选举运动中去做志愿者的人。此时她正在司法部工作，负责媒体通信工作。我告诉她和其他一些老同事，说我订了9月17日的机票，准备回去找份工作。其中有几个人说，他们很高兴再见到我，因此我觉得，自己起码能够回到那个可以提供某些好工作的群体当中去了。

不过，就在我准备动身的一个星期前，恐怖分子袭击了美国。

9月11日，彼得照常在早上五点半叫醒了我，将我的英式早餐茶放到床前的茶几上，然后便带着亨利散晨步去了。当天天气很热，于是我走到客厅，开了窗户。我打开电视收看早间新闻，首先看到的就是《早安美国》的主持人查理·吉布森正在报道世贸中心起火的消息。我往画面上方看去，紧接着就看到了第二架飞机撞上第二座塔楼时的画面。我尖叫起来，跑出去寻找彼得，并且边跑边喊："他们正在用飞机袭击世贸中心！"他当时还以为我说的是小型飞机和轻型武器呢。我们赶紧跑回家去，呆呆地站在客厅里看着新闻，任由我们的早茶变凉。

我们在华盛顿都有朋友，因此我俩坐在那里，提心吊胆地看着新闻，还听到种种不实的消息，说有飞机击中了国会大厦和财政部大楼。接下来，一架飞机撞上了五角大楼，而93号航班则在宾夕法尼亚州坠毁了。我觉得，那种情形就像是小时候爸爸提醒过我的那种战争开始了。这是善良与邪恶的对抗。当时我还不敢肯定，我们能否打赢这样一场战争。

但是，接下来我们就看到了布什总统的保证，看到了他那种坚定的举止、明确的目标感和领导艺术，这都让我有了安全感。"9·11"事件之后，我回到华盛顿去为政府服务的决心比以前更加坚定了，无论政府用到我的哪种能力，我都会回去。几年之后，位于白宫的办公室里，我把自己最喜欢引用的布什总统的一句话挂到了墙上："我们不会疲倦，我们不会动摇，我们不会失败。和平与自由，终将获得胜利。"

"9·11"事件的两天之后，曼迪给我发了封电子邮件，说她在司法部的团队需要一位新闻发言人，因为当时公共事务组的工作量实在是铺天盖地。司法部承担了从联邦调查局到移民局以及起诉恐怖分子的所有工作。她问我愿不愿意回去，而我在当天晚上便开始整理行装了。我并不喜欢那种迫使我们采取行动的局势，但我已经做好了前往的准备，并且对有机会做出贡献心存感激。

重回旧地

2001年10月，我把南加利福尼亚的棕榈树抛在身后，及时飞往了华盛顿，还赶得上看到大西洋中部沿岸各州的树叶在冬天来临之前改变颜色。我住进了原来的那个地方，即国会山上德西蕾·塞利和斯蒂芬·塞利夫妇家那栋古老的英式地下公寓。当时，他们已经把那里改成了家庭娱乐室和一间客房。他们有两个小女儿，一个叫作伊莎贝拉（两岁），另一个叫作薇薇安（才四个月大）。

就在我等待着自己的忠诚审查结束，以便开始到司法部上班的过程中，我与德西蕾一起，在白宫的通信办公室里工作。她是主任，办公室里堆满了恐怖袭击之后人们发过来表示慰问和支持的信函。她经常得加班，因此下班后我会赶回去，帮助照料那两个小姑娘。我带着孩子们，把《玩具总动员2》看了一遍又一遍。我已经多年没有照料过小朋友了，所以，住在那里的三个月之内，我感冒了好几次。到了12月，我便开始到司法部上班了，过了元旦，彼得也带着亨利来到了特区。我们在距塞利夫妇家不远的林肯公园附近，租下了一套房子。

没过多久，我便重新调整过来，成了政府的一名新闻发言人。随即，我便在司法部处理了一些与恐怖袭击无关的问题，比如环境与自然资源、反垄断、税收以及司法部官员的个人专题报道等。在司法部，我们会接听大量的电话。每天接到记者们打来的八十个电话，询问我们对于不同案件的看法，可不是什么奇事。过了几个星期，摸清了门道之后，我都可以写上一本名叫《无可奉告的101种方法》的书了。由于媒体打来的许多电话都与正在进行的诉讼有关，因此，除了说"是的，政府计划上诉"及"我们已经收到了文件的副本，将会在适当的时间做出回应"之外，我们就不可能再说别的什么。我们必须留神自己的言语，才不至于危及任何一桩案件。不过，我一生中反复出现的那种情况再次出现了。没过多久，我便又开始觉得厌烦了：不是厌烦工作内容，而是厌烦这份工作中那些平庸的策略。

我处理过当时的一些重大案件，其中包括政府对美国的一些大企业、燃煤电厂，那些没有遵守《净水法案》以及对那些违犯了《濒危物种法案》的公司提出的诉讼。我最喜欢的一桩案子，就是一位俄罗斯的移民，被渔业和野生动物局一位秘密特工抓住，说他试图将濒危的密西西比鲶鱼鱼子冒充黑海鱼子酱出售，那个骗子已经这样干了一段时间。后来我还写了一篇报道，在《纽约时报》的"外出就餐版"头版刊出了。那个头版，可是公共关系的黄金地带。

处理环境问题，让我认识了一些受命负责管理白宫"环境质量委员会"（CEQ）的人士。CEQ是尼克松总统在白宫里设立的一个办公室，负责对联邦政府各部门的环境、能源和环保政策进行协调。相信我吧，在遭到恐怖威胁、战争阴云笼罩的时代，一位共和党的职员最不愿意去从事的，就是环境问题方面的工作了。在这种时候，环境问题并不是大家关注的焦点。可我早已学会了去从事别人不愿意干的工作，因为只有在这种地方，一个人才能出类拔萃。如果从事的是最困难、最没有吸引力的工作，却没有把工作弄得一团糟，那么你就会引人注目，就会显得既有能力，又很可靠啊。

这就是我为什么会从司法部转到白宫去工作的原因。对我来说，担任"环境质量委员会"的媒体主管是上了一个台阶，因为这让我与白宫新闻办公室的联系更加紧密了。"环境质量委员会"在白宫对面的杰克逊广场上设有办公室，就在拉斐特广场边一排旧的城市住宅里。我觉得干劲儿十足，因为我有很多东西要学习，也要承担更多工作任务了。

我马上开始跟白宫的联络小组打成了一片，还被他们邀请去参加晨会。在晨会上，他们会确定当天的工作议程，并且，要是有什么问题的话，也会向小组及其主任丹·巴特利特提出来。我尽量帮上一点儿忙，但并不喜欢出风头。我明白，环境问题也需要处理，而我帮忙的最佳办法，便是不让媒体因为这方面去打扰他们，并且在我认为他们即将踏入媒体所设的陷阱时提醒他们。我在国会工作的那个时候，就认识白宫的新闻发言人阿里·弗莱舍（可他却不记得那时认识我了），后来我又结识了他的副手斯科特·麦克莱伦，他当时负责的是能源问题，而在阿里离职之后，他便继任白宫新闻发言人这一职务了。我成了斯科特很愿意来找的人，因为我胸有成竹，能够应付媒体打来的所有关于环境问题的电话。不瞒大家说，那种电话可真是多如牛毛。布什政府经常受到那些决意要吸干政府鲜血的环保人士的抨击，并且那些人也完全无视布什总统在保护野生动物、湿地、减少空气污染和保护海洋等方面提出的许多好政策。

我早已明白，在白宫工作可能会让人头疼，而唯一的应对办法，就是保持谦逊。我在"环境质量委员会"上了一周的班后，妈妈就在星期五的晚上给我打电话，问我干得怎么样，当时她对我说的就是这一点。我一口气就把自己的任职情况，把我在白宫南草坪上看到布什总统走下"海军一号"以及接到卡尔·罗夫①的电话，询问我起草的一份总统声明的情况，全都告诉了她。我跟她说，卡尔非常和蔼、非常平易近人，曾经一遍又一遍地给我起草的声明润色。当我终于说完之后，妈妈问道："卡尔·罗夫究竟是谁呀？"（最后，我成了卡尔的发言人，他也很喜欢这个故事。）

我在"环境质量委员会"工作了两年多，其间还经历了2004年的总统大选。我妈妈很担心，不知道布什总统要是败给参议员约翰·克里的话，会出现什么样的局面。我对她说，那样的话，我们所有的人就得去找新工作了。几天之后，她又给我打电话，这一次，她更替我的就业前景感到担忧了。

"没准儿，约翰·克里会把你留下来呢？"她问道，希望我的回答能够让她放下心来。

我哈哈大笑。"不，妈妈，不会是那样的。"我说。

就算真的是那样，我也并不担心自己要去找一份新的工作。在白宫工作，已经让我积累了那么多高水平的经验，而彼得和我住在华盛顿，也真的

---

①卡尔·罗夫（Karl Rove，1950—），美国政治家，是乔治·W.布什担任美国总统期间的高级顾问。

过得很幸福。那个时候，我已经存了一些钱，就算要花上好几个月才能找到工作，也足以支撑了。我唯一担心的，就是总统大选了，可是，在那个方面我又无能为力。幸好，布什总统赢得了大选，我们也有望留下来，再工作一届了。于是，我再一次蠢蠢欲动，因为"环境质量委员会"的工作已经不再适合我了。

最终表明，我无须等待太久，便迎来了一个新的机会。我不想在"环境质量委员会"里再待上四年，因此便去财政部面试，想谋得一个新的职位，去从事即将实施的社保改革工作。不过，就在我打算接受那个职位的当天，我却获得了另外一份工作，这打乱了我的计划。

晨会过后，白宫的新闻发言人斯科特·麦克莱伦要我留在他的办公室里。我马上以为自己惹上了什么麻烦。我可没有指望，他会问我愿不愿意担任白宫的副新闻发言人。噢，我很幸运，是我，我愿意！当副新闻发言人，就是我梦寐以求的工作啊！因为这意味着我可以用一种更有意义的方式来做出贡献，意味着我能够承担更多的责任、处理更多的问题，意味着我能够在政策层面全面发挥作用，而不仅仅是在环境方面有所贡献了。我将与国家记者团一起共事，为新闻发言人提供支持，使他能够获取成功举办新闻发布会所需的一切资料。作为两位副新闻发言人中的一位，我会更加熟悉总统，因为节假日和周末是两名副新闻发言人轮流当班（这是很值得的，因此我一向都建议年轻人去担任副职，不管是在哪个行业或者哪个机构里。当二把手，既可以让人了解到自己如何才能成为领导，也可以让一个人与自己的上司建立起良好的关系）。

有了这样的机会，我感到非常兴奋。我觉得，那才是自己长期以来真正想要从事的工作。斯科特给财政部打了电话，把我计划有变的消息告知了他们。两个星期之后，就在总统宣誓开始第二届任期的那一天，我便开始在白宫的新闻办公室里上班了。我将在那里工作到总统任期的最后一天，不过，到了那时，我又会有一个不同的身份。

第三章

走上讲台

从头说起

得知自己即将成为下一任白宫新闻发言人的那一天，原本也是我打算从白宫辞职的那一天。

当时，正是2007年的夏季，自"9·11"事件过后，我已经在布什政府当了两年半的副新闻发言人了。每个星期的工作日里，我都是凌晨四点起床，一直工作到晚上十点半左右才下班。而到了周末，我上床睡觉的时间，则比绝大多数孩子都要早。我经常会在半夜醒来，然后就再也无法入睡了。

虽然我一门心思扑在工作上，但这样并没有让我觉得不幸福。我明白，时间、速度和压力正在危及我的健康和婚姻，可我以为，自己能够处理好这一切。尽管很少发牢骚，但我的丈夫也很疲惫。作为妻子，我还是能够感觉到这一点的。为了不看到彼得那种不满的表情，为了不与彼得吵架，我开始找借口跑到楼上去，以便能够悄悄地查阅自己的电子邮件。于是，我成了整个西方世界里在黑莓手机上打字最快的人，而我在偷偷摸摸的情况下，打得尤其迅速。

差不多就是在那个时候，白宫办公室主任约书亚·博尔顿提议说，如果我们当中有人觉得自己坚持不到本届政府的任期结束，那就应当考虑跳槽，因为总统决定"向终点冲刺"，因而身边需要一个强大而精力充沛的团队。

提前离职之后，白宫就可以启用新人来代替我们了。

我觉得非常心痛。无论我们在媒体上受到什么样的抨击，我对总统和国家的忠诚之心、奉献之情，一直都在与日俱增。总统遭受的打击越多，我就越发觉得自己必须站在那里，捍卫他和他做出的那些决定才是。从职业角度来说，我仍然很喜欢这份工作，觉得它很有挑战性（这其实是有点儿轻描淡写了）。每一个新闻周期，我都学到了更多的知识，而我也从未觉得，自己学到的知识已经足够了。我曾经自告奋勇地在所有政策会议上担任新闻办公室的代表，无论这一角色是多么微不足道，目的就是让自己能够聆听和学习。

在偶尔出现慢新闻的日子里，我会邀请一位策略管理员共进午餐，来向他们请教。偶尔我也会请一些职业公务员到白宫去，向他们深入了解某个重大的地缘政治热点问题。当国务院里的巴基斯坦问题专家向我简要介绍了该国的历史以及我们在那里面临的种种挑战后，我是如此总结自己听到的内容的："这么说，我们全然搞砸了？"她很赞同我的这种评价。

我之所以不愿辞掉白宫的这份工作，另一个原因就在于，我与手下团队已经建立了一种深厚的关系。一起共事了那么久之后，我们都已经深入了解了彼此的心思，能够理解彼此所开的玩笑了。我明白，那种团队合作，是一种终生都只可能出现一次的宝贵经历（我们中的许多人都过了很久才明白，那种经历是永远不可能被复制的）。

出于骄傲，我并不想承认自己已经非常疲惫，不想承认自己的身体状况可能无法坚持到最后。而且，我也想象不出，自己应当如何去跟总统说再见。

我跟彼得经常谈起这个问题。晚上我迟迟难以入睡，一直都在想着自己的抉择。记者们的邮件仍纷至沓来，要我回答天底下的所有问题。因此，能够在"塔吉特"漫不经心地浏览浏览商品，对我来说开始变得越来越有吸引力。

我要彼得跟我简单地说一说我们的财务状况，他回答说，就算我不上班，我们也可以坚持好几个月。虽然经济上有一点点压力，但只要勒紧腰带，我们就没有什么解决不了的问题。

接下来，到了2007年8月，带着这些想法，我们去俄勒冈州度了一个很短的假期。彼得准备穿过山区，跟别人进行一次通宵接力赛，从胡德跑到海边。我与司法部和白宫的一位前同事苏珊·惠特森一起，而彼得则与苏珊的丈夫基尔去跑接力赛。我们度过了一段属于女生的时光，甚至还去做了手部护理和美甲。

苏珊最近刚刚离开白宫，她原来一直担任布什夫人的新闻发言人。她在本届政府的任期内结了婚，然后就想要孩子了。当她宣布自己从白宫东楼辞职的消息时，媒体曾问她为何要辞职，她回答说："黑莓手机生不了孩子啊。"不久后，她和基尔便全心全意地搬到了弗吉尼亚州距雪伦多亚河谷不远的华盛顿①，如今，他们已经有两个孩子了。

在西北地区度过了那个长长的周末后，我便开始羡慕起苏珊宁静的心境，羡慕起她那令人舒服的笑声来。我注意到，她的脸上并没有出现永久性的皱纹，可我的双眉之间却有。我反复权衡了留在白宫的利弊，她却只是倾听，没有给出回答。因为她知道，无论从个人角度来说，还是从职业角度来说，这都是一种非常艰难的抉择。

那天晚上，我决定试试一种小窍门。这种办法，在我起初拿不定主意要不要搬到华盛顿去时发挥过作用，那就是：把难以决断的问题，放到完全清醒与睡觉之间，从而定下一个解决办法。第二天早上，当那两个赛跑者越过终点线，在比赛结束后到沙滩上玩触身式橄榄球②的时候，我看着彼得说："是时候了。"我告诉他，说我决定离开白宫了。他问我是不是确定，并且

---

① 美国叫"华盛顿"的地名很多，除了首都华盛顿特区之外，还有华盛顿州、多个华盛顿县以及许多同名的市镇。这里所指的"华盛顿"，当属弗吉尼亚州的拉帕汉诺克县（Rappahannock County）县治所在地，距美国首都不到一百一十千米。

② 触身式橄榄球（touch football），美式橄榄球的一种变种运动。玩这种橄榄球时，运动员以单手或双手触及对方持球人的身体，以代替抱住和摔倒等动作。

上下打量着我，好像完全信不过我似的。我说当然确定。于是，他向空中挥舞着拳头，大声叫道："太好了！"然后，彼得紧紧地抱着我，向周围的人宣布说："嗨，听我说，我老婆就要回到我的身边来了！"他们都欢呼起来，拍着他的背以示祝贺（由于当时旁边的人有些是陌生人，因此我不太肯定，他们到底明不明白他说的是什么意思）。

我们在劳动节①那天飞回了华盛顿。在航班上，我们一直手拉着手，讨论着我不再时刻忙于工作之后我们想要去干的所有事情。我决定，每天早上都要睡到六点才起床（而不是只睡到四点一刻），并且每周要做两次早餐。我们会在早上一起带着亨利去散步，并且看完整张报纸，连时尚版也不放过。我们要到英国去看望彼得的家人，然后再开车去怀俄明州的牧场。我们制订了宏伟的计划，去做一些琐碎的事情。

随着飞机离特区越来越近，我对自己做出的决定也越发觉得心安理得起来，并且开始鼓起勇气，准备向众人宣布这一消息。每当想到要向新闻办公室里的同事宣布这一消息，我的心都会怦怦直跳。我觉得，从某种意义上来说，我那样做就是辜负他们，但我也明白，他们肯定会理解我的。我根本没去想如何把这消息告诉总统。我觉得，最好的办法就是撕掉创可贴，快刀斩乱麻，那样的话，就算疼，也只会疼一小会儿。

第二天早上，一切都像往常一样开始了：早上七点半，在总统办公室对面的"罗斯福厅"里召开高级行政人员会议，然后在白宫西楼楼上埃德·吉莱斯皮的办公室里召开沟通会议。在召开高级行政人员会议之前，我把埃德拉到一边，问我能不能在会后见见他。他说可以，因为当时他也正要找我谈话，可我并不知道他要跟我说什么。我已经迈出了第一步，准备把我要辞职的消息告诉他们了。开弓没有回头箭。或者说，我本来以为是那样的。

开完沟通会议，就在职员们都鱼贯而出的时候，埃德说道："达娜，请您留下来一会儿吧。"同时向其他人打了个手势，示意我们需要单独谈话。

---

① 劳动节（Labor Day），此处指美国的劳动节，即每年9月的第一个星期一，目的是纪念1882年9月4日纽约市工会组织的大游行。

埃德是个令人喜欢的爱尔兰裔美国人，连他在语音邮件里报出自己名号的方式，都会让我忍不住哈哈大笑起来。不过，他那天的样子似乎没有开玩笑的意思。

我在正对着他办公桌的椅子上坐下来。待最后一个人离开，办公室的门关上之后，我深吸了一口气，准备开始说，可他却阻止了我，说："能让我先说吗？"

"当然可以。"我说道，往回坐了坐，担心自己会临阵退缩。

"我们打算在下周任命您为新闻发言人。"埃德说。

"你们打算干什么？"我吓了一大跳。全身的血液像是一下子从身体里流了出去似的，一种惧怕与高兴交织的复杂情感，有如电流般从我的心头迅速传到脚尖。我想起了彼得在俄勒冈州沙滩上表现出来的那种快乐之情，他是绝对不会相信这个的。我们所有的计划，瞬间变成了泡影。我的内心，早已经离职而去，我的脑海里，也早已在想着做早餐、遛小狗了。可转瞬之间，我却必须重新打起所有的精神，放到工作上去了。

埃德的话，完全击中了我的要害，使得我罕见地沉默了一会儿，瞠目结舌。这是一种令人无法抗拒的巨大荣耀，我也认识到了跨过这道门槛，从副新闻发言人摇身一变为新闻发言人的重要性（我已经当了那么久的伴娘）。我猜想，过了那么多年后，自己终于胜任这一职务了。我将在白宫的新闻事务方面发挥更大的影响力，而在如何改善新闻发布室里的一些做法方面，我也有了自己的想法。此外，我还会成为美国担任过新闻发言人这一职务的第二位女性（也是第一位担任此职的共和党女性）。我马上意识到，抓住这个机会，会让我将来的职业前景发生翻天覆地的变化。

然而，这一刻也让我觉得喜忧参半。埃德解释说，托尼·斯诺打算离开白宫，好一心一意地去解决自己的健康问题和照料家人。他在2005年，即来到白宫任职的一年前，开始治疗结肠癌，而在治疗的过程中，托尼一直都忠于职守，从未取消过一场新闻发布会。他煞费苦心地遵循着医嘱。由于我在办公室里每天都看到他，觉得他在2007年的工作非常出色，因此认为他应该会继续担任新闻发言人，直到本届政府任期结束才是。但是，为了身体健康，托尼需要放缓工作节奏、减轻工作所带来的压力才行，并且，他也希望有更多的时间去陪自己的妻子吉尔以及他们的三个孩子。所以，谁又能够去责怪他呢？

托尼·斯诺

现在，我该向大家介绍一下托尼·斯诺的情况了。许多人如今都深情地缅怀着他，并且都有充分的理由来缅怀他。托尼是个独一无二的人，是个具有伟大品格和智慧的人。他可能也是华盛顿特区里最谦逊的一个人。尽管特区里的绝大多数人都会把自己与一些"重要人士"的合影挂在他们的办公室里，可托尼的办公桌上，却放着孩子们的照片：那是三幅8×10英寸的相框，使得桌子上几乎没有留下多少放文件的地方。他的办公桌上总是乱糟糟的，可这一点，正是其魅力的一部分。

吉尔满五十岁的时候，托尼想要送给她一份生日礼物。新闻办公室里的职员，全都非常投入地为他搜寻礼物，比如她最喜欢吃的糖果、去看一场戏的门票以及一张新的CD唱片。他在自己家里为吉尔举办了一场舞会。他们把家具都推到墙边，并且"像青少年一样翩翩起舞，一直跳到凌晨三点钟"。

托尼从来不会缺席孩子们在学校里的重要活动，也没有因为缺席而道过歉。他不在的时候，会把新闻办公室放心地交给我去管理，就算错过了某场会议，他也不会担心。每天下午，我们都会为他预订许多"脱口"广播节目和有线新闻节目，而他则会与主持人们唇枪舌剑，出色地表达出总统的立场。虽然他听上去非常了不起，可他也热衷于收藏领带，全都挂在门后面。在有些场合下，我会让他换根领带再站到镜头前面去。

在家里，吉尔和托尼两人倾心相爱，共同救助了几只流浪动物，其中包括一条狗。那条狗，曾经还想咬烂白宫发给他的那部黑莓手机呢。托尼看上去可能有点儿丢三落四，曾经丢失过政府发给他的另一部智能手机，一个月后，手机却在他的冬靴里找到了，可当时正值盛夏7月。

由于接受的是化疗，所以需要保持体重，因此托尼向白宫内务处订了许多吃的东西。他最喜欢的早餐，是三个中间夹有香肠、上面涂着枫糖并且糖浆直淌到办公桌上的薄煎饼。他每天都要喝三大杯香草拿铁咖啡。午饭呢，当天的特色菜是什么他就吃什么，尤其喜欢星期二的核桃皮包鸡肉沙拉。尽管这些食物热量充足，可他还是没有胖起来。

托尼在大学里学的是哲学和数学，而不是新闻专业。他爱好辩论，这一点在他成为白宫新闻发言人之前的种种工作当中，都发挥了巨大的作用。他当过日报的社论作者，当过乔治·H.W.布什总统的演讲稿作者，当过电台的脱口秀节目主持人，还当过周日节目的主持人。他在福克斯新闻频道工作过多年，如今也仍是一个传奇式的人物。你们知道谁最喜欢托尼吗？就是与他共事的那些职员，不论男女，都很喜欢他。由此，你们便可看出，他确实如大家所想，是一个非常善良的人。

他在白宫的最后一天，我们新闻办公室拍了一张"全家福"。他当时已经消瘦成那个样子，如今回想起来依然令我震惊。刚开始担任新闻发言人时，他的头发还是花白夹杂，可才过了一年多一点儿，他就满头银发了。他满怀深情、激动不已地与我们一一道别。白宫里的人全都在外面排起了长队，给他打气加油，祝他好运，目送他开车离去。当时，他情不自禁地当众流下了眼泪。我们许多人也都泣不成声。

不到一年，在前往华盛顿特区斯波坎市出席一次演讲活动的途中，托尼病倒了。接下来的那几个星期，他一直待在医院里。吉尔告诉我，他会躺在病床上收看白宫举行的新闻发布会，还会因为记者们提出的问题而感到生气把自己的塑料茶杯扔到地上，并向电视里的记者挥拳头，以示支持我。只要露出一点儿苗头，他就看得出媒体所带的偏见。不过，这一点并没有让他变得愤世嫉俗，而我也尽量效仿他的态度。那种态度，就是应对这一工作，并且不让自己变得压抑或者刻薄的最好办法。

托尼勇敢地与癌症做着斗争，可最终还是没有战胜病魔。2008年7月12日，就在总统及其手下到日本参加完"八国集团"峰会后回到美国的那天早上，托尼与世长辞了。

美国有线电视新闻网驻白宫记者埃德·亨利的一个电话，把我从睡梦中惊醒了。尽管时差让我觉得头像灌了铅一样昏昏沉沉，但我还是假装已经起床好几个小时了。

"怎么啦？"我问道，尽量让自己的声音听上去清醒得很。

"真是抱歉，这么早给您打电话，不过我能听听您对新闻的看法吗？"埃德说。

他的声音听上去非常难过（埃德是我们见过的最多愁善感的一个人）。我马上调动直觉，开始猜测起他打电话的原因来。我可不想让美国有线电视新闻网说是这个媒体网络将托尼的死讯告知了白宫，因此回答说，过一会儿我再给他回电话。我迅速浏览了一下自己的电子邮件。有了，凌晨四点刚过，吉尔给我发了一封邮件，说托尼刚刚走了。

白宫帮助吉尔在国家圣母大殿安排好了葬礼，因为各界的慰问和支持铺天盖地而来，可吉尔还有三个孩子要照料。先遣组保证了葬礼的每处细节都完美无瑕。在葬礼上，举行了一场完整的弥撒。布什总统尽管已经出席过许多葬礼，可此时却是第一次为一位朋友发表悼词。他曾担心自己无法念完悼词，可后来他做到了。而这样做，也是对一位非凡之人最恰当的纪念。能够认识托尼·斯诺这个人，我们都很幸运啊。

接过讲台

与此同时，在埃德·吉莱斯皮的办公室里，我仍然没有对他所说的话做出回应。他眉毛一扬，问道："怎么样？"

　　我之所以没有立即答应他的提议，是因为我觉得很困惑，不知道这是怎么回事。你们可能会觉得，倘若自己被任命为新闻发言人，那么整个场景就会是云开雾散、艳阳高照，背景中还会响起美妙的音乐呢！但是，这可不是在童话故事里啊。

　　"总统的意见如何呢？"我问道。

　　埃德显得非常惊讶，说道："哦，他可能相信你会答应吧！"

　　"噢，是吗，是吗？"我开玩笑地说。

　　我告诉埃德说，我很荣幸地接受这一任命，只是有点儿搞不懂，他们为什么会选我。让托尼当新闻发言人，原本就是一种不拘一格选拔人才的做法。就连雇用他这一点，本身也是一种信息，表明白宫选择一位红极一时、没有沾染上白宫里的陋习而产生偏见的媒体名人，是在挥出一记重拳，因为此种陋习和偏见犹如疾病，若是在白宫里面工作太久，任何人都有可能染上。当时，任命托尼·斯诺为新闻发言人，既向公众释放了一种非常强大的信号，也有助于我们了解到，一个偏狭的白宫正在向好的方向转变。这一点，有助于我们获得媒体的支持，改善与国会的关系。

　　但我并不是那种人选，因为我很稳健。我曾经想过，自己本是一位显而易见的人选。我也想过，他们可能以为让我正式接任更为容易，因为本届政府余下的任期已经没有多久了。究竟只是因为选择我很方便，只是因为我是明显的人选，还是说总统真的相信我可以胜任这项工作呢？

　　虽然埃德向我保证属于后一种情形，可我还是有点儿怀疑。他和我都同意，在他们能够想出一种顺利的过渡方案和声明来之前，我们继续保持沟通。白宫的新闻发言人很少频繁地更换，因此这必将是一件大事，尤其是在人们纷纷开始猜测托尼的健康状况的时候。

　　我走下楼梯，心里一直想着该怎样去跟彼得说。他期待着我去对他说，我已经辞职了。可是，每当我制订好一个计划，上帝却有了另一个主意，这次又是一个例子。

　　我在办公室里给彼得打了个电话，并且是捂着话筒悄悄地跟他说，以免别人听到这个消息。他非常震惊，但同时也自豪不已（彼得可不是我最客观的批评者）。冷静下来之后，他说："无论你需要我做什么，只要帮得上忙，就直说吧！"

几个小时后，我前往总统办公室，去参加一个早已定下来的政策会议。我走进去，看见了总统。我扬了一下头，对他说道："那么，您只是想当然地觉得我可以，对吗？"他向我眨了眨眼睛，点了点头，说："好，好，看看您吧，新任的新闻发言人。"他脸上的表情，已经说明了一切。这让我再次确信他是特意选择了我，确信我本来就是继任的最佳人选。于是我决定，不再庸人自扰，不再怀疑自己，而是度过了一段很少出现的、感觉良好的时光。我坐下来参加会议，努力把注意力集中到会议主题上。可是，实际上我却开始在简报的边上列出一份清单。我们有很多的事情需要去做呢！

宣布任命的那天上午，媒体仍然不知道当天会爆出这样一则重磅新闻。只有白宫内部少数几个人清楚我将接替托尼的职位。那天是8月31日，室外热浪滚滚。我决定穿一件淡紫色的连衣裙，再配一件合适的夹克，并且特意拾掇了一下头发，化了一点儿妆。我的精神有点儿不集中，因为第二天总统就要秘密出访伊拉克，我一方面要负责为新闻办公室制订出访计划，另一方面也要整理好自己的行装，做好出发准备。没有人可以得知此次出访的情况，因此我只能将部分工作委托给别人去干。

那天我像平常一样去参加高级行政人员沟通会议，而我的好朋友兼新任首席副新闻发言人托尼·弗拉托则走马上任，以确保一切都进展顺利。他甚至还写了一些可供总统在宣布任命时所用的话语，因为埃德和我都忘了这一点。接下来，托尼·斯诺和我把新闻办公室里的职员召集来，向他们宣布了这一消息。其中有些人费了好大的劲儿才忍住没有哭出来，因为尽管托尼坚持说自己很好，他们还是担心他的身体会出现最糟糕的情况。

一位新闻助理对白宫西楼办公室里的那些记者进行了日常通报，说总统会到新闻发布室里去，宣布一项人事变动任命。新闻办公室里的电话开始响个不停了。记者们都毫无耐心，一个劲儿地问："谁？什么职位？什么时候？跟我说说吧！"他们一个劲儿地请求。我们坚定不移，只说他们很快便会知道了。

就在宣布这一重大消息之前，总统走下楼，来到新闻办公室里。于是，我们便在上场之前闲聊了一会儿。到了此时，我们已经把消息透露给记者们，说白宫即将出现人事变动，因此摄影记者们都已经各就各位，准备好要捕捉这一时刻了。

时间到了，我和托尼跟在布什总统身后，走进了新闻发布室，站在他们身边，我的确觉得有点儿自惭形秽。我环顾四周，看到彼得竟然穿着西装。他对我咧开嘴笑了笑，微微地表示赞许。"你能相信这一切都是真的吗？"我们的眼神似乎在说。

总统感谢了托尼所做的贡献，并且赞扬了他的许多天赋。他并没有直接提及托尼患上癌症这件事情，而是尽情赞扬，说托尼很出色、有尊严而又富有风趣地处理好了自己承受的巨大压力。托尼的发言，也同样谦和有礼。

过后，总统转向了关于任命我为新闻发言人的那份书面讲稿。不过，他觉得那份讲稿太过正式了，因此大概读到一半的时候，便放下了讲稿，说出了我想要听的那句话。

"注意，我之所以选择达娜，是因为我知道她能够应付好你们每一个人。"

此事就算尘埃落定了。在即席讲话中，他对每一个人，其中也包括我，表明他完全信任我。他知道我有当好新闻发言人的能力、管理风格和献身精神，并且向记者们保证，我一定能够做好自己的工作。他的这些话，马上提高了我的公信力，使得此次人事变动更顺利了。

几个星期后，总统见到了彼得，对他说："我该向您道歉才是。在宣布达娜担任新闻发言人的时候，我犯了个错误。我没有看到您也在现场，我本来应当认出您来的。"

总统竟然记得这事儿，让彼得感到惊讶不已。这是布什总统体贴别人的另一个例子。他确保了那些对我们非常重要的人也觉得自己是白宫的一分子。总统甚至还给彼得起了一个外号，叫他"英国人"。有一年的6月，在戴维营时，这位三军总司令甚至还给彼得送过蛋糕。总统先生和康多莉扎·赖斯一起给他唱过"生日快乐"歌，这可是彼得最喜欢炫耀的资本呢！

造访戴维营，是一种令人无法忘怀的经历。不过，还是在布什总统手下工作时学到的领导艺术，给我留下了最为深刻的印象。

我知道，我在布什总统执政期间的任职感受，不一定会影响到历史学家对他的评价。此后，史学家们仍会继续评头论足，去评论他的决定和是非功过。可布什总统并不担心那个。当有人问到他的政治遗产时，他会回答说："去年我看了三本关于乔治·华盛顿的书。既然如今他们还在分析美国的第一任总统，那我这第四十三任总统又有什么好担心的呢？"他并不是说自己有信心，觉得能够得到历史学家的正面评价，而是在说，我们掌控不了未来的事情。他教导我不要过分去想他的政治遗产问题，从而使得我能够心存高远。

但我还是希望，自己的回忆能够有助于填补他担任总统这段历史中的一些空白，因为匆匆写就的历史，还没有正确地将这些方面记录下来。带着这种想法，我便把自己在布什总统手下工作的这些年里让我印象最深的一些事情，一一记录起来。我从一位追随者的角度，将这些东西称为"领导力"，而其发端，则始于我在谦虚方面的一次重大教训。

"白色妓女"

在白宫新闻办公室里，业务最娴熟的一位年轻人，就是来自塔拉哈西①的卡尔顿·卡洛尔。他是在托尼·斯诺请了三个星期的假去做探查手术期间，为了协助我这个代理新闻发言人工作，才进入新闻办公室的。

就在那一过渡期内我即将代替托尼上台举行新闻发布会的那个星期五的

---

① 塔拉哈西（Tallahassee），美国佛罗里达州的首府。

晚上，卡尔顿敲开了我的办公室门，说道："夫人，很抱歉来打扰您，但我想问问，您觉得是不是应当在周末给您设一座新的发言台呢？"

他之所以这样问，是因为白宫通信情报局在杰克逊广场上的那个临时场所给托尼设了一座发言台，而在"詹姆斯·S.布雷迪简报厅"的翻新工作没有完成之前，我们一直都是用那个临时场所做新闻发布室的。注意，托尼身高六英尺五英寸，而我的身高刚好是五英尺。要是不穿高跟鞋的话，那么站在他的那个讲台上，我几乎看不到下面的人。

"噢，不用了吧，我可不想浪费时间和金钱。给我找一个装苹果的箱子，我站在上面就行了。没事儿的。"

"是，夫人。"

第一个星期顺利地过去了，我们并没有引发任何重大的全国性灾难或者国际性灾难，因此我的感觉相当好。接着，卡尔顿又来了。

"夫人，再次拿这事儿来打扰您，真是抱歉。不过，我还是觉得应当让人为您设一座新讲台才行。"他说。

"别傻啦。我们已经安然无恙地过了这一周，而下周又要出去两天。没准儿，托尼很快就回来了。"我一边说，一边盯着电脑，连眼皮都没有抬。

卡尔顿看着地下，没有走。他正在鼓起勇气，准备告诉我一些我从未想过自己会听到的话。

"哦，实际上，全国广播公司给我看了记者从房间后部拍摄到的画面。您站在苹果箱子上，在托尼用的那个台子上发言时，您的脑袋挡住了标志的一部分，因此镜头拍到的不是'白宫'，而是……'白色妓女'了。"

我瞪了他一会儿。然后，我们开始哈哈大笑起来。那位摄像师叫罗德尼·巴登，他对我很宽容，因此整个星期都在拍摄新闻发布会，没有让我闹出什么尴尬的局面来。

我同意了卡尔顿的提议，因此，等到星期一，我便有一座新的发言台了。

我很感激罗德尼和卡尔顿两个人对我的保护。与手下的职员和同事保持紧密联系，对我来说确实非常重要，同时也带来了良好的效果。我并不希望被人称为一个狂妄自大的"高级职员头领",而是对那些提醒我注意自己出错的人心存感激:在怀俄明州,一个人若是自命不凡,就必将从高高的马背上摔下来。

无人关注时的强大

2008年1月,布什总统出访了中东地区。那是他以总统的身份首次出访该地区,故此次出访事关重大。

前一年的11月,布什政府刚刚在位于马里兰州安纳波利斯市的美国海军学院,以东道主的身份接待过中东国家的首脑。当时是所有阿拉伯国家首次共同出席这样的一次会议,并且以色列总理奥尔默特和巴基斯坦总统阿巴斯还有望能够采取进一步的措施,让两国签署一项和平条约(我知道后来并没有签成,不过,还是请大家耐心听我说吧)。总统的第一站,便是以色列。

"空军一号"降落后,慢慢滑向机库。此时,以色列的大小官员正聚集在那里欢迎我们。由于布什总统从不浪费时间,因此我们全都起身做好了下机准备,都站在舱门前等着飞机停下来。总统刚刚穿好西装,正在拉直自己的领带。我很喜欢看他对私人助手和先遣人员说:"打起精神来,小伙子们!美国到了。"

我们走下飞机舷梯时,以色列国家乐队演奏起《星条旗永不落》①。对于此次出访来说,这可是一种鼓舞人心的开场。我国代表团在"空军一号"外面排成一列,然后由布什总统将我们逐一介绍给奥尔默特。这是一种有点儿奇妙的正式礼节,只是布什总统很有个性,在介绍时都是叫我们的昵称,表明他对以色列人非常友好。介绍到我时,他说:"这位就是可爱的达娜,达

---

① 《星条旗永不落》(The Star-Spangled Banner),美国国歌,由律师、作家兼诗人弗朗西斯·斯科特·基(Francis Scott Key, 1779—1843)于1814年作曲,1931年被定为国歌,亦译《星条旗之歌》。

娜·佩里诺，我的新闻发言人。"我点了点头，忍住没有咯咯笑起来，与以色列总理握了握手。

那天上午，布什总统与西蒙·佩雷斯总统进行了会晤。到了下午，我们又坐直升机前往拉姆安拉，布什总统在那里会晤了阿巴斯。这是一次乘坐直升机的穿梭外交。

那天晚上，我国代表团在奥尔默特的官邸参加晚宴。餐厅里的桌子又长又窄，上面摆着大约可供二十人就餐的全套正式餐具。墙壁是淡黄色的，上面装饰着以色列人的画作。奥尔默特总理用当地出产的葡萄酒招待我们，而双方在就餐时的交谈也非常轻松、舒适。

我坐在拉菲·埃坦旁边，当时他担任以色列的养老金事务部部长的职务。他将一生都奉献给了以色列，在政府担任过许多不同的职位。年轻的时候，他曾经负责过摩萨德①，策划了阿道夫·艾希曼②遭到绑架的那次行动。我结识他的时候，埃坦部长已经八十多岁，听力有点儿不好。在晚宴上，他不停地向我举起酒杯，并且用很大的声音说道："祝您用餐愉快！"有一次，布什总统还瞟了我一眼，似乎在说："你们那里是怎么回事呢？"我只是微笑着耸耸肩，然后回敬埃坦。

上完主菜后，奥尔默特花了一点儿时间，感谢布什总统造访以色列，还说与美国保持特殊关系，对他们来说具有极其重大的意义。在餐桌上以色列人所坐的那一方，至少有一个人对与巴勒斯坦签署和平条约持强烈反对的

---

① 摩萨德（Mossad），全称"以色列情报和特殊使命局"，是以色列的秘密情报机关。

② 阿道夫·艾希曼（Adolf Eichmann，1906—1962），纳粹德国高官，也是在犹太人大屠杀中执行"最终方案"的主要负责者，曾被称为"死刑执行者"。第二次世界大战之后，艾希曼被美国俘虏，但之后逃脱。经过漫长的逃亡旅行后，艾希曼流亡到了阿根廷。以色列的"摩萨德"查出了他的下落，并于1960年5月11日将其逮捕，秘密押送至以色列。由于对艾希曼的逮捕方式类似于绑架，因而引发了阿根廷与以色列的外交纠纷。1961年2月11日，艾希曼于耶路撒冷受审，被以人道罪名等十五条罪名起诉，同年12月，他被判处死刑，后于1962年6月1日被执行绞刑。

态度，因为那种和平条约的定义宽泛得很。支持奥尔默特的力量并不强大，而内阁中的任何风吹草动，都会引发以色列根据本国体制重新举行大选。因此，让所有的人达成共识，是防止两国谈判破裂的关键。

奥尔默特讲完之后，布什总统开始主导整个晚宴了。以前我还从未看到他那样干过，可在此前的两年时间里，他与绝大多数外国领导人的会晤，我都参加了。

总统说道："谢谢您，总理先生。来到这里，我们深感荣幸。以色列与美国的关系，从未像如今这样牢固。而现在，我们拥有一个机会，可以通过我们做出的那些决定，来确保贵国公民的安全。"他说道，然后停了下来，扫视了一眼整个房间，"不过，现在我要告诉各位，如果在座的各位当中，有人正暗中等着，准备抨击这个好人，"他指着奥尔默特，"想要趁着他做出一个艰难的决定时抨击他，那么请您现在就告诉我。因为我是美利坚合众国的总统，如果各位态度不严肃的话，我是不会将本国的资金浪费在各位身上的。"

全场一片肃静。我震惊不已，无比激动。这些话既显示出了巨大的力量，也表明了布什总统致力于帮助以色列人和巴基斯坦人达成和解的精神。虽然当时并没有摄像机将这一时刻捕捉下来，但我们都见证了他在无人关注时维护美国利益的行为。

总统讲完话后，以色列人开始动摇起来，纷纷嘀咕着说："噢，不，不，不，这里没有问题，没有什么可看的，我们继续往下吧！"

可布什总统并没有让他们这么轻而易举地脱身。"告诉大家吧，我希望能够多了解一点儿各位的情况。在座的各位当中，有哪位是在以色列出生的呢？"只有一位内阁女官员举起了手。

总统接着问道："哦，那您的经历是怎样的呢？您的家人又是如何来到这里的呢？咱们不妨就从您开始吧！"他指着与我对坐在餐桌那一头的、奥尔默特的办公室主任说。

那位办公室主任迟疑了一会儿，然后才说："哦，总统先生，我的家人是从伊拉克来到这里的……"接下来那些官员所说的老家形形色色，比如乌克兰啊，波兰啊，俄罗斯啊，匈牙利啊，还有其他地方。就在他们述说着各自经历的时候，有些部长探过身去，说道："等等，1928年，您的父亲在波兰？我的父亲也是啊！"几小拨人在那里如此交流着，他们还不停地说，以前从不知道对方的这个或者那个。

布什总统让他们讨论了一会儿。接下来，待大家静下来，以色列人当中重新产生了一种友爱之情和共同的目标感之后，他说道："我觉得，各位可能都已经忘记自己来这里的首要原因是什么了。谢谢你们的招待。晚安。"

说完这话，他把椅子往后一推，大家便都站起身来，晚宴结束了。过后，布什总统和奥尔默特总理走进后者的私人书房，一边抽雪茄，一边讨论当天的活动。美国代表团在休息室里等候，并与各自对应的以色列官员闲谈着。我与奥尔默特总理的新闻发言人共同起草了一份此次晚宴的情况说明，以便提供给等候在外面的那些记者。

第二天上午，美国代表团离开以色列，前往科威特。在飞行途中，我有一份准备发给媒体的文件，需要布什总统签字。我走进他在"空军一号"上的办公室后，他邀请我坐一会儿。虽然并不想去打扰他，可我很喜欢抓住一切同他较为随意地交谈的机会。坐下来后，我便说道："那么，昨天晚上……"

他看着我，眨了眨眼睛，说道："相当酷，不是吗？"

"是的，先生。相当酷。"

我问他，他怎么知道让奥尔默特内阁里的那帮官员继续谈判下去。他回答说，凭借自己的观察和直觉，他认为那些人都是因为太过关注日常的政治活动，才看不到签署一份和平条约的总体目标，而那份和平条约，将让以色列在周围国家敌意重重的环境下保证自身的安全。他有一种感觉，那就是这些人只是彼此之间没有进行沟通，因此决定趁机让他们开始将自身看成是致力于一种共同事业的盟友，而不再是单打独斗，去进行各自的政治斗争。

我为总统效力的经验说明，他能够看到简报以外的东西，能够一针见血地抓住事情的本质。他的心中，保持着一种更加广阔的视角。他专注于一个目标，并且知道需要大家付出什么东西，才能去实现这一目标。对于其他领导人，他从来没有进行过告诫或者说教，可他意志坚定，鼓励这些领导人更好地对待本国的人民。像这样的场景，是不会出现在记者面前的。我很欣慰，因为当时我就在现场，从而能够让美国人民知道，他在国外是如何代表着美国人的利益行事的。

我觉得他希望见到总统

有一段时间，美军士兵在伊拉克和阿富汗受伤、牺牲的消息纷至沓来，几乎压垮了我。虽然对新闻媒体发表讲话的时候，我的声音听上去可能坚强得很，可有的时候，我真的必须使劲儿克制自己的情绪，才能说出话来，才能发表声明或者回答记者的问题。

而最难过的日子，就是布什总统前去慰问伤员或者牺牲士兵家属的时候。既然这种时刻对我来说都艰难得很，那么你们完全可以想象伤亡士兵的家属会是什么感受，想象一位明知是自己的决策才让手下军队走上了战场的总统会有什么样的感受。这些士兵虽然作战英勇，可最终却身受重伤，或者牺牲了生命。总统一直定期前往白宫附近的沃尔特里德陆军医院，去看望伤病员。出于安全考虑，也为了不因公开总统来访而给该院员工带来麻烦，总统前去看望伤员的消息都是不公开的。

2005年的一天上午，斯科特·麦克莱伦派我代表他前去看望那些受伤的士兵。我还是第一次接受此种特殊的任务，因此非常紧张，不知道慰问过程会不会顺利。总统计划在沃尔特里德陆军医院看望二十五名伤员。其中有许多士兵受的都是脑外伤，并且伤情严重，有时甚至还非常危险。尽管他们获得了全世界最好的治疗，但我们都清楚，其中有些人可能会挺不过去。

我们是从重症监护室开始的。在我们走进医院的途中，海军作战部长（CNO）把我们即将看望的第一位伤员的情况，简单地向总统作了介绍。他是一位年轻的海军陆战队员，因为他驾驶的军用悍马车①被路边炸弹击中而受了伤。救起之后，部队用飞机将他送到了位于德国凯泽斯劳滕县的兰兹图美国空军基地。此时，他的父母、妻子和五岁的儿子，都在病床边陪着他。

"他的情况如何？"总统问道。

"哦，我们还不知道，先生，因为他到这里之后一直就没有睁开过眼睛，我们还没法跟他说话。可不管怎样，总统先生，他还有很长的路要走。"海军作战部部长说。

我们必须戴上口罩，如果不那样的话，可能会让伤员受到感染。我仔细观察，看伤员的家属会对布什总统做出什么样的反应。我很担心，因为他们可能会对总统发火，指责说是总统让他们的所爱之人处于此种境地。可我错了。家属对总统前来慰问感到非常激动。他们热情地拥抱总统，并且一遍又一遍地表示感谢。后来，他们希望跟总统合个影。于是，总统便让他们一起站到了白宫摄影师艾瑞克·德雷珀的面前。接着，布什总统问道："大家有没有保持微笑呢？"可是，当时他们都戴着重症监护室的口罩。大家都听懂了这句俏皮话的意思，于是病房里便响起了一阵轻轻的笑声。

那名伤兵全身都插着管子。总统在病床那头，与家属轻轻地交谈着。我仰头看着天花板，不让眼泪流下来。

与家属聊了一会儿之后，总统向军务助理转过头去，说道："行了，我们来颁奖吧。"那名伤兵被总统授予紫心勋章②，这一荣誉，就是专门授给那些在战斗中受伤的士兵的。

大家都静静地站在那里，听着军务助理以低沉而平稳的声音宣读颁奖辞。仪式结束的时候，那位海军陆战队员的小儿子拉着总统的衣角，问道：

---

① 悍马车（Humvee），全称"高机动性多功能轮式运输车"，多为军用。

② 紫心勋章（the Purple Heart），美国军方的荣誉奖章，是以美国总统的名义授予对战争有贡献的或者参战时受伤人员的一种荣誉，是1782年8月7日由乔治·华盛顿设立的。

"紫心勋章是什么呀？"

总统跪下一条腿，将那个小男孩拉到自己怀里。他说："它是给你爸爸的一种奖励，因为他非常英勇、非常令人敬佩，因为他非常热爱自己的祖国。我希望你知道，他也非常非常爱你和你的妈妈。"

就在他抱着那个小男孩的时候，医务人员纷纷走向病床，出现了一阵骚动。

那名海军陆战队队员刚刚睁开了眼睛。我在所站的地方看得到他。

海军作战部部长一边让医务人员全都退后，一边说道："等等，伙计们。我觉得他希望见到总统。"

总统直起身来，快速走到病床边上。他用双手捧起那位海军陆战队队员的脸庞。他们相互凝视着，过了片刻，总统一边凝视着那位士兵，一边对军务助理说道："再宣读一遍吧。"

于是，我们都静静地站在那儿，听着军务助理再次宣读对那位海军陆战队队员的颁奖辞。总统的泪水溢出了眼眶，滴到了那位海军陆战队队员的脸上。颁奖仪式结束后，总统将自己的额头与那位海军陆战队队员的额头贴了片刻。此时，大家都在流泪，而原因也实在太多：做出的牺牲、遭受的痛苦、对祖国的热爱、对于使命的信念以及对一位士兵与总司令之间关系的见证，而这种关系是我们其他人永远也无法完全理解的。（在写作本书的过程中，我联系了几位军务助理，他们帮我查到了那位海军陆战队队员的名字。我希望能够听到他幸存下来的消息。可他没有挺过去。就在总统看望他的六天之后，火炮射击中士小特里·W.鲍尔在手术中去世了。他被安葬在阿灵顿国家公墓，留下了妻子珍和三个孩子。）

这就是我们慰问的第一位伤员。而在那一天慰问医院里其他伤病员的过程中，每个伤病员的家属在看到总统之后，几乎都是欢欣鼓舞。不过，也有几次例外。一名来自加勒比海地区的士兵已在弥留之际，他的父母悲痛欲绝。尤其是他的妈妈，悲痛得几乎快要精神失常了。她冲着总统大喊大叫，想知道为什么躺在医院病床上的是她的儿子，而不是总统的儿子。她的丈夫想让她平静下来，而我注意到，总统并没有急于离去。他试图安慰那对夫妇，可接下来却只是站在那里，承受着那位妈妈的责骂，就像早已料到并且需要听到这种痛苦的申诉，并且要是可能的话，还会尽量去承担她的一些痛苦似的。

后来，当我们乘坐"海军一号"返回白宫的时候，大家都没有说话。

不过，待直升机起飞后，总统看着我说："那位母亲确实很恨我。"接着，他转过头去，看着直升机的舷窗外，"可我一点儿也不怪她。"

一滴眼泪溢出了他的眼角，顺着脸颊流了下来。他并没有去擦拭，我们就这样飞回了白宫。

哦，弗拉德①……

副新闻发言人的职责，就是收集情报，了解新闻媒体打算在发布会上或者就总统的情况问些什么问题，回答力所能及的问题，协助采访并准备好采访的谈话要点。这就意味着，副新闻发言人必须与那些到处跑的记者出去厮混，顺道造访他们在白宫西楼里的那些狭小办公室，去跟他们吹牛、闲聊，深入了解他们的情况。在总统出访之前，有一位副新闻发言人总是会跟着联合记者团一起坐包机前往。通常来说，倘若是在国内视察，记者们会提前半天出发，倘若是出国访问，他们就会比"空军一号"整整提前二十四个小时出发。

2005年，我刚在白宫的新闻办公室工作了几个星期之后，便受命随联合记者团前往欧洲。总统将在欧洲进行几次会晤，其中还包括与俄罗斯总统弗拉基米尔·普京进行一对一的会谈。会谈过后，他们计划举行一个新闻发布会，并且每人都将在发布会上回答两个问题。

到了此时，布什总统与普京总统彼此已经相当熟悉，并且形成了一种相

---

① 弗拉德（Vlad），即"弗拉基米尔"（Vladimir）的昵称，就是指普京。

当复杂的关系。我正是在布什总统说他已经直视过普京的眼睛并且理解了普京的内心这句话之后，才到白宫去工作的（几年之后，布什总统解释说，当时两位领导人刚刚会面，谈到了普京的母亲以及她在耶路撒冷求到的、后来又送给了儿子的那个十字架，是在那种情况下，他才说出了这句话）。普京和布什两人在某些问题上合作得相当不错，比如共享情报以防出现更多的恐怖袭击事件。可在一些其他问题上，包括伊拉克战争以及伊朗企图发展核武器等方面，两人的分歧却相当巨大。

在一年前最厉害的那次挖苦中，普京欺侮了布什总统最喜欢的那条苏格兰犬"巴尼"，说明普京总统极其好胜、极其小气。就在布什总统造访俄罗斯期间，普京带着布什总统到外面去看他养的那条狗。他放开了那条猎犬，任它到处跑动。普京双手抱在胸前，说道："看到了吗？它比巴尼更大、更快、更强呢。"这让人不得不想，他并不是真的在说自己的那条狗。

我接到了明确的指示，说我应当留神记者们关注那一天的哪些方面，并且收集关于两位领导人在新闻发布会上可能听到哪种问题的信息。联络办公室主任丹·巴特利特提醒我，在向布什总统和普京总统简要介绍情况时，应当加入美国联合记者团很可能会问到俄罗斯新闻自由方面的问题（我国的新闻媒体只要有机会，经常会向普京总统提出这样一个问题，而我则会在心里给他们喝彩）。

我以前还从未给外国领导人做过简报，并且在此之前，我与普京总统打交道的次数也不多。我在等候区里等着，以便可以随时向他们介绍情况。我费了很大的劲儿，才了解到记者们可能会提出的一些问题。而我也明白，简报必须做得既全面又简洁才行。我最不愿意看到的，就是他们被某位记者问个措手不及。

布什总统先进来，他说："好吧，您了解到了些什么呢？"普京则站在他旁边，除了那双钢青色的眼睛咄咄逼人，脸上没有一丝表情。他可是个非常冷静的人。

我将自己觉得记者们可能会提到的主题和问题告诉了两位领导人，然后又补充了俄罗斯新闻自由这个老问题。我一直看着布什总统，但最终还是鼓起勇气，直视着普京，说完了我要说的话。

布什总统看了看普京，问道："您都准备好了吗？"他想确定普京是不是已经完全理解了我所说的话。

"你们可以炒那个记者的鱿鱼，我为什么要回答我国新闻自由的问题呢？"普京说道。

"对不起，请再说一遍可以吗？"布什问道。

"您很清楚，你们开除了那个记者。"

布什总统看起来很不解，可随即就明白了普京的意思。他说道："弗拉基米尔，您是在说丹·拉瑟[1]吗？"

"是的，就是你们开除了的那个人。"

"不，弗拉基米尔，不是那样的。一家私营公司雇用了丹·拉瑟，是那家公司决定让他走人的。我跟这事儿可没有任何关系，"布什总统解释道，"作为朋友，我跟您说，在外面可不要说那个。那样做是不对的。"他是在努力让普京了解什么是新闻自由，以免这位俄罗斯领导人在国际舞台上出洋相。

可普京并不买账。研究一名前克格勃[2]官员如何看待美国，是一件很有意思的事情。而毫无疑问的是，一位记者在莫斯科提出关于新闻自由的问题时，普京自然会按照他早已想好的方式进行回答。记者们的样子都很困惑，直到最后才明白那是怎么回事。他们尽量忍住，才没有偷偷笑起来，而我也尽量抑制住了自己为普京感到尴尬的那种冲动。应该没有人同情他。

---

① 丹·拉瑟（Dan Rather, 1931—），美国著名的电视新闻记者和主持人。2005年，他因不准确报道布什总统曾在越南战争期间刻意逃避服兵役，而在共和党的压力下被美国哥伦比亚广播公司（CBS）辞退。

② 克格勃（KGB），即"苏联国家安全委员会"（Komitet Gosudarstvennoi Bezopasnosti）的简称。它曾是苏联对外情报、反间谍、国内安全和边境保卫等工作的主要负责部门，是一个凌驾于党政军各部门之上的"超级部"，只对中央政治局负责。普京曾经在克格勃担任过职务。

我能先让他当替罪羊吗？

我从布什总统身上学到的最重要的一个教训，便是要有宽仁之心。

2008年5月，就在总统初选期间，我在白宫里的一位前同事出版了一本书，被新闻媒体广为报道。总体来说，人们认为那本书中对布什总统的评价都是相当不利的，而媒体自然也认为那本书格外有意思，因为该书的作者，就是前白宫新闻发言人斯科特·麦克莱伦。

从到司法部上班的第一天起，我与斯科特就成了朋友。当时，我是他在能源和环境方面所有诉讼的联络人。我到了白宫"环境质量委员会"之后，我们之间的联系就更加紧密了。我们两人的另一半也相处得很不错，他们夫妇曾经邀请我们夫妇去过他们家，斯科特的妻子吉尔还给我们做过自制的松饼、小牛排和暖心巧克力蛋糕。2005年1月，斯科特雇用我去接替了他的一位副手，即克莱尔·巴肯·帕克的职位，当时，后者获得了升迁，即将就任商务部办公室主任。他小心翼翼地教我熟悉自己的工作，甚至还画了一张"海军一号"的座位图，这样，初次与总统外出时，我就不用担心自己该坐哪里了。

尽管斯科特工作努力、非常果断，但他召开的新闻发布会，不但气氛过于激烈，而且经常达不到预期的效果。当然，这也不全是他一个人的责任，因为当时有许多的情况，使得局面更加混乱。其中，还包括首次实施"医疗保险处方药物计划"、对"卡特里娜"飓风的反应、最高法院提名名单、因瓦莱丽·普莱姆事件①而正在对斯库特·利比和卡尔·罗夫二人进行的调查

---

① 瓦莱丽·普莱姆事件（the Valerie Plame issue），指2003年美国中情局特工瓦莱丽·普莱姆（Valerie Plame，1963—）身份被曝光的"特工门"事件。因为此事，时任副总统办公室主任的斯库特·利比（Scooter Libby，1950—）及布什总统首席政治顾问卡尔·罗夫都被卷入进来，前者还被判刑，被称为"白宫的替罪羊"。

（还有更多的情况，因为在白宫新闻办公室，我们要应对的问题比这些要多得多）。斯科特没有站稳脚跟，许多记者和白宫的一些高级行政人员都对他失去了信心。然而，总统却没有责怪他新闻报道工作做得不好，还是一如既往地信任他。

但形势最终表明，要想改变白宫新闻工作的力度，就必须更换一位新闻发言人才行。当新任办公室主任约书亚·博尔顿于2006年上任之后，他做的决定之一，便是用托尼·斯诺这位媒体明星、沟通大师兼前总统演讲稿作者，取代了斯科特。尽管我们内部的人都知道斯科特即将遭到解雇，但在新闻媒体面前我们却坚持说，由于参加竞选班子并在白宫工作已经有六年了，因此斯科特即将获得升迁，打算抓住面前的又一个重要机会。这样，即便媒体怀疑此次人事变动是因为他缺乏有效传达信息的能力，他们也不会让斯科特陷入危险境地，成为牺牲品。从个人情感上来说，许多记者都很喜欢他。

形势迅速发展。2007年感恩节前夜，我就成了新闻发言人，北上前往戴维营，陪着布什总统和布什夫人接受《早安美国》节目主持人查理·吉布森的采访。我的黑莓手机不停地嗡嗡直响，于是在回家之前，我最后浏览了一下自己的邮件。

邮件都是记者发来的，询问我对斯科特的回忆录即将于2008年5月出版这则新闻有何评价。那则新闻刊登在出版前的推销广告上，说斯科特的书即将披露某些会给布什总统带来不利影响的消息。

我知道斯科特正在撰写一本书，可他对我描述的情况，却与这则消息不同。这些报道似乎耸人听闻，因此我还以为是出版商的营销手段，以为出版商只是想要让那本书听起来比实际情况更有意思。

当时，担任总统顾问的埃德·吉莱斯皮正与我在一起。

"埃德，难道您不觉得我们应该在离开之前把这个消息告诉总统吗？"我问道。

"是，我觉得应该您告诉他。"他说，把我推到了前面。

尽管我们都已经变成了传达坏消息的老手，可没人喜欢干那样的事情，尤其是不喜欢在感恩节前夜这样做。

总统送我们向各人的汽车走去，准备跟我们告别了。

虽然我不喜欢破坏气氛，可我不得不这样做。我说道："先生，临走之前，我还要跟您汇报一件小事情，过了这个周末，您在新闻上可能就会看到。"我将记者发给我的邮件内容告诉了他。

"斯科特不会那样对我的，是不是？"总统问道。

"是的，先生，我觉得他不会那样做。"我回答说，可其实很担心。一旦被媒体曝光，情况就糟了。

"我们不妨给他打个电话。"他说道。

"现在？"我问道。

"是的。我们打个电话，问问他吧。"

他们已经相识多年了。我想象得到，斯科特必定有过一段时间就像我一样，觉得与总统非常亲近，因此总统才什么也没考虑就说要打电话给他，要问问是什么情况。

我与总统助手贾里德·温斯坦对视了一眼。他摇了摇头，表示不能那样做。我觉得，他是不想彻底毁掉总统的这个假期。

幸好，我手头没有斯科特的新电话号码。于是我对总统说，会查出斯科特的电话来。我的计划是利用白宫的总机，因为那里有专门的员工，能够在任何时候帮我们联系上世界的任何人。我说，待事情办妥了之后，我会打电话回戴维营的（但我有一种不祥的预感，觉得我不会成功）。

我费了好大的劲儿才联系上斯科特，可待我们最终通上电话之后，他的语调却冷淡得很。起初，他说出版商的话是言过其实了。我建议他尽量让出版商改一改，可他说宁愿顺其自然。我劝他说，那样做是不明智的。我明白，这种发放给书店里的预售小广告，会让斯科特在朋友当中留下叛徒的烙印，而在左翼分子那里却会成为一名（暂时的）英雄。我提了一些不过分的建议，而随着他说得越多，我就越发替他个人担心起来。因为他迈出这一步

113

后，就会发现，将来很难有哪个老板会信任他了。我知道，他这样做，必然会因为其中表现出来的那种纯粹的背信弃义而伤害到总统。而且，新闻媒体也会就此来大肆炒作。

我对斯科特说，我会再给他打电话的。然后，我又打电话到白宫，要我的副手托尼·弗拉托、斯科特·史坦泽和戈登·约翰德罗留下来，等着我回去。虽然我不想在感恩节前夜耽搁他们下班，可我实在是需要他们的帮助。他们并不介意，因为我们都看得出，不幸即将降临。

我回到白宫西楼，将手下召集到我的办公室里，然后又给斯科特打了一个电话（但我没有用免提）。我对他说，我认为他还有时间去改变这种局面。我看到了即将如暴风骤雨般降临到他和总统身上的那种个人公共关系灾难。尽管我知道总统承受得起，但对斯科特却没有那么大的信心。我对他说，我很担心这件事情会给他和吉尔带来什么样的后果。好，这话说到点子上了，他大发雷霆。

"白宫把我晾到一边的时候，他妈的什么时候关心过我的未来了？！"我知道他并不是针对我个人，因为我不过是个传信的罢了。我意识到，他当时非常生气，我无法平息任何事情，因此便任由他发泄下去。虽然我们都显得好像是他主动从白宫辞职似的，可斯科特一定觉得非常痛苦，想用自己的方式摆脱这一切。然而，一旦他写了那本书，大家便会知道，他并不是自愿离开白宫的。我本希望这一切永远变成一个谜，可如果一定要证实的话，那就最好是由他亲自去揭开。

我在打电话的时候，手下的人都坐在办公室里陪着我。这是一个非常罕见的时刻，因为此时我们都觉得无话可说，而这也是我在白宫里面为数不多的、当着别人的面哭泣的一次。我们都与斯科特共过事，并且从个人情感上来说都很喜欢他。"多讨人喜欢的一个人啊！"你会听到大家都这么说，包括记者。可那天晚上，大家都知道，我们就要失去一个朋友了。我对他们说，斯科特的生活再也不会跟以前一样，而他离开白宫后再去新闻行业里从事一种伟大职业的可能性也都毁了。最糟糕的是，我知道总统将会产生一种被人背叛了的感觉。而对总统的任何侮辱，我都会感同身受。

我们撑了好几个月，尽量让新闻界和我自己都忘掉斯科特的那本书。该书出版之前，白宫顾问办公室本来提前好几个星期就得到了一册（目的是检查书里面有没有涉及什么安全问题，或者有没有泄露什么值得关注的机密信息），可他们却什么也没告诉我，直到该书在2008年5月出版的前一夜我才知道。也是直到那时，我才知道那本书有多糟糕。

不出所料，媒体对该书极感兴趣，称它是"前白宫雇员对布什总统进行猛烈抨击"，全都是这种话。这是新闻媒体说布什总统不受欢迎，甚至让一位忠心耿耿的前雇员也对他失去了信任的另一种方式。新闻媒体正是喜欢这种东西。

虽说我通常都相当冷静，至少表面上如此，可那本书还是让我觉得心烦意乱。我焦虑不安，不知道自己该如何去回答每一个问题。我成了一个一反常态的无用之人。

那个星期的一天上午，我没有去参加本应于早上六点半与国家安全事务顾问斯蒂芬·哈德利进行的碰面，而是派我的副手单独去，并且解释说，我需要全力为新闻发布会做好准备才行，因为我知道记者们肯定会提到那本书的。

几分钟后，哈德利敲了敲我办公室的门。他又高又瘦，戴着圆边眼镜，是整个华盛顿最具绅士风度、最彬彬有礼的人。他说道："我能进来吗？"

"当然可以。"

"我明白，您在为斯科特的那本书担心。"他一边说，一边在我对面的椅子上坐了下来。

"是的，因为它的影响太坏，要过好久才能消除，并且——"我说道。

"我知道这一点似乎很是糟糕，"他打断了我的话，"不过，必须告诉您的是，我在三位总统手下工作过，就是里根、老布什和现任总统。虽然一位总统永远都不知道在任的那些手下当中，哪个人会写出这样的东西来，可总是有人会这么干的。因此，一位总统是不可能去为这个担忧的。

他只需尽自己的力，做自己的决定，而不去考虑谁会在他的任期内写出这样一本书来。"

我感谢他非常恰当地说明了这一点。可他走了以后，我还是径直回去，继续看所有的不利报道，并且针对那天新闻媒体可能会问到的一些问题做了笔记。

早上六点四十分，我的电话响了，上面显示的是"总统办公室"。这么早就接到总统办公室的电话，这种情况可不常见。

我接起电话，听到总统的行政助理卡伦·凯勒说，总统想要见我。我穿上自己的外衣，走上通往总统办公室的那三十级台阶。就在我进入总统办公室的外间时，哈德利正从里面走出来。他不好意思地朝我笑了笑，我马上便明白了，他已经跟总统说过，我在斯科特那本书的问题上需要支持。

布什总统正在给那些牺牲士兵的家属写私人信件，并且为每日都要召开的情报会议做准备。我的问题，似乎一下子变得微不足道了。他的鼻尖上架着老花镜，当我走进去的时候，他放下了手中的钢笔。他从老花镜的上方，向我看过来。

"听说您正为这本书感到不安啊。"他说道。

"是的，先生，我感到不安。"我回答道，然后补充说，我希望确保他知道那些新闻报道极其糟糕，我也非常担心这种不利影响会持续下去。

他的回答，让我吃了一惊。"我希望您试着原谅他。"他说道。

"可是，我——"我跳了起来。

"没有'可是'。我可不希望您活得像他那样痛苦。从现在起，三个星期之后，就不会有人再记得这本书了。我们可不能任由一本这样的书来让自己分心，影响到我们代表美国人民的利益而必须去做的重要工作。"

我瞄了一眼他正在写的信件，问道："哦，那我能够先拉他当替罪羊吗？"

"不行。"他微笑着回答。

"好吧，谢谢您，先生。"我转过身，准备离开总统办公室。就在我跨过门槛的时候，他在后面叫了我一声。我停下脚步，转过身来，他说：

"嗨，顺便说一句，我认为您永远不会那样对我的。"

就是在那时，我认识到，有的时候总统对我的了解，比我自己更加深入。我一直都在担心，我们这种亲密的私人关系，会因为曾经与之共事的某个人背信弃义而遭到破坏。他明白我需要听到他亲口说出来，他知道我永远都不会背叛他。我觉得无比欣慰。

我回到自己的办公桌前，抓起所有的报纸，全都扔进了废纸篓里。我不再想着那本书，不再理会那本书带来的所有不利影响。

总统提出的原谅建议，让我得到了解脱，让我觉得如释重负。这是一个教训，在一生中的任何情况下，每当自己觉得被别人蔑视或者对别人感到失望的时候，我都尽量记着这一教训。而且，由美国总统来提醒我顺其自然，这可真是一种福气呢！

家庭关系

在总统手下工作，不但对职员本人来说奇妙得很，而且对于这些职员的家属来说，也是如此。我的妈妈、妹妹、妹夫、姨妈和叔叔，都与布什总统会过面，都有过这种一生中千载难逢、他们永远也不会忘记的机会。总统有一种令人称奇的天赋，那就是记得我所有家人的情况，因为他非常关注自己的手下。也正是由于这种关注，他还帮助我与一位家人修复了关系。对我而言，那种关系可是非常重要啊。

由于我们经常一起出访，因此我本人非常了解总统。担任副新闻发言人的时候，我曾经处理过很多在晚间、周末及假期的出访事宜，而这种时候，我们之间的交谈就会变得较为随意。我和其他的副发言人都自称为"B组"，可他却安慰我们说，我们才是他最喜欢的一组。

我第一次随总统出访，就是乘坐"海军一号"前往弗吉尼亚的乡村，去参加为童子军大会而举办的一场活动。由于天气不好，总统本来已经推迟了两天都没去参加，可在第三天晚上，他却坚持说要去。特勤局勉强同意，说他可以出发了。

在回来的路上，他要办公室主任安迪·卡尔德和我一起分享他的花生黄油蜂蜜三明治。我婉言拒绝了，不想吃他的晚餐。可总统却说："哦，得了，来吃块三明治吧。"于是，我便拿了半块三明治，抓了一把薯条（没有干酪，因为他不喜欢吃那些东西）。一路上，我们三人便一个劲儿地大吃特吃着。动身返回白宫的时候，太阳开始下山了，而我们则像朋友那样，一路交谈着。我放松下来，开始与他聊天。一路的所有场景，如今我依然历历在目，包括整个飞行过程中那种橙红交替的日落之景。

总统很喜欢听我讲述我家在西部放牧的那些祖先，并且询问了我妈妈、爸爸和妹妹的情况。由于很喜欢动物，他甚至还问到了我在家里所养的宠物，尤其是我的那条小狗亨利。他是个非常和蔼的人，即便身为美国三军总司令，你们也可以抛开所有的拘谨，向他敞开心扉。

最终，在经过起初几个月的一起出行之后，总统听说了我父母于2000年离婚的事情以及我当时非常难过的消息。尽管他们离婚的时候我已经是成年人了，可我仍然有种被抛弃和孤独的感觉。

父亲和我的关系一向都很亲密，并且我们俩都喜欢讨论政治、收看新闻。不过，在我离家了那么多年，并且他和我妈妈离了婚之后，我就没有经常见到他了。我在白宫工作八年之后，他仍然没有来特区看过我，也没有来看我主持过的新闻发布会。他错失了欣赏白宫魅力的良机。要改变这种状况，我只有最后一个机会了。

2008年的哥伦布纪念日①，正值金融危机期间。那一天，意大利总理贝卢斯科尼要来白宫参加晚宴。布什夫人策划了一个小型的活动，并且邀请了我。我很感激她邀请我去参加，因为届时将会有许多的意裔美国人出席。这些

---

① 哥伦布纪念日（Columbus Day），美国的一个全国性法定节日，1971年以前为每年的10月12日，后改为每年10月的第二个星期一，目的是纪念哥伦布发现美洲。

场合，我几乎总是与丈夫一起去参加，因为他热爱与白宫有关的一切，并且心中充满了爱国之情，可这一次，我却另有想法。我决定邀请爸爸前来参加晚宴，但同时也做好了他不答应的心理准备。令我惊讶的是，他竟然答应了！于是彼得替他安排好了航班，还给他租了一件燕尾服。这将是我爸爸第一次穿上西服、打上领结来参加盛会呢！

我并没有把我爸爸要来的事情告诉总统。他需要考虑的问题太多，因此我不想提起要跟他聊天或者晚宴的事情。不过，就在我们出发去参加一场活动之前的一天上午，他和布什夫人在浏览客人名单的时候，却注意到了我的爸爸也在其中。

当总统从外交事务接待室里走出来时，我已经在"海军一号"上坐下了。他走过白宫草坪、登上直升机的时候，有许多人都在向他欢呼。坐下来后，他看着舷窗外面，向人群挥了挥手。

他并没有看着我，说道："哦，夫人和我正在考虑贝卢斯科尼晚宴的座次安排表，我看到您邀请了您的父亲来白宫。"

"是的，先生，我邀请了。"

"这可是件大事啊。"他一边说，一边向人群挥手。

"是的，先生。这是一件相当重要的事情。"我轻轻地说。然后，我们静静地坐了一会儿。

"海军一号"起飞，接下来，就在我们飞过华盛顿纪念碑的时候，总统直视着我的眼睛，说："我为您感到自豪。"

他真的很会抓时机，并没有想过要煽情。他只是让情绪自行发酵。我很感动，因为总统明白这对于我来说意味着什么，尽管日理万机，但他明白，对我说出他为我感到自豪，是我听到的最宝贵的一句话。对我来说，有这句话就足够了，可是，最精彩的还在后头。

举办晚宴的那个晚上到了。我努力控制住自己想带爸爸一次看完所有地方的那种兴奋之情，而是不动声色，仿佛在白宫的那些大厅里漫步是非常正常的一件事情。

我们率先看到的人，就是鲁迪·朱利安尼市长。他热情地拥抱了我一下。接下来，便是最高法院的安东宁·斯卡利亚和山姆·阿利托两位法官。参谋长联席会议主席彼得·佩斯将军也在那里。他们在我的爸爸面前对我赞不绝口，我觉得这对他来说还真是有点儿无力抗拒呢。我知道，因为对我自己来说正是那样。

我们加入了队列，等待着被一一介绍给布什总统和布什夫人、国务卿赖斯及贝卢斯科尼总理。然而，不待卫兵报出我们的名字，布什总统就说："噢，我知道这位是谁！是利奥·佩里诺！多年来我们一直都期待着您的来访呢！您见过康迪……"

接着，总统便把爸爸从我身边拉走，开始带着他四下看去了。晚宴中，爸爸并没有和我坐在一起，因此我只能祈祷他能够应付自如了。布什夫人考虑周全，让他坐在其他怀俄明州人，即切尼夫妇边上。白宫里的大厨做了南瓜汤、洋蓟水饺和脆皮茄子甜菜炒羊肉。甜点很有特色，是一种叫作"圣玛利亚"的巧克力奶油多层夹心蛋糕。

待晚宴结束，我们走出白宫的时候，我想听听爸爸的想法。我可不知道他在想什么。

"相当奇妙，不是吗？"我说。

"当然啦……"爸爸回答道，声音里还带着一丝丝惊奇，然后我们便开车回去了。白宫的魔力，再一次产生了神奇的效果。

布什总统很清楚那天晚上他都做了什么，可我却不太肯定，他是不是明白那天晚上对我来说有多大的意义。还在上三年级的时候，我便开始和爸爸一起看报纸，当时，白宫似乎离我们非常遥远。然而，如今我们却来到了白宫，穿着正式的礼服，在国家宴会大厅里，作为合众国总统和第一夫人的客人，参加了一场气氛融洽的晚会。那天晚上，布什总统让我找回了与爸爸之间的那种亲密关系，送了我一件珍贵的礼物，对此我深为感激。

感受每一次打击

2008年秋季，整个美国正在筹备总统大选。但在白宫里面，我们却正在努力应付一场重大的金融危机，同时又要巩固在伊拉克动荡中获得的成果。我们当然也密切关注着大选的情况，可因为布什总统没有参与竞选，因此新闻媒体的注意力自然也主要放在两位候选人身上，即参议员贝拉克·奥巴马和约翰·麦凯恩的身上。

对于任何一位连任了两届的总统来说，再参与下一次选举，就意味着变成人们对华盛顿所有的陈芝麻烂谷子、失败以及错事进行批评的靶子。对布什总统而言，尤为如此。2008年，美国希望出现某种新的、不同的突破，因此大家全都对他敬而远之了。在连任了两届，并且每届任期内社会都是动荡不安之后，他的民意支持率已经很低，因而成了最容易受到抨击的人。

如今，对于那场大选期间流传的关于他的一些说法，我如今仍然不敢去想。我们本已接到通知，不要去理睬那些抨击，不要卷入任何政治斗争中去。布什总统明白，麦凯恩只要还有赢得大选的希望，一路上就必须挥拳猛击才行。他对这些抨击不屑一顾，可我却感受到了每一次重击。

有一天，我再也无法忍受下去，便对希拉里·克林顿在一次竞选活动中因自己未能赢得民主党提名而对布什总统发起的荒谬指控进行了回击。她的说法大意是，布什总统如何不关注老年人，想让老年人穷困潦倒，去吃着猫食（这是民主党人抨击共和党人的经典做法）。要是在平时，我可能也不会去理睬这种东西，可在那一天，我肯定是早餐喝了醋①。在新闻发布会上，当有人问到克林顿参议员对布什总统的尖锐批评时，我用自己记得的事实和数据进行了反击。媒体根本没有料到我会做出这种回应，又由于当天是个慢新

---

① 醋（vinegar），意指"尖酸，刻薄"。

闻日，因此我的回应便成了各大媒体的重磅新闻了。

　　大约两个小时后，克林顿的竞选班子便在一封针对麦凯恩筹集资金进行指控的电子邮件中引用了我的话语，而新闻媒体则在头版大肆宣扬，说布什要在竞选中替自己辩护了。媒体喜欢政治斗争，因为斗争有助于提高它们的收视率和报纸销售率。

　　我明白，自己做得有点儿过分了。果然，那天下午，总统给我打电话了。

　　"我很感激您正在努力做的事情，不过，要是我们不上钩的话，可能对麦凯恩更好。我知道您想要保护我，但请相信我，我不会有事的。"他说道。

　　好几年之后我才明白，他在这一点上是对的。不过，有时候我仍然会想，当时我们要是对所有污蔑进行更为猛烈的回击的话，会不会更好？我想，历史必将做出结论，而我也不可能回到过去，也不可能改变任何已经发生的事情了。

　　不过，我却一直记着一件事。那是2008年9月召开共和党代表大会的那天晚上，布什总统本来计划去明尼苏达州向民众发表讲话。然而，我们后来没有离开华盛顿，因为大自然让飓风"古斯塔夫"正好在此时袭击了美国的沿海地区。而自遭到"卡特里娜"飓风袭击后，民众已经比过去更加关注飓风了。

　　虽说天气不好，但我们本来还是可以飞往明尼阿波利斯去发表演讲的。我们决定，还是让麦凯恩—佩林竞选班子①来确定布什总统是否应当前往。过了一阵子之后，我们感觉到，那个竞选班子似乎是在蓄意拖延，要让我们在他们做出决定后也来不及动身。我内心认为，他们定是认为，布什总统不去参加大会，对他们来说可能会更好吧。

　　因此，那天晚上总统并没有到共和党代表大会上去发表演讲，而是在白宫东楼的十字大厅里，就预防飓风的问题发表了一个简短的声明。声明结束

---

　　① 麦凯恩—佩林竞选班子（McCain-Palin campaign），指2008年美国共和党总统候选人约翰·麦凯恩（John Sidney McCain III，1936—）以及由他提名的副总统候选人佩林（Sarah Heath Palin，1964—）共同组成的竞选团队。

的时候，总统注意到电视屏幕上正在现场直播共和党代表大会的会况。

他轻轻地问道："您觉得他们知道自己侮辱了我吗？"

我等了一会儿，跟他一起盯着电视屏幕。

"是的，先生。我认为他们知道。"

我们相互对望了一眼。如今我还记得，当时我真替他感到愤怒，可又觉得与他非常亲近，因此后来我便完全不再关注大选的情况。我们只是将注意力放在白宫必须要做的工作上，完全不去理会那次大选了。

从布什总统的身上，我学会了该顺其自然的时候便顺其自然。有一次，我问他说，既然我们的敌人没有那么良善，那我们一边脸挨了打之后，又为什么要转过脸去，让敌人打另一边脸？他开玩笑地说："这就是我们必须承担的重任啊。"不过，倘若大家都像他那样去想，就会知道，这也并非是那么沉重的一种负担。

虽然我最喜欢说的这些经历，都是关于布什总统如何向我提供了一生中最好的职业机会，但更重要的是，他还经常鼓励我，要努力提高自己。在他身边工作，我变得更加积极、细心和宽容。他是遵照一种准则生活着，这种准则，就是对国家负有责任和荣誉感，对家人有着奉献精神和无条件的爱。你们不会在媒体的报道中看到这些方面，可他正是这样的一个人。因此，只要做得到，我便一直努力，并且仍将努力，去向他看齐。

第四章

五人谈

一只大虾

我们在庆祝《五人谈》节目开播的那一天，鲍勃·贝克尔曾经被一只大虾噎着，差点儿就没命了。要不是埃里克·博林[1]刚好在那里，救了他的命，我们接下来的活动可能就是去参加鲍勃的葬礼了。的确有那么凶险。

那天，福克斯新闻频道的执行总裁罗杰·艾尔斯邀请我们到离播音室不远的"德尔弗里斯科"即那家很受欢迎的高档牛排餐馆去吃中饭。联合主持人及高层行政人员、制片人全都去了。鲍勃挨着罗杰坐在餐桌的首席，而埃里克则坐在他的对面。随后，其他人也都坐下了，我还记得，当时所有的人都戴着领带，只有格雷格·盖特菲尔德没有戴。他一直都是一个崇尚个人主义的人，那天穿着一件洋红色的羊毛衫，前面还印有一只小小的外星生物。那个图案，倒是有点儿像他的自画像。

罗杰已经考虑了很久，想要开办一个联合主持节目。他需要一群背景不一的人，能够在一个小时的时间里讨论当天的新闻，很像是家里人一起吃

---

① 埃里克·博林（Eric Bolling, 1963—），美国电视主持人，擅长财经新闻和政治评论，曾是福克斯新闻频道脱口秀节目《五人谈》的联合主持人。

晚餐时进行的那种讨论。在格伦·贝克①离开福克斯新闻频道，因而下午五点那个时间档空出来之后，他便有机会来进行试播了。贝克的节目，本是那个时间段里一个罕见的成功之作。那个时段的绝大多数节目，持续的时间都不太长，因为那个时候家里的人都还没有完全下班回到家，而就算是回到了家里，他们也习惯于收看本地的新闻节目。为了给《五人谈》节目留点儿余地，罗杰决定将其当成一个临时节目，只从7月播出到劳动节（声称这是一个临时节目，可以让媒体批评家们不来挑它的刺）。在不抱过高期望的情况下，罗杰一下子便把我们扔进了深渊当中。

可我们并没有沉下去。《五人谈》让大家都惊讶不已，其中也包括我们自己。我们马上有了一批追随者，并且获得了良好的收视率，既留住了以前一心一意地支持贝克的那些观众，还吸引了许多新观众，并且其中绝大多数都是年轻人。我们都是在凭感觉行事，可这一点，也正是该节目具有吸引力的部分原因。我们在这档节目里，要比其他任何一档有线新闻节目里的主持人都笑得多。人们之所以收看这个节目，就是因为他们想看一看，我们接下来会说些什么。

罗杰再一次以智取胜，打败了那些在媒体上跟他唱反调的人。他决定将这个节目永久地播出下去，因此才把我们大家召集出来喝上一杯，以示庆祝。在鲍勃开始大红大紫之前，福克斯新闻频道还不为员工提供午餐呢！

"德尔弗里斯科"牛排店里，有本市体型最大的一种虾，罗杰点了几只让大家分享，作为上主菜之前的开胃菜。待这种开胃菜端上来之后，鲍勃便把自己的麻布餐巾塞进衣领下面，开始吃起来。

鲍勃和罗杰是老相识了。两人是在1984年肯塔基州的美国参议员竞选活动中结识的，当时他们正在两个互为对手的候选人手下工作。此时，他们正在交流彼此参与竞选斗争的经历。对于我们这种政治迷来说，那种交流非常

———————————

① 格伦·贝克（Glenn Beck，1964—），美国电视与电台主持人兼保守派政治评论家。除了主持广播与电视节目，他同时也是一位杂志主办人以及纽约《时代周刊》的栏目主笔。

有意思。

就在一个星期之前，鲍勃曾经在亚特兰大捉弄过我一次。当时，他在一个纪念肖恩·汉尼提①一周年的特别节目中，假装自己心脏病发作了。那时又热又潮，鲍勃整天都在抱怨天气太热了。他满头大汗，好不容易才化好妆，可佐治亚州那里却没有足够多的化妆粉，没法遮住他额头上的亮光。虽然我很替他担心，但还是觉得我们会顺利主持完节目，然后再让他回到车里去凉快凉快。

轮到我们那一部分的时候，是从我开始的，可就在发言的过程中，我却看到，鲍勃的脑袋突然向前一垂，一只手伸向了自己的胸口。我并不想在现场直播的电视节目里出丑，因此在不打扰到肖恩的情况下，火急火燎地想要引起舞台监督的注意。鲍勃的这个小恶作剧只持续了短短的一瞬间，可我却开始惊慌起来。他最后猛地抬起头，因为捉弄了我而大笑起来。但是，我却觉得这样做一点儿也不好笑。

因此，那天在"德尔弗里斯科"餐馆里，当我看到鲍勃的脸涨得通红、不再说话后，我翻了个白眼儿，以为他又是在开玩笑，想要引起大家的注意。罗杰问鲍勃有没有事，可鲍勃只是直勾勾地看着前面。我仍然拿不准鲍勃是不是又在搞恶作剧，但随即便意识到，这次他是真的陷入了危险当中。我并不是唯一回过神来的人。罗杰跳起身来，跑到鲍勃背后，试图用胳膊抱住鲍勃，好实施海姆利克急救法②，可鲍勃太胖，罗杰根本就击打不到正确的

---

① 肖恩·汉尼提（Sean Hannity，1961— ），美国著名的电台主持人、作家和保守派政治评论员。

② 海姆利克急救法（Heimlich），美国医生海姆利克（Henry Judah Heimlich，1920— ）于1974年发明的一种抢救因食物、异物卡喉而窒息的急救手法，第一位获救者就是他的妻子，亦称"海姆利克腹部冲击法"（Heimlich Maneuver）或"海氏手技"，具体做法就是从后面抱住患者并收紧胳膊，利用压力让异物从气管中冲出。该法自发明后，在全世界得到了广泛应用，挽救了无数患者，其中包括美国前总统里根、纽约前任市长埃德、著名女演员伊丽莎白·泰勒等等，因此被人们誉为"生命的拥抱"。

位置。鲍勃的脸开始涨成紫色了。

埃里克过来施救了。他整个身子几乎弓在桌子上，用双臂抱住鲍勃，迅速、利落地在鲍勃的膈膜下方一勒。卡住鲍勃的那块虾肉向上一冲，冲出了鲍勃的咽喉。埃里克抱着他又等了一会儿，以确定他恢复了呼吸。然后，鲍勃坐了下去，努力喘息起来。

"德尔弗里斯科"餐馆里的其他人，都没有注意到这件事情。由于我们这一桌在餐馆后部，因此其他人仍在各自吃着午饭。我们尽量不露声色，把话题从鲍勃差点儿没命转向了其他事情上。可这样一闹，我们也难以再吃下去什么东西。我便将自己的饭菜打包带走了。

就在我们即将直播的前一天晚上，鲍勃对我们说，他可不想在节目中提及这件事情。他觉得非常尴尬，并且仍然心有余悸。盖特菲尔德却坚持说，我们必须提一提才行，因为如果假装什么也没有发生的话，我们就不可能做好节目。于是，鲍勃在节目一开始便提起了这件事情，并且感谢好朋友埃里克救了自己一命。埃里克很谦虚，可那天他的确是一位英雄呢。金柏莉和我拼命控制才没有哭起来，而盖特菲尔德也让自己的情绪稳定了一会儿，才继续转向节目的第一部分。

我觉得，那天才是这个节目真正的首播日。直到那时，我们才最终定下型来，并且明白我们将一起合作主持一段时间了。想想吧，就在那天下午的五点之前，我们还差点儿失去了鲍勃。

从某种角度来说，《五人谈》这个节目也挽救了我的生命。在参加这个节目之前，我正在对离开白宫后的生活感到非常烦躁。我仍然像以前那么紧张，工作时间也不比过去少，并且依然没有到"塔吉特"去逛商场。我有自己的企业，并且觉得比以前更加烦躁易怒了。我的客户遍布全国，在华盛顿还有两名很少见面的员工，雇有几名有偿演讲员，管理着一个新的叫作"一分钟指导"的非营利性机构，又被现任总统任命为"广播理事会"委员。这个理事会的职责，就是监管"美国之音"以及其他机构。我还是福克斯新闻频道的撰稿人，这可是计划当中我最喜欢干的一件事情。

　　当福克斯新闻频道打电话给我，问我能否参加节目的时候，我没有发过什么牢骚。这一点，让我想起了在我盘算离开白宫后该干些什么事情的时候，曾经担任过里根总统和乔治·H.W.布什总统的新闻发言人一职的马林·费兹沃特[1]对我说过的话。他说，我完全应当尽量去找点儿有意思的、自己最擅长的事情来干，因为这也是他获得幸福和成功的诀窍。

　　我并没有理解这种诀窍，对别人的所有要求都是来者不拒，以为每个电话都有可能是我接到的最后一个电话。我的运气很好，机会很多，但实在有点儿太多了。由于我经常出差，因此很少见到彼得，而回家之后，我也总是在忙工作的事情。我必须不断加油，才能让所有事情都顺利进行下去。你们可能会以为，我根本无须去纽约参加一档新的电视节目来给自己增加压力了，但实际上，这却是一件天大的好事，因为它打破了我加于自身的那种恶性循环。

　　接到《五人谈》节目的那个电话时，我正在华盛顿机场的行李领取处。当时，我刚刚与"广播理事会"里的两位同事从非洲出差回来。那两位同事，分别是苏珊·麦丘和迈克尔·米汉。我们去了埃塞俄比亚、南苏丹和尼日利亚，考察是不是可以改善并扩大美国对这一地区的播音。非洲仍然是一个让我感到激情澎湃的地方，即便路上是危险的。"广播理事会"也忘了给我们配备保安（在朱巴[2]的时候，我睡觉时都是开着灯），我还是很高兴自己去那里走了一遭的。在出差期间，我的工作任务都堆成了山。

　　执行制片人约翰·芬利暗中接受了任务，负责创办罗杰所想的那个节目。我接电话的时候，还以为他是要跟我说每周参加汉尼提那个节目相关的事情。当他告诉我，说他们是想让我在那年夏季余下的时间里都去主持一个

---

　　① 马林·费兹沃特（Marlin Fitzwater，1942— ），美国政治家、作家和电视节目主持人，曾在里根和老布什执政期间担任过六年的白宫新闻发言人，是美国历史上任职时间最长的新闻发言人之一，也是在两位美国总统手下任过此职的三位新闻发言人之一。有人曾按照中文习惯，将其名字译为"费子水"。

　　② 朱巴（Juba），即非洲的南苏丹。

叫作《五人谈》的临时节目后，我还以为是自己没有听清他的话呢。"您说什么？"我问道。

芬利说，他明白这是一个事关重大的请求。他说得对，因为我首先关注的，便是后勤问题。

"可我不住在纽约呀。"我说。

他们早已安排好了一切：我将住在离录音室不远的一家旅馆里，这样就简单一点儿了。那家旅馆还允许客人带狗，因此只要我愿意，完全可以把亨利带上。我说自己担心彼得会有什么反应，因为我待在家里的时间一直都不多。芬利说，他们间或也会邀请彼得来上节目，并且会支付费用给彼得。他已经考虑到了方方面面的问题。因此，除了接受他的邀请，我别无他法了。

我给彼得打了个电话，当时他正在韩国的首尔出差。他的第一反应，可与我的反应不同。

"恭喜啦，这可是你一直都想去做的事情呢！"他说。

他深知我心，并且向我保证说，任何问题他都会解决的（还说他会照料好亨利）。我快明白费兹沃特的那个诀窍了。

从白宫的新闻发言人过渡到福克斯新闻频道的撰稿人，这一过程并不像我以为的那样顺利。我已经给布什总统当了那么久的新闻发言人，因此节目主持人和我都会习惯性地回到为这位前总统说话的老路上去。不过，我还是喜欢充当那样的一个角色，起码来说，我们当中还有为数不多的一些人，仍然在华盛顿公开支持布什总统的立场呢！

尽管如此，在被人问到我对奥巴马政府的评价时，我还是有所保留的。我可不想为了前总统，而去抨击新一届政府。我尽量避免直接批评奥巴马总统，并且根据自己的经历，向观众说明问题的来龙去脉，向他们呈现出积极向上的一面。那就是我的风格，但同时我也认为，要是对白宫所说的任何事情都毫不留情地加以抨击的话，观众就不会再收看我的节目了。我让自己变得不那么棱角分明，目的是不让观众调台，而且，在每次进行抨击的时候，我也会尽量提供新的事实或者提出新的视角，从而让观众一直收看下去。

过了一段时间，我才摆脱了原来做新闻发言人时的那种套路。刚开始出镜时，我的双手总是动来动去，还经常摆弄自己的戒指。连我妈妈也注意到我在节目中很不自在，因此经常打电话来，问我碰到了什么问题。

我费了好大的劲儿，才让观众开始熟悉我是达娜，而不再是白宫的新闻发言人。对我来说，这种经历非常新奇，因为此前我从来都没有真正代表过我自己，一直都是在代别人说话。

我戒心重重地保护着自己，直到《五人谈》节目要求我放下这种戒心。最初几期节目过后，我便完全敞开了自己的心扉：达娜·佩里诺终于开始演绎自己了。观众开始更加了解我，可每周都与我搭伴前往华盛顿特区的鲍勃却说，我是他认识的人里面最固执刻板的一个。我倒是觉得，他这话其实是一种恭维呢。

格雷格曾经说过，制作《专题报道》这个节目就像是坐在"福田G7"车上舒舒服服地兜风，而《五人谈》则像是坐着越野摩托车一路颠簸着前行。《五人谈》可能就是一个疯狂的节目。待自己终于变得不那么小心翼翼之后，我便开始任由自己在节目中笑啊，疯啊，还取笑自己。我甚至还扩大了礼节方面给自己定下的界限，比如有的时候我不得不说"见鬼"和"性"这种东西。但是，物换星移，一切都变了。到了第三年，我就成了第一个在节目里需要消除粗话的女性主持人了（当时我对鲍勃说，要他别再"扯淡"）。连我自己也感到非常震惊。

有一天，布莱恩·吉米德代替格雷格上节目，在播放广告的间歇中，他曾对我说："知道吗，您在白宫工作的那么多年里，我可一直不知道您这么有趣呢！"

我明白他是什么意思。在白宫时，我的职责并不是有趣。没准儿，如今的人也觉得我根本不那么有趣呢。而我唯一知道的，就是自己从来没有在哪个岗位上笑得如此开心过。我喜爱这份工作。

幕后故事

我们都喜欢在《五人谈》节目里唇枪舌剑。我们经常讨论政治、文化甚至是体育方面的问题。大家都会提出对节目每个环节的看法，而我们的制片人波特·贝里则负责最终敲定每个环节的主题。节目大纲在上午十点半左右制订出来，接下来每个人就开始为节目做准备了。在我们到后台碰面之前的那一天里，大家都不会交谈，即便是碰面之后，我们也很少谈论节目内容。相反，我们都是随意地闲聊，聊各自的家人，聊前一天晚上我们看了什么电视节目，或者是当天随便找到的聊天话题。

我喜欢做充分的准备（要说我是《五人谈》里的莉萨·辛普森的话，那么格雷格就是巴特①了）。我与华盛顿的朋友们一直保持着联系，他们既让我了解到华盛顿政坛内部的情况，也让我了解到外地进行竞选的情况。我看了大量的文章，并将它们标上"供参考"的字样，发送给节目组，可其中绝大部分文章，他们很可能都会删掉。至于文化方面的主题，我会选择几位朋友，去问问他们的意见，尤其是在碰到父母教育问题的时候。正是有了他们的帮助，我这才熬出头来。

我没法忍受讨论那种源自各个政党传统意见的主题和论点。为了避免用这些主题和论点，我会充分理解自己读到过、谈论过的那些东西，然后，待我步行前往办公室时，通常都会想出某种独创性的方式，来表达自己的观点。有的时候，我会把车停在路边，给自己打出一张提词条来。我们的评论

---

① 莉萨·辛普森（Lisa Simpson）和巴特（Bart），美国动画电视剧《辛普森一家》（*The Simpsons*）里两个虚构的人物。其中前者是个八岁的小女孩，聪明、善良，追求和平、自由、女权主义和环保，但由于她喜欢直白地表达自己的观点，经常指出镇里居民的错误，因此让人觉得她有点儿多管闲事；后者则是莉萨的哥哥，淘气、叛逆、不尊重权威而且言语尖刻，擅长滑板、喷漆涂鸦等，并且喜欢欺负妹妹。

必须简短，因为在节目里没有那么多的时间——论证自己的观点。倘若你们算上一算，每个环节平均只有七分钟，却有五个人要对同一主题进行评论，那么大家就会明白，我们并没有多少时间来大发议论。

待大家全都坐下来，戴上耳麦并最后一次补妆的时候，我们仍然不知道接下来会是一种什么样的情况。《五人谈》之所以如此有意思，部分原因就在于此。我们完全是随机应变。制片人提示摄像机准备，各个环节的片头音乐便开始淡入、淡出。我的那个环节是乡村音乐，格雷格那个环节是迷幻摇滚或者朋克摇滚乐，埃里克那一环是古典摇滚乐，金柏莉的是热门流行曲，剩下来的乐曲就用于鲍勃那个环节。

有的时候，我们之间的争论会非常激烈，因此我不得不去适应众主持人的大喊大叫。我的本能，仍然会促使我尽力去让众人达成一致意见，去打圆场。但从其他联合主持人的身上，我已经明白：即便是我们之间的意见并不一致，也不会有什么问题。他们似乎都很喜欢这个像是"情绪过山车"的节目。每次节目过后，我还是得过上一阵子，才能让自己平静下来。我会在步行回家的路上，释放掉做电视直播时积聚起来的多余精力。有的时候，我会边走边给妈妈或者妹妹打电话，穿过中央公园，一路由他们"送我回去"。待回到公寓的时候，彼得早已准备好了晚饭，于是我们便开始一边吃饭，一边收看我终生喜欢的电视节目《幸运之轮》和《危险边缘！》。它们可都是令人非常愉快的节目，其中既没有人大喊大叫，也没有人恼火发脾气。

《五人谈》节目最精彩的一些内容，观众并非始终都看得到。节目中插播的广告可能很多，也很滑稽。我们偶尔也会在插播广告时继续争论，但通常都是问鲍勃"您是不是真的相信那个"，或者跟他解释，他为什么必须在"还有一点"那个环节里道歉。由于我有时不太理解他们的影射，因此那些联合主持人也必须在直播的间歇为我进行解释。

有的时候，我们也会将彼此的不满，在直播间歇那短短的几分钟里发泄出来。事实上，我在工作时唯一的一次发脾气，就是在《五人谈》节目插播广告的时候。我暴跳如雷，直到距我们继续直播只有三十秒才停下来。不过，我们都掩饰得很好，没有让家里的人知道。在我大发脾气的时候，鲍勃都表现得最出色。他明白，无论我说什么，他只要点头和赞同我的话就行了。他模仿起我来，可有趣得很呢。

从某种意义来说，我们都是"贝克尔风格"的受害者。我们在插播广告的时候都会暴露出某些东西，而这些东西大家也永远都不会愿意拿到电视节目中去说。可是，摄像机开动后，鲍勃却会把秘密泄露出来，从而让我们瞬间崩溃。而可喜的是，他并不是有意要那样做，至少我觉得他不是有意的。他那么可爱，真是一件好事，否则的话，我们现在早就把他给杀了。不过，没准儿我们将来真会那样干呢！

完美组合

《五人谈》这个节目组，由好几位背景不一、个性多样的人组成的。我们本是一帮不太可能凑到一起的人，而节目之所以成功，原因也在于此。下面有些关于他们的事情，大家可能还不知道：

⊙金柏莉·吉尔福伊尔

金柏莉·吉尔福伊尔以前当过老师、检察官以及"维秘"时装模特。伙计们，羡慕死了吧！在主持电视节目的时候，金柏莉深谙何时需让气氛活跃起来，何时需来点儿乐子的窍门。有的时候，你根本不知道她究竟打算什么时候发起进攻，而这一点，也使得她发动进攻的时候的确非常有意思。

倘若讨论的是法律问题，那么大家便会竖起耳朵，都去听她侃侃而谈了。她非常有耐心，因此的确擅长与鲍勃这种人打交道。

鲍勃喜欢暗示金柏莉有五位前夫，以此来捉弄她，并且乐此不疲（这可不是事实，因为她只有两位前夫，可我们正在设法说服她，要给她介绍第三位对象）。尽管鲍勃和金柏莉在节目里打打闹闹、不可开交，可他们待在一起的时候，其实非常有趣。我永远都不会忘记，在时代广场上直播除夕之夜特别报道时，她亲吻鲍勃的情景。当时大家都很震惊，但没准儿最为震惊的就是鲍勃自己了。这就是那个所谓的"全球见证之吻"。

金柏莉有着出色的电视节目主持天分，尤其是在报道突发新闻的时候。有一次，在《五人谈》节目中，我们直播了一条关于追捕加利福尼亚州一位杀害警察的嫌犯的消息。整条消息都由她领播，可直到播了一半我才意识到，她竟然是在没有电子提词器的情况下播报的。

她很小的时候，妈妈就过世了，因此她曾经帮着家里养大了年幼的弟弟。接着，在儿子罗南还只有两岁的时候，罗南的父亲也去世了。作为一位单身妈妈，她肩上的担子很重，可尽管如此，她还是确保罗南在成长过程中很快乐。她任由罗南拽着她去离家不远的戏装店里试戏服，这样，母子二人便可以在家里化上妆，扮演不同的人物了。她与自己的前夫保持着一种友好合作的关系。他们解决问题的方式，无疑也是一种典范，可供那些由双方共同监护孩子的离异家庭借鉴。

在金柏莉主持节目的时候，观众都很喜欢看到鲍勃大喊一声"接下来，就是'还有一点'环节……"，把她吓得跳起来时的样子。然后，她就会假意要用自己的高跟鞋鞋尖去踢鲍勃。这就引出别人经常问我的关于金柏莉的一个问题：她穿着那么尖的高跟鞋，真的能走路吗？没错，她能走路。

⊙安德莉亚·坦塔罗斯

在起初的三年里，安德莉亚·坦塔罗斯一直都与我们联合主持这个节目。如今，她已经是福克斯新闻频道另一个大受欢迎的节目即《教子有方》里的永久性联合主持人了。她在长大的过程中，曾经努力工作，在家族经营的餐馆和饭店里当服务员。她爸爸是希腊移民，在美国找到了自己的真爱，那就是他的妻子和这个国家。他养大了四个儿女，并且创立了好几家生意兴隆的家族企业。到几年之前因患上癌症而与世长辞的时候，他已经实现了自己的美国梦。安德莉亚说，爸爸妈妈教导过她，倘若承担起自己的个人责任，做到自力更生，那她就可以去做任何事情。她听从了父母的教诲，在生活中既自信，又无所畏惧。

信不信由你，安德莉亚还在美国有线电视新闻网的《交叉火力》节目组当过实习生，当时鲍勃则是那个节目的联合主持人。那时她经常帮他倒咖啡，可鲍勃竟然不记得她了（多没礼貌呀）。安德莉亚热爱政治、写作和政策辩论。她在国会工作过，还参加过数次竞选活动。她曾经下了很大的赌注，替一些其实并无多少胜算的候选人工作过，其中有些候选人可以说完全是在欺骗她。可她一直不屈不挠，后来终于获得了回报。

安德莉亚在公共关系领域工作过，后来又成了《纽约每日新闻报》的一名专栏作家。她是一位很了不起的作家，所写的评论风格犀利，引起了人们的注意。

安德莉亚不但有一种按照自己的观点来阐述政治问题的巧妙本领，而且还非常了解流行文化和娱乐界。彼得和我搬到曼哈顿后，她曾经不遗余力地帮助我们，从看医生到每天去饭馆吃饭，什么都帮。她希望我们爱上这座城市里的生活，因此尽量让我们在这里生活得轻松一点儿。我们都离不开她提出的建议。

⊙胡安·威廉姆斯

胡安·威廉姆斯是一位我已经密切关注多年的记者。他的职业经历丰富多彩，既是作家，又是专栏记者。他所著的书，尤其是那些关于种族和教育问题的书，也成了政策制定者们改善作为的一种鞭策。

我在白宫任职的时候，胡安给《华盛顿邮报》写过稿，还当过全国公共广播电台（NPR）和福克斯新闻频道的评论员。我们偶尔也会一起共事。事实上，胡安与全国公共广播电台之间的几次纠纷，有一次便是我提出让他去就种族关系问题采访布什总统之后发生的。全国公共广播电台下属的公共广播网接受了我的采访邀请，可令我惊讶的是，节目领导层却跟我说，胡安被踢到了一边，换成了另一位主持人。于是，我把这次采访推掉了，既然总统已经同意接受胡安的采访，我可不打算回去跟他说，全国公共广播电台对总统定下来的采访也能颐指气使。全国公共广播电台毫不退让。我也是这样。

我给胡安打电话，问他能不能不要全国公共广播电台，而要福克斯新闻频道来播出这次采访。胡安很感激我对他的不离不弃，而福克斯新闻频道也批准了他的要求。全国公共广播电台气得要命。我是用他们自己的做法打败了他们，正所谓"以彼之道，还施彼身"。

既然拔出了刀子，全国公共广播电台便开始寻找借口，要砍胡安一刀。不久之后，他们就有了一个机会。可他们的损失，却正是福克斯新闻频道的收获。待鲍勃难得一见地请上一次假的时候，胡安便可以代替他去主持节目了。

胡安夫妇有三个儿子，还有两个孙子。他的儿子当中，有两个都是共和党人，因此我还开他的玩笑，说他一生当中一定是做过什么对的事情呢。实际上，这说明他是一个很了不起的父亲，让孩子们拥有了批判性的思维技能和信心，从而能够判断出哪种意识形态可以引领自己的人生。要是世界上有更多这样的父母，有更多那样的孩子，该有多好哇！

⊙埃里克·博林

在加入《五人谈》节目之前，我跟埃里克·博林见过几次面。有一段时间，埃里克曾在福克斯商业频道主持过一档叫作《向钱看》的节目。我曾经上过一次那个节目，感觉就像是坐在一把没有安全带的旋转椅上似的。那个节目闹哄哄的，我坐在那里，从头到脚都被吵晕了。他很同情我，因此当我说不能再上那档节目的时候，他也表示理解。如今，我们还在拿那档节目说笑。

埃里克刚工作时，本是一名职业棒球手，可后来受了伤，从而断送了他进入美国两大棒球联盟的机会。结果，他只能找到什么工作就做什么工作了。他在加油站干了几个星期，然后接到了一个朋友的电话，那位朋友听说波士顿金融领域里有个空缺的职位。于是，埃里克当天晚上就打好行装动身了。

埃里克是在芝加哥一个中等收入的家庭中长大的，因此大人从小教导给他的，就是教育和勤奋的价值，这为他日后的成功打下了基础。后来，他的生意头脑和在油气行业里的风险承担能力，便使得他让家人都过上了衣食无忧的生活。令人遗憾的是，他亲眼目睹了"9·11事件"世贸中心遇袭的情形，并且失去了许多朋友，因此，一说到国家安全和自由方面的问题，他就会变得慷慨激昂起来。

埃里克的妻子，叫艾德里安娜，她无论走到哪里，都会让人眼前为之一亮。她很漂亮，事实上，有天晚上，鲍勃还想去挑逗她，后来才知道她是埃里克的妻子（当然，他并没有做得太过火）。埃里克夫妇有一个十几岁的儿子，与其他的青少年一样，这个孩子也给他们招来过几次小小的麻烦。埃里克是个细心的父亲，因此他的儿子必定会健康成长起来。

埃里克的母亲在进行化疗的那段时间里，每个星期二都必须禁食，于是埃里克也跟着她一起禁食。连她去世之后，埃里克也仍然保持着这一习惯，以此来纪念她。

埃里克是个非常实在和可靠的人。倘若真的需要帮助，那么在纽约我所结识的人当中，我首先便会打电话去找埃里克（当然，倘若我需要的是一位律师，那我就会打给金柏莉）。

⊙格雷格·盖特菲尔德

从哪里开始说起呢？他可是我从来都没有想过自己能够拥有的那种兄弟。在我们坐下来录制《五人谈》的试播节目之前，我和他还从未攀谈过，可录完那次节目后，我们马上就一拍即合了。

格雷格是个喜剧天才，脑子里装着许许多多俏皮话。我很欣赏他的幽默感，他的玩笑经常逗得我咯咯直笑。有的时候，他一句话都还没有说完，我便笑了起来，因为我知道他接下来要说的是什么。偶尔我也会建议他说一些我绝不会说的东西。格雷格跟我不一样，他天不怕地不怕，而他之所以有那么多的粉丝，原因也在于此。

我的不谙世故，曾经让格雷格深感震惊，使得他还以为我有点儿傻。我很喜欢他假装出来的那种乖戾表情，并且学会看透他的心思。上节目那天，我最喜欢做的事情，就是和他交谈。在攀谈的时候，我俩经常乐得捧腹大笑。

他是在葡萄牙开会的时候，遇上他那位俄罗斯籍妻子埃琳娜的。当时，他们俩都在杂志行业工作，格雷格是编辑，而埃琳娜则是照片造型师。他对朋友们说："我打算娶了那个女人。"朋友们起初都觉得他是疯了，可最终他却证明，是朋友们错了。

格雷格以前干过的所有工作，都是以他被解雇而告终。因此，我们都很担心，他再次遭到解雇，只是个时间问题。可是，福克斯新闻频道的领导却很欣赏他的才干和幽默感。他们给了他很大的发挥空间，幸好，他们也不会去收看凌晨三点钟的《红眼》节目。

2014年，格雷格的母亲因患癌症而与世长辞了，享年八十九岁。在悼词里，他直言不讳地说自己是一个"听妈妈话的乖儿子"，并且以此为傲。格雷格小的时候，他的妈妈便发现了他那种独特的幽默感，并且鼓励他好好培养这种幽默感。她给他买了《疯狂》和《国家讽刺》①杂志，来培养他的想象力。后来，格雷格的妈妈还以嘉宾的身份出现在《红眼》节目里，并且会用一整天的时间来为她要参与的那个环节做准备。她可是福克斯新闻频道曾经最受观众认可的一个嘉宾。

格雷格还有一个特点，也令我非常喜欢，那就是，他会通过迫使我们放

---

① 《疯狂》（Mad）和《国家讽刺》（National Lampoon），美国的两种杂志。前者是时代华纳公司出版的一种专门恶搞电影、小说、卡通的杂志，创刊于1952年，以一种离经叛道、赤裸裸地对美国的流行文化进行毫不留情的讽刺的方式，成为美国文化的一种标志性符号。后者创刊于20世纪70年代，是一本以在校大学生为主要读者的幽默杂志，曾是美国大学校园最流行的刊物之一。

弃他不喜欢的那种行话（他的禁语，可谓众所周知呢），从而让我们更加努力地工作。他的评论非常出色，并且变化多样，因此有的时候我们需要等一等才能完全理解。他利用幽默，让我们从不同的角度来考虑问题。让他主持下午五点档的有线新闻节目，本来有点儿不合常规，不过，这也正是他培养出了一批崇拜他的忠实观众的原因。我也是他忠实崇拜者呢。

⊙鲍勃·贝克尔

如果大家收看《五人谈》节目的话，那你们就会知道，贝克尔是有史以来很了不起的人物之一。本书可没有足够多的篇幅，来描述他一生的经历（要知道，他曾经研究过亚伯拉·林肯的就职演说呢）。

鲍勃就像是一只已经活到了第九条命的老猫[①]。他是一个康复了的瘾君子，并且常说自己是大难不死。尽管像他这种年纪的人都在考虑退休，不再那么冲劲儿十足了，可鲍勃工作起来却依然生龙活虎。《五人谈》节目让他焕发了新的活力，而他也借此成了福克斯新闻频道最受人欢迎的一位主持人。

我们的观众，对鲍勃可以说是又爱又恨：虽然他们讨厌他说的一些东西，可大家又喜欢这个人的本色。他们知道，作为节目中唯一的一个自由派，他需要力排众议、克服重重困难才能坚持下去。鲍勃曾说，在节目中我们是以四敌一，可凡是看过鲍勃与我们对抗的人都知道，他在节目里其实更像是以一敌四呢。

有的时候，观众会觉得鲍勃是一个秘密的保守分子，觉得他的想法正在变得跟大家一样。事实上，鲍勃可是一个真正的自由主义者，思想非常开明，并且就像一个裁判那样，要求政治领域里也有棒球运动中的那种规则。他几乎可以说是见多识广，而我们的节目之所以显得更优秀，也是因为他可以与大家分享自己的亲身经历。

---

① 源自英语中的一条谚语：A cat has nine lives（猫有九命），形容（猫的）生命力顽强。

鲍勃是个很有风度的人，容忍了《五人谈》节目组里其他主持人的许多毛病。其中当然也包括我的坏毛病。正如他所说："她的模样可爱得很，但发起脾气来可要小心哦。"有天晚上，我不太公正地在年龄方面对他进行了抨击，事后三天自己都觉得很不舒服。可他当时回应得非常完美，只是取笑我说，我根本就不是一个好人。他让我摆脱了窘境（并且让我记起了布什总统曾经教导过我的那句话：宽厚是工作和生活幸福的关键。鲍勃那样做，却纯属自然）。

这并不是我头一回仰仗他的好脾气。在2012年11月那个大选之夜，共和党全面溃败。我们当中有许多人都曾异想天开，以为米特·罗姆尼①能够战胜在任总统奥巴马。大选前两个星期，鲍勃就提醒过我们，说共和党的前景看起来不大妙。他可不是在玩什么心理战术，因为他说得很对。

那一天，鲍勃和我两人搭档，负责对福克斯整个晚上播出的节目做出反馈。梅格恩·凯利和布雷特·拜尔两人正在主持网络报道，偶尔会要求我们发表评论。我们很多时候都无事可干，所以只好坐在那里，收看选票统计的情况。结果令人失望。

"鲍勃，这可太糟糕了。"我说。

鲍勃既没有抓住我的失望情绪大肆发挥，也没有喋喋不休地开导我。

他说："是啊，孩子，糟糕得很。那不妨正确看待这种情况，因为它并没有像在四十九个州全都惨败那样糟糕呀。如今要再是那样的话，才令人尴尬呢。"他指的是1984年的总统大选，当时他负责沃尔特·蒙代尔②的竞选班子，与里根抗衡。那一次，蒙代尔全盘皆输。

---

① 米特·罗姆尼（Mitt Romney, 1947—），美国政治家、企业家，曾担任过马萨诸塞州第七十任州长及盐湖城冬奥会组委会主席等职务。2012年，罗姆尼由共和党提名为美国第45任总统候选人，但最终败于奥巴马。

② 沃尔特·蒙代尔（Walter Mondale, 1928—），美国政治家，曾担任过参议员、驻日本大使和副总统等职务。1984年曾代表民主党竞选总统，挑战时任美国总统的罗纳德·里根，但仅赢得自己的家乡明尼苏达州及首都华盛顿哥伦比亚特区的13张选举人票，创了美国历史上选举人票最大差距的纪录（525：13）。

　　福克斯新闻频道希望我们整晚都待在台里，直到加利福尼亚州的选票计数结果揭晓，可我却拼命地想离开那里。我曾经想走，可一位制片人拦住了我。但是，鲍勃却悄悄地对我说："走吧，我会替您打掩护的。"于是，我谢过他之后，便偷偷地溜出了录音室的门。我步行回到了位于"地狱厨房区"①的公寓，洗了个澡，服了一片安眠药，到午夜时分便睡着了。

　　如今，鲍勃成了我们在周末最喜欢请来过夜的客人。我们会邀请他星期天过来看橄榄球比赛，他假装不喜欢小狗贾斯珀，可在吃自己买的红烧牛肉时，却会让贾斯珀坐在他的腿上（为了吃上一顿文火慢炖出来的红烧牛肉，他宁愿走上一英里的路）。有一次，我们还带他去市中心看了一场喜剧表演，鲍勃的反应，可比台上那些喜剧演员的表演更让我捧腹大笑。

　　在彼得六十岁生日那天的晚会上，鲍勃致了祝酒辞，出尽了风头。看着那天晚上大家都被他的每一句话深深吸引了的情景，我认识到这里实际上是鲍勃的世界，而我们大家，不过都是生活在他的这个世界里罢了。

神奇的诀窍

　　答应参加《五人谈》这个节目并搬到纽约市之后，我又陷入了那种熟悉的焦虑当中，担心自己会偏离原本计划好了的方向。我担心，为了《五人谈》节目而搬到纽约去，会让我放弃其他的兴趣，或者无法再回到公关领域里去。因为我刚刚花了两年的时间，成立了一家企业，知道重新创业会有多么困难。在华盛顿特区，我还担任着两家慈善机构的董事之职，其中，一家企业从事的是把伤兵和救助野生动物结合起来的工作，而另一家则致力于鼓励为非洲提供更多的支持，以改善当地的孕产妇保健和幼儿早期发展情况。并且，我也刚刚被奥巴马总统任命为"广播理事会"的委员。

――――――――――
　　① 地狱厨房区（Hell's Kitchen），美国纽约市内曼哈顿附近的一个区域，东边是第八大街，西临哈德逊河，北至第五十九街，南至第三十四街。

但是，福克斯新闻频道非但没有限制我在这些方面的活动，反而帮助我拓展了自己的参与程度。2013年8月，我和丈夫一起前往刚果，在"志愿医疗船"上待了一个星期。那是一艘为世界各国那些被人遗忘的穷人服务的慈善手术船，但主要还是为西非地区的穷人服务。彼得和我都是自愿前往的，可福克斯新闻频道却送了一些音视频设备给我们，因此彼得拍摄了一些业余视频，然后让福克斯新闻频道那些年轻的制片人转成一种时长为三分钟的视频包。记录"志愿医疗船"的那些视频片段多次在网络上播出，被千百万人观看过。这可是我离开白宫之后，在我所关注的一些问题上终于找到了一条能够发挥出重要作用的最佳途径的首次体验。

有点儿出乎我意料的是，我开始发现，到电视台主持节目可以带来很大的职业成就感。之所以这样说，是因为起初我还不太肯定。那时，我刚从一个代表美国总统发言、管理着一个十二人团队的岗位上退下来，并且成立了自己的咨询公司。我不确定，每天坐在一张圆桌旁主持一个小时的节目，足不足以让自己忙碌起来。可我错了，我对节目的准备工作非常认真，并且我也确实很喜欢自己工作当中的这个准备阶段。

起初我也并不确定，不知道自己会不会觉得主持电视节目对全国性的辩论有所贡献。不过，待我们开始收到粉丝们的来信之后，这种担心便烟消云散了。粉丝们都很喜欢这个节目，说节目既增长了他们的知识，也让他们开怀大笑。有位粉丝还在我去百老汇看戏的时候拦住我，说我帮她用一种基于事实且更令人信服的方式提出观点，从而辩赢了她的邻居呢。

许多人都记得节目里某些具体的场景，哪怕是几年之前的节目也记得住，这一点经常让我深为感动。他们都记得我在2011年的7月4日耍了鲍勃，也记得金柏莉在吃鸡翅比赛中打败了鲍勃。他们都很喜欢格雷格的"禁语"、鲍勃的"脏话罐"、埃里克的"《宪法》"、贾斯珀出场、"还有一点"等环节以及其他许许多多的方面。我的职业转型来得恰是时机，因此每天晚上与粉丝们分享自己的想法，已经变成我一天中最美妙的时光了。

　　《五人谈》这个节目成功的秘诀是什么呢？一定是所有联合主持人之间的那种心意相通。心意相通，是一种无法刻意制造出来的东西，大家有就是有，没有就是没有。因为我们都有，所以我们只须保持出人意料、真诚可靠，并且比我们的竞争对手聪明一点儿就行了。这就是我们成功的诀窍。

　　哦，等一等，还有一件小事，我们必须提及才行，那就是提醒鲍勃少吃点儿东西。我们还指望着他永远跟我们在一起主持节目呢。

鲍勃的死敌

　　到现在为止，《五人谈》节目的粉丝们已经了解了我们的一些个人情况，比如我很爱自己养的小狗贾斯珀，而贾斯珀则让鲍勃恼火得很。这让粉丝们都觉得很高兴，因为他们都喜欢看到我提及贾斯珀时，鲍勃那头痛欲裂的样子。鲍勃还把嘲弄贾斯珀变成了一种每天都要重复的激昂之语呢。"那条该死的小狗！"他会大声叫道。当然，我觉得，他只是在开玩笑罢了。

　　在贾斯珀之前，我曾经养过一条叫作亨利的小狗，福克斯新闻频道的粉丝们也都认识它。那些从我在白宫工作时就关注我的人，间或会听到我说起亨利，而开始主持《五人谈》节目后，我就经常谈到亨利的情况了。我还因此而结交了其他一些收看这个节目的爱狗人士。

　　亨利是一条匈牙利维兹拉犬，既漂亮，又忠诚。彼得和我都跟它极其亲密。我们搬到纽约去的时候，它已经差不多十四岁，身体越来越不行了，而我也知道，这次搬家对它来说会很不容易。

　　住在英国的时候，亨利是我唯一的伴儿。我把它教得比其他小狗更加规矩，并且会玩各种各样的把戏。开政治方面的玩笑，可是亨利的拿手好戏。2004年，我曾经要它告诉我们，它对约翰·克里的真实看法是什么，它听了之后，就会去把我的人字拖叼过来。要是我问它对奥巴马总统医改政策有什么看法的话，它最后的把戏就是装死。

我在白宫任职的那些年里，亨利可让我受了不少的气。在整个华盛顿，只有它对我的工作不屑一顾。它不喜欢黑莓手机，因此当我查阅邮件的时候，它会很不高兴。也只有它，才能让我放下手机。

彼得和我吵架的时候，倘若亨利在旁边的话，我们便会压低嗓门，因为亨利不喜欢任何形式的争吵。有一次，我们还不得不跟一位朋友说，她不能在亨利前面说"F"这个字母，因为它听到后会变得很不安。

我对搬到纽约去感到忧心忡忡，因为我觉得它可能受不住搬家到曼哈顿去所带来的压力，况且那里既嘈杂不堪，又很难找到绿地。它所熟悉的一切，都将留在华盛顿。

那时，亨利每天大部分时间都在睡觉，脸上也几乎全白了。遗憾的是，我猜对了。搬家之后，亨利的健康状况便急转直下。我们从哥伦比亚大学雇了一名年轻的医学预科学生，让她在我们外出吃饭时照看亨利，因为它经常需要照料才行。我知道它的日子已经不多了，便想带着它，最后一次去它最喜欢的地方，那个地方，就是海边。

我在网上寻找一个能够遛狗的海滩。纽约可供选择的这种地方十分有限，可我们还是找到了一处，大约一个小时的车程便可到达。从停车场走到水边，还有很长的一段路，而3月时节的风，也着实料峭得很。可当我们到达海边时，这一切便都是值得的了。亨利把鼻子伸得高高的，嗅着海风的气息。它精神十足地走着，甚至还在水里跳了一阵子。我的胸口绷得紧紧的，因为我在走路的时候，觉得自己的步伐就像是腿上长了二十磅①肉那样沉重。我知道，这将是亨利最后一次到海滩上来玩耍了。

在往停车场回走的路上，亨利摔了一跤，彼得便抱了它一会儿。我们花了来时三倍那么久的时间，才回到汽车上。我用双手把亨利的脸抱在怀里，然后我们静静地开着车回到了市里。到家后，我们给它喂了一颗止痛片，看到一颗似乎并不管用，兽医便告诉我们说，可以再给它喂上一颗。可吃下了

①磅（pound），英制重量单位。1磅约合0.454千克。

第二颗之后，亨利却变得像是喝醉了酒似的。最后，到了半夜时分，彼得带着它到夜间急诊兽医那里去，想把它的情况稳定下来。彼得抱着亨利往电梯走去的时候，我亲了亲它的头。那天晚上可真是难熬啊。

第二天上午十点，宠物医院打来了电话，要我们去一趟。可这一次，医院并不是让我们把亨利带回家，而是去跟它告别。

我替搭载我们的那位出租车司机感到难过，因为我们当时都很悲伤，几乎一言不发，他一定以为是到了世界末日。我们总算还是把地址告诉了他，于是他把我们安全地送到了那里。宠物医院的急诊室里，有各种各样的动物。好像就在那个星期六的晚上，纽约市所有的兔子、小狗、小猫、鹦鹉和白鼬都生病了，全都来看兽医了似的。幸好，亨利在重症监护室里，距那间乱糟糟的急诊室很远。

那位年轻的兽医领着我们去看亨利。它侧身躺在地板上，鼻子上戴着一个氧气罩。它几乎已经神志不清了。我们轮流蹲下身去，亲亲它，跟它告别。我们感谢它，因为它是我们生活中的重要一员，我尽量忍住，才没有哭闹起来。我记得爷爷曾经说过，不要让任何生灵受苦，于是强打精神，发出了指令。

"我们准备好了。"我说。

我拽着彼得向门口走去，来到一间房子里，等着医生把亨利抱过来，给它打上最后一针。我的双手不住地颤抖，而彼得的内心也早已崩溃。

兽医走了进来，可手上却什么也没有。他说，没有必要再给亨利打针，因为我们一走，它就会死去。亨利永远都是一条高贵的小狗，似乎就是在等着我们来跟它做最后的告别，然后才离世而去。

我们谢过了医生，然后慢慢地走着回家。小区的看门人正在等着我们，他们都期待着我们带回来好消息。可当我们耸耸肩、无奈地仰头向天上看去之后，他们全都失望极了。尽管我们搬到纽约才六个月之久，可他们也都喜欢上了亨利。

为了一次性地将这个消息发送出去，我在推特网上发了一条"安息吧"

的推文①，之后大家表示慰问的信息便蜂拥而来（连鲍勃也发了）。这些源源不断的慰问信息给了我很大的支持，而第二天的《五人谈》节目也给亨利举行了一个适度的告别会。

如今，我每天仍然会想起亨利。它就是那种让我变得更善良了的小狗啊。

贾斯珀

就在亨利死去的那天晚上，我接到了格丽塔·范·苏斯特打来的电话。我们曾经带着亨利，到安纳波利斯去看望过她和她丈夫几次。她要向我提一些建议。

"我知道，您现在肯定最不愿意这样做，可您还是听我的吧，最好的办法就是马上再养一条狗。"她说。

我对她说，我不知道自己在曼哈顿市中心能不能训练好一条小狗。她说我能做到，并且我也必须做到这一点。

她说得很对。

我们给马里兰州一个饲养维兹拉犬的人打了个电话。我们都认识她，并且在以前出城的时候，还经常请她帮我们照料亨利。她在收看《五人谈》节目时听说过亨利的情况，并且正在等着我们给她打电话。当时她养的母狗即将产仔，因此可以给我们预留下一只小公狗。在那条小狗生下来之前，我们就给它起好了名字，叫作贾斯珀。这个名字听上去很不错，让它像是一个有着绅士风度的小淘气鬼。

就在我们去接小狗的前一天，我主持完《五人谈》之后，彼得便开车送我们去华盛顿特区，去参加在英国大使馆里举行的纪念英国女王登基六十周

---

① 推文（tweet），指美国社交网络及微博服务网站"推特"（Twitter）为用户提供的、可供用户更新且长度不超过140个字符的信息。推特是全球互联网上访问量最大的十个网站之一。

年庆典活动。那是一次正儿八经的英国式花园派对，我们吃了迷你蛋筒冰激凌，喝了一种英国式的含羞草鸡尾酒，叫作"巴克菲士"（晚会的气氛，令人觉得就像是身处白金汉宫里似的，只是这里没有下雨）。派对过后，许多朋友都打算去过夜生活，可我们婉拒了他们的邀请。第二天早上，我们还要去接一个重要的家伙呢。

我们把车开到那位饲养员家门口的车道里后，还不待车子完全停稳，我便打开了车门。我都等不及要见到那条小狗了。

小狗们都被圈在客厅里。客厅的地板上铺满了报纸，大门里还散落着几件玩具。那位养狗人弯下腰去，抓起了一只小狗，递给我。

"这只就是贾斯珀。它可是所有狗宝宝里最讨人喜欢的一只呢。"

它有一身朦朦胧胧、呈红棕色的毛，一双蓝色的眼睛，一个胖乎乎的小肚子，爪子则是粉色的。

"幸会啊，贾斯珀先生。"我说。

我紧紧地抱着它，可它不肯马上安静下来。它不停地用腿推我的胸膛，想要好好看一看我的脸。我亲了亲它的头，将它抱在臂弯里。接着，我把它交给彼得，让他也看一看。

回家的路上，我们经过了一家汽车餐厅，买了两杯健怡可乐①，还顺便向收银员炫耀了一下这只小狗。直到我们在路上走了大约一个小时之后，贾斯珀终于不再折腾，安安静静地躺在我的怀里。我们俩都松了一口气，我也开始轻轻地抚摸它的头。

就在这时，我发现它一只耳朵的样子很古怪。那只耳朵，比另一只要短得多，似乎是被人剪掉了。我们不知道那是怎么回事，可也并不在意。贾斯珀是一条非常漂亮的小狗，而那只小小的耳朵，还让它变得更加讨人喜欢了。它自己可不知道那个记号有多漂亮，简直让我着迷。

在一栋高层公寓的四十六楼上训练小狗大小便，可是一件难事。小狗要

---

① 健怡可乐（Diet Coke），可口可乐公司旗下的一种低热量，但口味与普通可乐相同的可乐饮料。

过很久，才能学会控制小便。在我们下楼之前，为了让它走路并转移它的注意力，我们会跟它比赛，跑过长长的走廊，到电梯那里去。接下来，我们又会让它跑过大厅，最后来到交通非常繁忙的第四十二号大街上。对于一只刚刚生下来九周的小狗来说，这可不太容易做到。

贾斯珀很像亨利，尤其是它的外貌和体型。可我一眼就能看出，无论什么时候与亨利相比，贾斯珀都更像是一个小宝宝。它极其敏感，任何一种情绪，包括高兴、恐惧和爱，全都表现得非常明显。我小心翼翼地保护着它，后来有一次，当我正在劳动节的那个周末加班时，彼得之所以没有立即告诉我贾斯珀出了什么事情，原因就在于此。

2012年9月在坦帕市举行共和党代表大会期间，彼得曾经带着贾斯珀过了一个短假，到安纳波利斯和华盛顿特区去拜访了一些老朋友。他和朋友们一起去"城市码头咖啡"店喝咖啡，将贾斯珀用狗链拴在店外一张铁质桌子的桌腿上，以前他带着亨利的时候就是这样干的。但是，贾斯珀可不是亨利，它对自己被关在外面感到很困惑。它拽着链条往前走，想要看见坐在咖啡店里面的彼得。

它拽着那张铁桌子在人行道上滑动时，发出了很大的声音，吓了它一大跳。贾斯珀受了惊吓，开始跑起来，可那张桌子仍然在它身后拽着。金属与地面摩擦，并撞击着地上的卵石，发出了更大的咣当声，吓得贾斯珀跑得更快了。

咖啡店里有人说道："老兄，那是您的狗吗？"

彼得抬起头一看，赶紧跑出去，并且边跑边喊："贾斯珀！宝贝！回来！没事的！"

贾斯珀从原路折回来，开始拽着那张仍然在它身后咣当作响的桌子横过马路。它径直跑向了在街边斜斜地停放着的那些名贵汽车。彼得在后面追着它跑，要是把那些车子刮着了，可得赔上一大笔钱。贾斯珀跑过那些汽车，然后一直绕着市里的广场跑。一路上，彼得都在它的后面边喊边追："贾斯珀！贾斯珀！"

最后，贾斯珀想要绕过广场上一辆装着新鲜水果和蔬菜的卡车，可它拽着的那张桌子却卡到了汽车的后挡板下。彼得弯下腰去，抱起贾斯珀，让它安静下来。最后，他把狗链从桌腿上解下来，然后拽着桌子回那家咖啡店去。桌子蹭到路上的石头，发出的声音又把贾斯珀吓坏了，使得它竭力想要从彼得的胳膊中挣脱出来。因此，彼得只能用另一只胳膊拎起桌子，走到街道对面去。这一次，他将贾斯珀拴在停车计时桩上，然后走进店里，去拿他要的摩卡咖啡。

"我觉得，应该没有人把这一切录下来吧？"后来他问我。

当时我要是在场且看到这一幕该有多好，可彼得却很明智，一直把我蒙在鼓里，直到我回到纽约，人、狗都没事儿了之后才告诉我。自那以后的好几个星期里，贾斯珀只要听到金属与地面摩擦发出的声音，便会吓得跳起来。我们只得将椅子搬起来移动，才不会吓到它。有位粉丝曾经给我发过一封调侃此事的邮件，说："亨利不知在哪里摇着头微笑呢。"

来到我们家的第二天，贾斯珀便在《五人谈》节目里露了一面。于是，一位明星便诞生了。后来，它又上了几次这个节目，并且每次都喧宾夺主，吸引了大家的注意力（在亮堂堂的聚光灯下，它的表现可是一反常态的差劲儿呢）。许多粉丝都希望贾斯珀能够更经常地出现在节目中，这样他们就可以看到鲍勃恼怒不已的窘样了。

几个月之后，贾斯珀便成了社交媒体上的一线明星，并且在全国各地都有了粉丝。我们在中央公园散步的时候，在驾车到东海岸去玩的来去途中，都会将它的照片发布到网上去。我们用"老鹰乐队"①的《放轻松》和《亡命之徒》两首曲子，填写了关于贾斯珀的歌词，并让它摆好姿势，为某些重大活动拍照。其中还包括我发布的最受欢迎的一篇帖子：在帖子所附的照片中，贾斯珀和他所有的"朋友"都准备妥当，打算收看总统辩论，连零食也

①　老鹰乐队（Eagles），20世纪70年代早期成立于美国洛杉矶的一支摇滚乐队，特点是把摇滚、流行和乡村音乐很好地结合在了一起。后文中的《放轻松》（*Take It Easy*）和《亡命之徒》（*Desperado*）都是老鹰乐队享有盛名的歌曲。

准备好了。我很幸运，因为彼得迁就我，任由我与贾斯珀尽情地玩，并不觉得我那样做很疯狂。然而，我的两位联合主持人，却觉得我很古怪。或许我是很异常吧，可这也是一种不错的古怪呀。

贾斯珀像亨利一样，并不在意自己的妈妈①是不是出现在电视屏幕上，或者是不是偶尔会对美国这个自由世界的前领导人说话。它可不知道，小布什总统还给它画了幅肖像画，成了妈妈最珍视的东西呢！

贾斯珀给我的生活带来了无尽的欢乐，要是没有了这种欢乐，我是会抱憾终生的。由于有了它，我结识了更多的人，倘若仅凭从政，我是永远都不会结识那么多人的。我热爱自己结识的那些养狗的朋友，也并不知道他们究竟是共和党人、民主党人、自由意志论者还是火星人。宠物是一种非常了不起的平衡器。无论你的政治主张是什么，都不要紧。如果你养了狗，那么跟我在一起就不会出现任何问题。倘若你不是养狗的人，那么我跟你单独待上五分钟后，就会去跟贾斯珀单独待着。

2013年的《红眼》节目里有一个话题，说的是好莱坞有位女演员希望狗仔队不要再拍摄她养的那条小狗的事情。盖特菲尔德用一贯的玩笑语气说，要是有人给贾斯珀拍照的话，众所周知，我就会勃然大怒。当时，我回应道："我可不主张让我的小狗不跟人接触。我会与大家分享我的小狗所带来的快乐。贾斯珀可是一条'美国之狗'……"自那以后，我们便这样叫它了。这个称呼，它是当之无愧啊。

我并没有忘记，我家真正的电视明星是谁，而且，我也不会改变这种状况。

①此处显然是指作者。

第五章

请相信我

我正式就任白宫新闻发言人的那天上午，接到了教育部部长玛格丽特·斯佩林斯打来的电话。自布什总统担任得克萨斯州州长以来，玛格丽特就一直在他的手下工作，还在他的第一届总统任期内担任过白宫"国内政策委员会"主任一职。布什总统在2004年再次当选之后，便任命她进入内阁任职了。

我觉得玛格丽特既是我的良师、同事，又是我的朋友。她的笑声爽朗可爱，有一种令人愉快的、拖长了调子的南方口音。因为她非常忙碌，所以，能在我第一次主持新闻发布会之前给我打来电话，说明她非常细心。她一定是觉察到了当时我很不安吧。我是美国历史上共和党主政期间的第一位女性新闻发言人，而当时总统的民意支持率又很低，并且白宫正在同时应付好几个方面的危机。此外，我的前任托尼·斯诺又是那么了不起，令人难以企及。我的"蜜月期"不会持续多久的。

"您怎么样啊？"她问道。

"哦，说实话，我相当紧张。"我说。

"哦，那您就只得别耍姑娘脾气，成熟一点儿才行啊！"

我听从了她的建议，摆脱了因焦虑而引发的那种恐慌之情。在需要的时候，就有人给了我忠告，这种情形可不是第一次了。正如大家迄今为止在本书中所看到的那样，我很有福气，很多人都帮助过我，从而让我在职业生涯中获得了成功。我听从了别人的建议，在一所规模较小的大学里出类拔萃，而不是去一所规模很大的大学里尽情享乐。我听从了别人的建议，即便是截止时间已到，也努力去争取国会里空缺的新闻发言人一职。我也听从了别人的建议，不让消极的压力让自己感到烦躁和讨厌。所有的建议，都对我产生了巨大的影响。

有一个人，我曾经远远地仰慕着，但如今已经成了我的朋友和良师。这个人，便是前国会议员苏珊·莫里纳利，她目前负责着谷歌公司的公共政策。我很喜欢她，因为她的身上，融合了优雅、智慧和勇气等美德。当我感谢她帮助我做出了职业决策时，她对我说，所有良师在提出建议后，唯一要求回报的东西，就是将这种建议传递给其他的人。我很赞同她的话，因此一直尽量做好我分内的事情，将同样的建议传递下去。

苏珊和我的两位朋友迪·马丁、杰米·祖伊贝克，帮助我把曾经有过的一种想法变成了现实。为了满足年轻女性及其父母在实现人生和职业目标的关键方面需要获得建议的要求，我想出了一种有点儿像是快速约会的办法，当然，这种约会并不是为了谈恋爱，而是为她们提供指导。我们称之为"一分钟指导"，重点旨在帮助年轻女性开始其职业生涯。苏珊和迪都在"布雷斯韦尔—朱利安尼"律师事务所工作，而那家公司也是我们的主要赞助人。

我们邀请各行各业中的女性领导人与一些人数不多的学员小组见面，与学员分享她们最主要的三条建议，并且按照时间分配，回答学员的提问。接下来，这个小组的学员便会起身，到下一位导师那里去。学员们通常都要接受六位导师的指导，之后我们便会举办一个鸡尾酒会，让这些年轻女性能够锻炼自己的社交本领。

让我有点儿惊讶的是，建议是不分性别和年龄的。我们也接到了一些小伙子要求参加"一分钟指导"活动的申请（其中有些人在活动现场做义工，希望借此学到一些东西，没准儿还能得知一些年轻女性的电话号码）。"快速指导"的观念开始流行起来，全国各地都有人向我们提出，希望他们能够在当地主办这一活动。我们这几个人根本满足不了所有的需求，于是我们又制订了关于如何组织活动的指南，从而让他们可以自行组织活动。

我喜欢帮助那些年轻的专业人士，解决他们需要些什么才能在职业上获得更大成功的问题。我很享受在我们组织的活动中担任导师的经历，并且我也从中学到了一些新的窍门，尤其是在如何更好地安排好自己的时间方面，还开始将这些窍门应用到自己身上。

就在我有了撰写这本书的想法之后，我意识到，自己的主要目的，仍然是将这些经验教训传递下去。因此，下面就是我最喜欢的一些建议，它们可分为三大类：快速解决、良好习惯和全局观念。我希望，你们都能够从中受益。

我列出的建议并不是包罗万象的，所以许多常见的建议，比如穿什么衣服去上班、保持良好的态度等，在这里我都没有列出来。那些东西，都是一些放之四海而皆准的好建议。我确实无须再跟人们去说，穿得邋里邋遢不会获得升职，或者一个积极乐观的人会比一个消极悲观的人更有可能获得升职，因为如今的人应该早已充分了解这些方面了。但是，如果你们已经知道了那些基本准则，并且将它们应用到了自己的生活当中，那么下面这些建议，就可以帮助你们让自己的事业更上一层楼。

不过，在开始介绍这些实用性的建议之前，我还得说一说，我获得的第一个至关重要且无比信任的大教训，竟然与蝴蝶有关……

让蝴蝶编队飞行①

萧娜莉·惠特尼是我在上大学时演讲组的指导老师。萧娜莉有一头沙褐色的长发、漂亮的皮肤和一双蓝色的眼睛。她也很有才华，既聪明又开朗。

————————

① "让蝴蝶编队飞行"（making butterflies fly in formation），是指克服自己的紧张情绪，因为英语中的"蝴蝶"（butterfly）还有"紧张、颤抖"等义，比如 have butterflies in one's stomach（忐忑不安，心里发慌，紧张不安）。由于作者在这一节的前面提到了"蝴蝶"一词，故我们在此用的是直译。

萧娜莉曾经开着她的那辆小货车，拉着我们只有几个人的演讲小组，跑遍了整个大西部。

就在我们一趟趟坐车翻山越岭地前往犹他州，然后再返回科罗拉多州普韦布洛市的过程中，我们彼此开始熟识起来。我们都了解了对方的家人、最喜欢的书、宠物、希望以及梦想等情况。我们常常还会想出一些不可思议的话来抨击我们的大学，因为学校似乎把所有的资金都用在体育比赛上了。尽管我们经常赢得比赛，并且获得了很好的成绩，可我们还是要省吃俭用才行。

虽然我们的预算少得可怜，可萧娜莉还是想方设法解决了这个问题，因此我们才能去奥斯丁、旧金山、图森、西雅图和新泽西等地参加比赛。在新泽西州的蒙默斯市那一次，我们过得非常愉快，因为我们得知，比赛时那座大礼堂里的楼梯，就是音乐剧《安妮》①的电影版里的场景（并且，这儿还是伍德罗·威尔逊总统在1916年大选季里的避暑地呢）。我们沿着蜿蜒的大理石台阶爬上去了好几次，只是为了假装自己就是音乐剧里那些唱歌的孤儿。我们就读的大学，与我们参观过的许多学校都不一样（据说，我们大学里的许多建筑，都是为本州修建监狱的同一名建筑设计师设计的，因此你们不难想见，我们的校舍与新英格兰地区大学校园里那些绿树成荫的四边形草地和神圣的殿堂相比，完全是相去甚远）。

在上大学一年级时参加的一场锦标赛上，待完成自己的那几轮演讲之后，我便换上牛仔裤，等着其他人完成比赛。正在这时，我的一名队友匆匆忙忙地到处找我，因为我已经成功晋级决赛，十五分钟后必须回到比赛的教室里。我根本没有想过自己能够过关，因此连名单也懒得去看。我感到很惊讶，自己竟然能够继续参加比赛，便赶紧在一间小浴室里换了衣服，向那间教室跑去，因为裁判们正在等着我。

萧娜莉也在那里，她将我拉到一边，说了一些鼓励的话。她感觉出我很

---

① 《安妮》（*Annie*），20世纪70年代美国最受欢迎的音乐剧之一，根据哈罗德·格雷（Harold Gray）的漫画《小孤女安妮的旅行》改编而成。

紧张，便给我提了一条建议，后来，这也成了我听到过的一条最好的建议。

"只要让蝴蝶编队飞行，心里有蝴蝶也没什么大不了的。"她说。

在脑海里，我完全可以想到这样的情形：在我的指挥下，一只只蝴蝶就像一架架"蓝天使"①似的飞行着。自那以后，我就可以把紧张情绪转化为一种更加积极的能量，使之变成一种积极性，而不再是焦虑不安了。我开始学会驾驭自己不敢在裁判们面前演讲的那种畏惧感了。您瞧，后来我真的在那场锦标赛中获胜了。

尽管如今我在演讲或者上电视节目之前仍然会感到紧张，但我已经明白，此种刺激对于我保持良好的出场状态是必不可少的。紧张情绪会让我的大脑意识到，我需要做好出场准备才行。假如没有紧张情绪，我的演说和主持便会平平淡淡，就会无人收看。因此，如今倘若不感到紧张，我倒是真要紧张了（彼得经常说，我要是觉得没什么可担心的话，那么我就会担心自己忘记了某件需要担心的事情呢）。

不过，我也并非始终都能控制好自己的紧张情绪。有一次，我还差点儿因为紧张而变傻了。当时，我得到了一个机会，去替一个慈善机构参加《名人处于危险边缘！》节目里的比赛。从小时候起，我就在客厅的电视里看过埃里克斯·崔柏克②的节目，而如今我每天晚上也还会跟彼得一起收看他主持的这个节目。平时在家里收看时，我经常声音洪亮地说出答案，根本就不担心要是答错了的话，会不会让自己出丑（而另一方面，彼得给出的答案几乎总是正确的）。不过，那天在台上的时候，由于不再是家里那种自在的环境，我的一切都暴露无遗，所以我从头到脚，全身都紧张得很。

《危险边缘！》节目组里的人最和气了，他们想方设法，要让我们在后

---

① 蓝天使（Blue Angels），美国海军的特技飞行队，是目前世界上唯一属于海军航空兵的一支飞行表演队，也是世界上最早组建的一支特技飞行表演队。它正式成立于1946年，大本营在佛罗里达州的杰克逊维尔海军航空兵训练基地。

② 埃里克斯·崔柏克（Alex Trebek, 1940—），加拿大裔美籍电视名人，系列智力竞答兼搞笑节目《危险边缘！》（包括此处所说的《名人处于危险边缘！》）的制片人和主持人。

台感觉更自在一点儿。我们照了一张合影，他们让我这个五英尺高的人站在身高七英尺二英寸的卡里姆·阿卜杜勒·贾巴尔①旁边。尽管我穿了一双五英寸的高跟鞋，并且站在一个盒子上，他也高出了我一个头。于是，拍出来的就是一张很有意思的照片。

观众当中，有很多前来给我加油的支持者，其中就包括鲍勃·贝克尔，那天，他还特意穿了一身西装。

由于在练习赛中获胜了，因此我便变得感觉相当良好（并且，可能还有一点儿自大），我的心跳慢了下来。而在真正的比赛中，我原本也一路领先，直到第一次插播广告。可自那以后，我便节节败退了。我一味抢攻，没有听到关于一种弦乐器的提示，后来就再也没有恢复到正常状态。在"最后的危险"这个环节中，我本来可以赶上领先的那位选手的，却想不起"古根海姆"艺术博物馆来。虽然知道它是以字母"G"打头，但我只想到了"盖提"一词。全国广播公司财经频道的戴维·费伯在这场比赛中获胜，但我还是为"英雄伙伴"募集到了一万美元（那是一个致力于把救助动物和帮助那些确诊患上了创作后应急综合征的老兵两方面结合起来的慈善机构）。因此，虽说尴尬，但参加这个节目无疑还是值得的（如今，对于《危险边缘！》节目里的其他输家，我也更感同情了）。

那一天，我要是记着萧娜莉的建议，控制好自己的紧张情绪就好了。在台上的时候，我的声音绝大部分时间都堵在嗓子眼儿里出不来，而且我也没能做到在恰当的时刻按下抢答器。我让紧张情绪击败了自己，因此一点儿也没有享受到原本应当享受到那种过程。

尽管如此，参加过演讲比赛的经历，对我最终能够站在人群和镜头面前，并且不会全然失态，还是有所帮助的。对于那些正在为儿女寻找活动的父母，我会鼓励他们敦促自己的孩子参加演讲团队。美国人最畏惧的事情，

---

① 卡里姆·阿卜杜勒·贾巴尔（Kareem Abdul Jabar，1947— ），原名费迪南德·刘易斯·阿辛多尔，前美国职业篮球运动员，司职中锋，绰号"天勾"，1995年正式入选NBA篮球名人堂，又于1996年入选NBA"五十大巨星"。

就是当众演讲，而这种畏惧，是可以妨碍到人们将来在事业上获得成功的。

在演讲队里，学生会学到一些有助于加强其自信心的本领和技能。只要看一看演讲组给我带来了些什么就行了。我学会了批判性地思考，学会了发现别人论点中的瑕疵，并且学会了说服别人同意我的观点。（是不是这样呢，鲍勃？）

在我为从事传播和新闻职业而进行的所有准备中，到目前为止，加入演讲组是为我走向成功做出了最大贡献的一个方面。正是在演讲组里，我学会了指挥心中的"蝴蝶"，学会了控制自己的紧张情绪。

快速改正

发现自己的强音

人们展现自身能力的方法，与他们取得的成就是成正比的。如今年轻人一个最主要的缺点，便是说起话来像"山谷女孩"①。每句话的结尾都用升调，使得每句话听起来都像是在发问似的。这种风格，称为"升调语式"。比如：我觉得，您明白我说的意思吧？要是您开始大声读出来的话？我肯定您以前听说过这个吧？像是超级烦人吧？

升调语式始于儿童变成青少年的这个时期。这种风格，以前只有女孩子用，但我注意到，如今越来越多的小伙子也开始这样了。人们会尽量与他人保持同化，目的是让自己在社交场合更加舒适一点儿，而升调语式则有助于年轻人与朋友们保持一致。于是，群体性的思维就变成了群体性的说话方

---

① 山谷女孩（Valley Girl），美国爱情喜剧片《山谷女孩》（1983年上映）里的一群在20世纪70年代后期到80年代初期迁居到加利福尼亚州圣费尔南多山谷地带的女性青少年，她们的特点是富有革新、反抗和自由思考的精神。由于她们说话时爱用升调，因此形成了语言学家所称的"山谷女孩"风格。

式。他们觉得这种说话方式会让自己显得聪明，或者显得老练，因此会把它当成在别人有不同意见或者与别人发生冲突时保护自己的手段。这种说话方式，掩盖了他们在发表评论和提出观点时缺乏自信的真相：倘若说出的话全都是问句，那么别人就不可能来指责他们刚愎自用（或者说得不对）了。虽说年轻人一般都会在成长过程中逐渐摆脱这种毛病，可出于某种原因，他们还是会把这种语言痼疾保留到大学毕业以后（或许，这又是美国人的青春期延长了的一种标志吧）。

升调语式会让绝大多数成年人变得畏惧不前。它暗示出了一个人的不成熟和不严肃。它会变得很令人生厌，尤其是会令雇主们生厌。我确信，许多年轻人之所以在企业里很难升职，一个原因就在于他们大学毕业后仍然改不了用升调说话的毛病。有哪位老板，会要一个用那种方式说话的员工去拜访一位重要的客户呢？

幸好，升调语式的问题很容易解决。首先，大人必须介入进来，帮助孩子摆脱这种习惯，否则的话，这些年轻人便会在职业方面遇到挫折。如果您有一个孩子或者一位员工喜欢用升调语式说话，那么您就有义务不让孩子或者员工那样做。尽管这样做可能像指出他人的缺点似的那样令人不舒服，但这是为了他们自己好。您也可以用一种不让他们觉得难堪的方式，来帮助他们改掉这个毛病。我的建议是，把这个人拉到一边，轻轻地说您希望他们有所成就，但您已经注意到了某种正在阻碍他们获得成功的东西。然后告诉这些人，他们需要找到自己的强音才行。

通常来说，年轻人可能都不知道您说的是什么，因此，您可能需要模仿他们的说话方式，他们才能真正听到此种说话方式是个什么样子。尽量模仿他们的声音去说同一个句子，然后再用一种坚定、平稳而自信的声音说一次。这样，他们就能听出两种方式的差距了。

还有一种办法，可以说明他们如何才能发现自己的强音，那就是向他们表明，强音有一种实实在在的特点。我是这样认为的：就在您的胸骨后面、膈膜的顶上，有一个小小的力量中心。如果把手指放在那儿，您就能感觉出来。深吸一口气，然后绷紧胸口，就像有人要向您的胸膛打上一拳似的，您就可以开启这个力量中心。这样一来，力量中心就成了您的上腹肌最强壮的那个部分。您在呼吸的时候，把手指放在那里就感觉得到。现在，试着用那个地方发出说话的声音。这种方法对我很有用。它能帮助我站得更挺拔，能够扩展我的肺部，并且让我说出来的任何话语都更有说服力。如果只是用从鼻子、喉咙或者口腔发出来的声音说话，就没那么有说服力了。

禁用感叹号

发现强音的另一个方面，就是指在电子邮件和手机短信中不带情绪。感叹号应当少用，不能用于这样的语句："我得安排下周开一次电话会议！！"在办公室里进行专业性的交流或者在申请一份新工作的时候，尽量不要使用感叹号，也不要使用其他任何不必要的夸张言语。同事和上司都希望看到一个稳重的您，而多余的感叹则说明您并不稳重。您也不希望自己的电子邮件给人以生气或者过分激动的感觉吧？写电子邮件的主题行时，尤其如此。不要再停留在只会用"紧急！！"的水平上，否则就会有吓得上司心脏病发作的危险。就算真的有紧急情况，需要上司立即关注的话，您也会希望上司严肃认真地对待您吧。

表情符号也同样如此，不要把它们发送给自己的上司。上司并不需要您的提醒，才会为手下员工准时完成了一个项目感到高兴。应当老老实实地完成任务，不去要求得到表扬，那样的话，您倒是更有可能得到上司的表扬。

撰写更优秀的商务函件（如今，商务函件几乎全都是通过电子邮件发送了），能够让一个人真正做到在同事当中出类拔萃。绝大多数人的绝大部分职业生涯，最终都是在替那些年纪比他们大上一轮的人工作。虽说随着年龄的增长，这种情况可能会发生改变，但一位上司的年纪，更有可能是与一位年轻人的父母相近，而不是与这个年轻人相近。那就意味着，上司的想法和交流方式，都与年轻人所结交的朋友不一样。因此，窍门就是开始像上司那样去考虑问题，并且写出质量更佳的电子邮件来。

我给大家举个例子吧。年轻人常犯的一个错误，就是在回复之前的电子邮件时，引入新的主题。这种做法，会让上司气得直跳脚。员工必须不偏离主题才行，否则就会有使人觉得杂乱或者引人误解的危险。一条经验法则就是：新的主题，用新的电子邮件和新的主题行。这样做，有助于人们在需要的时候轻松找到以前的邮件。

还有一种不错的做法，那就是让电子邮件与众不同，保存好备份并且让内容看上去具体明确。主题行必须简单，并且说明了邮件的大意。一种有效的做法，便是给电子邮件起一个像"三件事情"或者"星期五演讲的问题：已解决"这样的标题，以保持直观明了。假如邮件标题直观明了，也更有可能得到老板迅速的响应。

此外，还可利用列出要点或者标出一二三的方法，保持邮件格式清楚，使人能够迅速浏览，并且在必要的时候，其中还应说明需要回复，说明应当在哪天或者什么时间之前回复。预先想到上司可能会问的问题，并在原始邮件中进行回答。这样，您很快就会得到诸如"那封电子邮件写得非常不错"之类的夸奖了。在这些方面付出一点点努力，就能收到事半功倍的效果。

上班不穿UGG雪地靴①

你们必须是为了自己渴望去干的工作而打扮，而不是只为自己所干的工作而打扮。因为你们永远都不知道，自己什么时候可能就会时来运转。而转运之后，你们就不会再想穿牛仔裤了。

我有一位朋友，开始从事律师职业的时候跟其他许多人一样普普通通，可有一天，她却被选去到纽约南区法院为一桩案子进行辩护。那可是她参加的第一桩案件，而单位之所以派她去，仅仅是由于在法院那边的诉讼当事人提出紧急申请的时候，她是整个单位里资历最深，而手头又有套西服可以换上的律师。要是没有那桩案子的话，她就不会有出类拔萃的机会。

---

① UGG雪地靴（UGG Boots），一种休闲雪地靴。UGG是美国一个知名的服饰、鞋类品牌。

我不会反复强调穿着打扮会影响到成功的问题，但必须把我认为大家在上班时都不应当穿着的一种东西告诉你们，那就是UGG雪地靴。

如今，我也喜欢穿UGG雪地靴，并且会穿着雪地靴去遛我的小狗贾斯珀。雪地靴很暖和，非常适合在冷天穿。因此，你们当然可以在上下班的路上穿着UGG雪地靴。不过，一定要带上一双合适的其他鞋子，到了办公室就换上。我看到许多年轻女性整天都穿着UGG雪地靴，这让她们的两只脚就像是在地上拖着，而不是抬起来走路似的。踢踏，踢踏，踢踏，走向复印机，然后再走回来。踢踏，踢踏，踢踏，走向厨房，然后再走回来。踢踏，踢踏，踢踏，走向洗手间，然后再走回来。拖拖拉拉的步伐，会显得你们对工作实在是没什么兴趣。我觉得，这会给人留下不好的印象，而这一点其实很容易改正。要知道，人们之所以称雪地靴为"UGG"，可是有原因的①。

吐掉口香糖

口香糖是一种非常危险的东西，当然，这并不是因为你们有将口香糖吞下去的危险。嚼口香糖，实际上会妨碍到你们在工作中取得成就。这话听上去可能会很可笑，但请相信我，哪位上司都不希望看到或者听到手下的员工嚼口香糖。无论你们觉得自己嚼口香糖的时候有多小心，这都是一件不值得一个人去为之分心的事情。虽然我完全支持要有清新的口气，但我还是建议你们在上班的时候最好去吃薄荷糖，而不要嚼口香糖。绝对不要嚼着口香糖去见客户，哪怕是在你们不用与客户交谈的时候，也应当如此。这是一件小事，但也是大家可以马上去做的一种快速改正的办法。

---

① UGG雪地靴原本是澳大利亚和新西兰的剪羊毛工人所穿的一种简易鞋。他们从羊身上取下一小块羊皮，经过简单修剪后，包在自己的脚上。由于简单且外观朴素，因此这种鞋子被称为"难看的靴子"（UGG就是由英文ugly即"丑陋的"一词而来）。因此，作者此处的意思就是指雪地靴的样子不好看。

始终接听丈夫打来的电话

本书并不是一本在人际关系方面提出建议的图书，但职业生活的确会影响到你们的感情生活。工作压力大，意味着有的时候我们所爱的人必须退居次要地位才行。不过，他们不可能永远都那样。

我从白宫新闻办公室主任尼古拉·华莱士身上，学到了一条重要的经验。有一次，我们正在开会，她看到我急急忙忙地按了手机上的一个按钮，不接一个打过来的电话。她问我说："您想接这个电话吗？"而我则回答道："不用了，是彼得打来的。我会给他回过去的。"

她向我提出了一条忠告，而后来这条忠告还列入了我当年所写的"新年决心"里："始终都要接听丈夫打来的电话。"她帮助我重新确定了自己应当优先对待的东西，而我也开始更加理解那些在上班的同时需要努力平衡好工作与家庭两个方面的人了。

有一年的圣诞节，我有了一个机会，可以向办公室里的同事表明，我们若是团结起来，就能够处理好自己的工作职责和家庭义务。当时，我注意到他们都有点儿烦躁，可他们并没有对我明说。到了最后，我便问他们出了什么问题。结果表明，他们都觉得压力很大，因为大家都没有时间去给家人买圣诞礼物。他们不想发牢骚，因为当时我跟他们一样，也在努力工作。

我说，我们可以解决这个问题。于是，大家想出了一个轮流值班的办法，使得每个人都有一个下午的时间出去买东西。在这段时间里，大家只需替彼此完成好工作任务就行了。他们都如释重负。作为管理人员，你们必须向下属表明，把自己的家庭放在第一位是正常的，而在他们遇到困难的时候，还要帮他们想出解决办法来。如果知道单位的优先考虑与他们的优先事务是一致的，那他们工作起来就会更有效率。

关键时刻大胆发言

员工的职责之一，便是发现问题，并且协助避免爆发全面的危机。这可不是说员工要像"四眼天鸡"①那样小题大做,把每一件无关紧要的小事都看成是最重要的问题。要真是那样的话,人们便会对你不理不睬了。不过,倘若确实对什么事情感到担忧,雇主们还是需要别人来提醒他们的。优秀的管理人员则会确保员工这样做了之后很安全,不会有什么负面影响。

当说不说,后果可能会非常严重。无论是安全问题还是道德问题,或者只是一个需要防患于未然、保护产品品牌的问题,最好都是大胆说出来,而不要闭口不言,等到以后再去后悔。我是在担任副新闻发言人的时候,通过惨痛的教训才明白这一点的。

任何一个称职的新闻办公室职员,都会密切关注并主动发现将来可能出现的问题,并且尽量预先做好应对准备。而当时我的部分工作内容,便是除《华尔街日报》《华盛顿邮报》和《纽约时报》之外,再多看两份报纸。我那时的上司是斯科特·麦克莱伦,他把看《华盛顿时报》和《今日美国》的任务交给了我。在他早上七点一刻召集我和第一副新闻发言人特伦特·杜菲去开会之前,我就会看完这两份报纸。

有一天早上,我对斯科特说,我在《华盛顿时报》上看到了一则报道,说一家总部位于迪拜的公司想要收购我国一座港口的控股权。直觉告诉我,在"9·11事件"过后,如果中东地区的一家公司想要收购并且控制我国一座港口的话,民众肯定会担心我国又有可能遭到恐怖袭击,或者该公司会与恐怖分子有关联(哪怕这是一种毫无根据的担心,民众的强烈反对,则有可能危及布什总统为了保持我国经济增长而扩大贸易的努力)。斯科特认为这个报道不需要我们去担忧,并且告诉我说,媒体在新闻发布会上从来都没有提出过这个问题,于是,我便听从了他的意见。毕竟,我还不像他那么经验丰

---

① 四眼天鸡(Chicken Little),美国迪斯尼公司于2005年推出的同名喜剧动画片中的主角。小鸡玛德机灵聪明,但胆小怕事,戴着一副笨重的大眼镜,常常受到朋友们的捉弄和讥笑。后来,人们就用Chicken Little来比喻胆小者和杞人忧天者,即那些因为怀有不必要的忧虑和担心而寝食不安的人,或者对事情估计过于悲观的人。

富，没准儿他是对的。

第二天，报纸上又出现了这一报道，虽然位置不明显，但是放在头版。我便再一次提到了这个报道，因为我感觉到，这个问题有可能突然发作。斯科特却再一次告诉我说，这个报道成不了什么大气候。尽管我的直觉一再表明应当提防才是，可后来我还是没有再提起这个话题。

到了第三天，迪拜那家公司要收购港口的报道挪到了头版的显著位置，标题也变得耸人听闻了。到了上午八点，国会全都乱成一团了，直到过了2006年2月，这个问题才最终解决。这是一种非强迫性的失误，我是自己把自己摔了个大跟头。

后来，我发誓不会再让这种失误发生。哪怕上司不想听到我获知的消息，也要找到某种防患于未然的办法才是。我本来应当要求斯科特顺着我，在高级行政人员会议上提出那个问题的，我原以为，他会因为我而那样做的。假如当时强烈要求讨论那个问题，我们可能就会安然度过那场风暴了。

如果你们真的担心某个问题，那么，重要的就是把这个问题提出来，并且就算自己内心的警惕性即将消失，也不能放弃。要带着尊重之心，继续保持警惕，这样才能保护好上司和自己。

养成良好的习惯

分享荣誉

倘若希望自己成为一名大度的雇员、同事和朋友，那么，你们就必须不遗余力地称赞别人。在办公室里，完全是种瓜得瓜，种豆得豆。也就是说，你们只有先赞扬别人，然后自己才会得到别人的赞扬。这一点，在总统身上也是适用的。

　　2008年8月一天的下午四点左右，我正在总统办公室里与布什总统谈话，这时，他接到了中央情报局打来的电话。我起身准备离去，好让总统有点儿私密空间，可他却说："您可以留在这里。"

　　于是，我便静静地坐在那里，听他跟电话里那头的人交谈。他说："情况怎么样了？……好的……很好……干得不错……告诉他们，做好准备之后，我希望去看看他们……您回来后，请到这儿来见我。"

　　他挂了电话后，我问道："有什么我该了解的情况吗？"他告诉我，被哥伦比亚恐怖组织"哥伦比亚革命武装力量"①劫持的美国人质，连同英格丽德·贝当古②和其他几个人，刚刚已经营救出来了。没有人受伤，他们正在安全返回的路上。

　　我知道，这一消息不久便会公布，便问总统说，能不能将其中的一些精彩情节告诉记者，从而让他们写出精彩的报道来。我希望能够当众宣布，说总统接到电话时我就在他身边，并且公布他听到这一消息之后所说的话。

　　可总统先生拦住了我说："我不需要任何赞扬。让所有功劳都归于乌里韦③总统吧，他比我更需要这个。"

---

　　① 哥伦比亚革命武装力量（FARC），是哥伦比亚国内成立于20世纪60年代的一个反政府游击组织，是南美洲规模最大、历史最长的反政府组织，目前同哥政府军以及右翼准军事组织仍处于交战状态。由于他们的行为不仅仅威胁到政府，还危及平民、自然环境和基础设施，并且在20世纪80年代开始参与毒品交易，因此被哥伦比亚政府、美国、欧盟等认为是恐怖组织。

　　② 英格丽德·贝当古（Ingrid Betancourt，1961—），法裔哥伦比亚政治家，具有法国和哥伦比亚双重国籍。她曾担任过该国众议员、参议员等职，并于2002年参与总统竞选。同年，她在举行竞选活动时遭"哥伦比亚革命武装力量"绑架，后于2008年获救。她创建了自己的政党"绿色氧气"（简称"绿党"），并因积极反对腐败而在哥政坛享有巨大声望，曾获得法国最高荣誉"荣誉军团骑士"称号。

　　③ 乌里韦（lvaro Uribe Vélez，1952—），哥伦比亚政治家，自2002年起任该国第39任总统，并于2006年连任，是该国一个多世纪以来第一位获得连任的总统。他是拉美国家里少数与美国关系密切并被美国誉为"坚定盟友"的领导人之一，曾获得美国颁发的"总统自由勋章"。

当时，布什政府正在想方设法让美国与哥伦比亚两国签署一个贸易协定，可国会里的反对派，包括当时的众议院院长南希·佩洛西，都在阻挠国会批准这一协定。他们的理由之一，便是乌里韦在国内没有努力打击恐怖主义。由于如今这些最有名的人质都在哥伦比亚特种部队的协助下营救出来了，所以反对者应该不会再提出此种理由了（可惜的是，民主党后来又找出了其他的借口，来阻挠批准该协定）。

从布什总统的身上，我学到的东西就是：即便是在能够进行个人宣传的时候，只要有助于你们更加接近自己的目标，最好也是与大家一起分享荣誉和功劳。更何况，这也是一种值得敬重的做法。

忠诚是相互的

2010年，芭芭拉·布什夫人参加了在休斯敦举行的一场"一分钟指导"活动。当我们邀请她简单地说几句，作为那天晚上的开场白时，她显得很惊讶。"他们怎么会要我来讲话呢？我一生中可从来没有工作过。"她说。从某种意义上来看，的确如此，她以前做的所有工作，都是为祖国服务，或者是慈善事业。

在讲话中，她说："今天早些时候，我给儿子乔治打了个电话，问他与达娜共事的感觉如何。然后，我又给达娜打了个电话，问她在我儿子手下工作感觉怎么样。从他们俩对彼此的描述当中，我得出的结论就是：忠诚是相互的。一种良好的伙伴关系，就是这么回事。"

布什夫人说得很对，因为我们都知道，布什总统对我们很忠诚，所以我们也会对他更加忠诚。忠诚就是我们之间的黏合剂。这意味着我们彼此之间拥有彻底的信任，能够在面对问题时开诚布公，并且让我们把精力全都集中在取得富有效率的成果上面。

乐意为团队承受打击

作为管理人员，让手下的团队知道你站在他们那一边，这一点非常重要。而在事情没有按照计划顺利进行的时候，这一点可以让人们不至于相互指责、相互较劲。

不妨以2000年布什在新罕布什尔州初选失利的时候为例。被麦凯恩参议员打败之后，布什的竞选班子大惊失色，整个团队全都气恼得很。在《勇气与后果》一书中，卡尔·罗夫曾说，布什已经见过了许多"错误百出的竞选活动"，他由此而学得的经验就是，不能再"向已经受伤的手下开火"。所以，时任州长的布什便把大家召集到自己的房间里，说失利的责任全在于他一个人。他要求大家增强自信心、乐观面对。他的忠诚鼓舞了大家的士气，而那样做，正是他"让身边之人发挥出最大才干"的办法。这一点，就是优秀领导人的标志。

维护他人，哪怕无人知晓

我很喜欢自己在维护他人利益时所产生的那种感觉。有一次，我曾经与布什总统联手，捍卫过一位年轻女记者的权益，而那位女记者过了好几个月才得知此事。

2006年的一天，我正在总统召开新闻发布会之前向他进行简要汇报。快要汇报完的时候，我办公室里的一位助理匆匆忙忙地跑了进来，手里拿着一张新的座次安排表。美国广播公司新闻频道在最后一刻换了人。

"他们把杰西卡·叶琳一脚踢开，换上了杰克·泰普尔？"我问道。

"是的，夫人。"

噢，这样做可真够恶心的。杰西卡已经为《早安美国》这个节目报道白宫消息好几个月了，可还没有出镜机会向总统提出一个问题。由于每个广播电视单位都可以提一个问题，所以那天正好轮到她来提问。

总统从眼镜上方向我看过来，说道："谁是杰克·泰普尔啊？"

我告诉他，杰克是美国广播公司最近雇用的一位广受敬重的记者，并且我猜想，美国广播公司是想让他代表公司参加这场直播的新闻发布会，尽量提升他在公众中的知名度。我对总统说，我认为美国广播公司为了杰克而把杰西卡踢到一边，这种做法是不对的，按道理应该由杰西卡来参加这场新闻发布会。

"那么，您觉得我们要不要让他提问呢？"总统抬起头来，问道。

我明白他的意思，便说："不用，先生，我觉得您不用那样做。"

于是，他便没有让杰克提问。这可是他在总统任期内，第一次没有让一家广播电视台的记者提问。

在整场新闻发布会上，杰克一直都把手举得高高的，可总统只是不停地看他的周围，叫其他记者起来提问。我对杰克本人可没有任何意见，他是一位优秀的记者，还是我的朋友。但在当时，我却很自豪，因为我们向美国广播公司传递了一种信息（即便是我们并没有向该公司说明为什么这样做）。

几个月后，在一次媒体考察的过程中，当一些女记者正要去吃晚饭的时候，我追上了杰西卡。我问她，还记不记得那一天的情况，她说，杰克回到自己的小办公室时火冒三丈，还给托尼·斯诺打了个电话，要求解释解释是怎么回事。我们都笑起来，因为托尼和杰克两人都不知道，是总统和我合谋了这一切。我们都支持她，这让她觉得舒服了一点儿。我也明白，有的时候，坚持原则就该打破惯例。（请别见怪，好不好，杰克？）

哎呀，非常感谢

写张道谢便条，本不应该列入本书所述的这些窍门当中，不过，在成长的过程中，年轻人却在某个时候不再写这样的便条了。亲手写上一封感谢信，是大家必须做到的事情，而不是可有可无的事情。而且，电子邮件可代替不了手写的道谢信。

前不久，我帮助一位年纪差不多二十二岁的年轻女性做好了求职面试的准备。面试过后，我问她，有没有给那位未来的雇主写上一封感谢信。她回答说，已经发了一封电子邮件。我说那样不行，必须寄一封真正的感谢信，写在纸上，并且要用信封装好，盖上邮戳才行。

她说："真的吗？您能肯定？那样是不是显得太……太正式了，显得我好像太着急了呢？"

这并不是我第一次从那些要我帮助他们去求职的年轻专业人士那里听到这种回答了。我向她保证说，一封手写的感谢信是不会显得太过正式的，相反，它还是任何一种面试或者建立人际关系网络中必不可少的一个组成部分。

想一想，有多少其他的人也求过职或者获得过职位晋升吧，再想一想，特别是在入门级别的岗位上，你们实际上也拥有与之相同的本领和才干。你们需要某种东西来帮助你们引起别人的注意才行，因此，用漂亮的信纸写上一封感谢信，就会确保你们在别人眼里留下个好印象，起码也会强过那些连做都懒得做的人啊。

绝大多数如今能够雇用员工的人，都是在写感谢信的过程中成长起来的，因此都很理解那些正确效仿这一做法的人所付出的努力。我写了感谢信之后，经常有人打电话或者写信来回谢我，这样的人有多少，连我自己都数不清。这样做，真的管用！

因此，在拿不准的时候，就寄上一封感谢信吧！

反向的导师

社交媒体已经彻底改变了我们的生活，尤其是改变了我们的工作方式。一位年轻的雇员，不要耻笑老板不懂照片分享软件"因斯塔格雷姆"（Instagram）和"阅后即焚"（Snapchat）之间的区别，而是可以通过变成一个非正式的、技术上的反向导师，从而让老板离不开他。

帮助上司适应新的技术，而不去评判上司，可以让人成为一位非常可靠的员工。离开白宫开始经营自己那家公共关系公司之后，一位助手曾经提出建议，要我加入"推特"和"脸书"。我翻了翻白眼儿，考虑了好几个月，觉得手头要做的事情本来就很多，用不着把更多的时间浪费在网上。当时我可看不出，社交媒体能够如何给我的企业带来帮助，并且对技术还有点儿心存畏惧。我不知道怎么使用，因此不愿去试一试。当时我还希望，社交媒体会是一种昙花一现的时尚呢！

但是，我的员工并没有放弃这个课题，而是替我注册好了账号，还向我说明了一些基本的操作方法，比如如何发表推文、如何获得更多的支持者以及将我的小狗的照片发上去（这可是其中最棒的一个方面）。

她帮我注册好账号之后，我就可以去试一试了。结果表明，她说得很对：我非常喜欢和自己的支持者交流，喜欢阅读其他人发布的东西，并且会比其他人先发现一些新闻。我很喜欢和一些志同道合的人以及其他一些人分享自己的想法。我觉得，要是没有她在后面督促的话，我可能永远都没有尝试使用社交媒体的勇气。

那位员工让我真正觉得高兴的一个方面，就是她没有对我摆架子，显得她在技术方面比我更聪明，她只是渴望着帮助我"建立起自己的品牌"（虽然这句话令我生厌，但我明白她的意思）。我离开华盛顿搬到纽约市，并且与生意上的绝大多数客户断了联系之后，我提出，可以给她当职业证明人。当准备雇用她的一位经理给我打电话时，我对她的能力赞赏有加，并且用这个例子，向他说明了这位员工不但具有主动精神、技能和宽厚之心，而且比在某个具体问题上不像她那样有悟性的人，有一种与众不同的态度。

闭上嘴巴

有的时候，一个人的最佳做法便是什么也不说。通常来说，倾听更加重要，可在从事政治和媒体职业的过程中，我却很少那样做。

有一次，我看到美国副总统迪克·切尼在一场采访中被人问到，为什么开会的时候他总是发言不多。他回答说，他明白领导人都应当让单位里的手下自由发表意见，并且不要妄加批评的道理。他说，倘若一位员工觉得自己的观点会遭到级别比他高的那些人的抨击，那么他就不太可能会说出自己的想法了。那样一来，上司就听不到手下人的真实想法，从而注意不到某些重要的问题。

切尼副总统在政策讨论会上很少发言的原因，就在于此。除了坦率地表明希望听到更多意见，他从来都不会耷拉着脸，或者表现出任何不屑的反应。因此，我们都觉得在他面前可以畅所欲言。他只有在会议结束的时候，才会提出一些问题，或者表达自己的意见。他定期与总统碰面，也只有到了那个时候，他才会对一些问题发表意见。我认为，这可是一种非常优秀的管理方法。

从切尼那里，我学到了自己最喜欢的一句话："话不出口，永无祸患"。的确如此！

学会放下

记忆力好，并非始终是一件好事。我的记忆力非常好（这既是一种福分，也是一种祸害，问问彼得就知道了），任何伤害过我或者令我感到尴尬的事情，从儿时他人的奚落到与别人断交，再到大了之后有一次因为在幻灯片上写错了一个字而招致了一位客户的嘲笑，我全都记得。连一点点小失误也会让我烦恼不已，可这种小失误，别人可能根本就不记得了，是布什总统，教会了我放下这些事情。

我担任副新闻发言人的时候，白宫通信办公室主任丹·巴特利特提出，总统应当抽出点儿时间，接见一下专栏记者大卫·伊格内休斯，问问近来后者伊朗之行的情况。丹打算让我也出席，以便关注他们之间的讨论。可是，丹和总统之间的沟通却出了一点儿差错。总统不希望伊格内休斯以为总统是在就伊朗的问题接受记者采访，因为他不想让人产生那样一种印象，以为他是在通过一位报纸的专栏记者来与伊朗进行谈判，这样做是非常明智的。不过，丹和我都知道，伊格内休斯期待着总统的这次接见会让他有所收获，从而能够写到他的专栏报道当中去，因此，我们都犯了难。

总统还是坚持己见，他说可以听伊格内休斯说一说最近访问伊朗时的情况，但不会给伊格内休斯提供任何可供发表的东西。总统一边用手指着我，一边对丹说："因此，她就不需要出席了。"他们都看着我，于是我悄悄地走出了总统办公室。

我觉得很羞愧，我给彼得打了个电话，轻轻地跟他说了我在走出总统办公室时，总统对我所说的话。幸好，彼得安慰了我，要我从一种更好的角度来看待这件事情。他说："想一想吧，你在余下的一生中都可以这样说了："我可被人从比这儿更好的地方踢出来过呢！""他的话，让我对这事儿一笑置之了。不过，唉，我还是觉得很难堪。

在2010年总统的新书展上[①]，我问他还记不记得那天他有多么不可理喻，他根本就不记得了。我说，那件事让我烦恼了好几年。他笑了起来，说道："您得放下这件事情才行啊。"

总统非常擅长不让琐事来打扰自己，这就意味着他可以把精力全都放在重要的事情上面。他有一句座右铭："总统没有从头来过的机会。"他从业已发生的事情当中获得了教训，并将这些教训应用到未来之事上。我为一些琐事感到烦恼，却是在浪费宝贵的精力了。

放下这样的事情继续前进，一向都不是轻易能够做到的，可一旦做得到，我就可以更有成效地去思考其他的事情了。

大局观念

传授经验

下面这一点，是我最喜欢的窍门之一：每个人都应当奉行善良的职业因果报应准则。在工作当中，的确是善有善报、恶有恶报。

首先，你们需要建立起一个强大的同盟网络。你们与之共事的每一个人，有朝一日都有可能身处高位。而你们也有可能在某个时候需要他们帮

　　[①] 指小布什亲笔撰写的回忆录《抉择时刻》（*Decision Points*）。该书与普通的自传不同，它只是选择性地记录了布什人生中一些重要的"拐点"，披露了他任总统期间所做重大决策的一些内幕，不仅记载了如"9·11"恐怖袭击和2000年美国大选等重大历史事件背后鲜为人知的细节，还津津有味地讲述了小布什如何下定决心戒酒、怎样与家人相处等个人生活的内容。

忙。此外，随着承担的管理责任越来越多，由你们所信任的同事所组成的圈子也会越来越小，因此，最好是确保你们之间的关系牢固可靠。

我初到国会工作时，任务是接电话，而差不多二十年后，当时我结交的那些朋友，现在仍然与我保持着联系。如今是他们在主持大局，因此我们是一起成长起来的。在工作当中拥有这样的朋友，是一件好事。

另一个方面，便是将好的建议传授给更年轻的员工，尤其是在他们需要一个导师的时候。把你们在开始工作时希望明白的那些经验告诉他们。在聆听自己崇拜的人说起他们的经历时，年轻员工的学习效果最好。而且，他们也渴望着有人提出建议，告诉他们可以怎样获得成功。此外，你们也永远都不知道，那样一个小伙子会不会有朝一日变成老板。

关于在工作中帮助他人，还有最后一点：如果你们是管理人员，那么真正重要的，就是鼓励手下的员工成长，从而让他们可以获得升迁，甚至是跳槽去从事另一项工作。失去一名员工，可能会让人觉得很不方便，但员工是否能够获得升迁或者跳槽，却的确能检验你们是不是一名优秀的管理者。如果员工有了困难，那就要问问你们自己，原因是什么……这种情况，也许并非都是员工的过错。

此外，那些拥有好工作的年轻人，也应当尽力帮助自己的同事找到好工作。尽管帮别人的忙的确是有所回报的，但建立人际关系网络，却并非仅仅是为了确保自己的需求能够得到满足。应当乐意为别人打开一扇门，乐意为别人转交一份简历，或者介绍别人相互认识。尽量不要将求职者看成自己的竞争对手，而应当将他们看成是自己不断扩大的人脉关系。在工作中建立起自己的同盟网络，并不一定会产生直接的收益，但因果循环的作用就是这样的。你们永远都不知道，自己的善行会在什么时候获得回报。

上大学，还是不上大学？

如今，人们始终都在争论一个重要的问题，那就是对于绝大多数美国学生来说，上大学到底值不值得。我认为上大学还是值得的，因为我见过的所有统计数据都表明，在一生当中，大学学历会帮助一个人获得比那些没有上过大学的人更大的成就，挣到更多的钱。连只上过"专科"也有好处。然而，上大学的费用非常昂贵，尤其是某些学校。因此，助学贷款构成的债务，便成了绝大多数家庭考虑的一个主要问题。

在全国范围内，如今已经有了一些很不错的创新举措，正在瓦解传统的大学，包括在网上提供某些大学的在线课程。这使得人们上课更加灵活了，无论什么时候、在什么地方，只要愿意，他们就可以去网上听课。不过，尽管那些方面的发展都很有意思，但所有的改革举措都需要时间才能逐渐发展成型。

与此同时，许多年轻的专业人士也在问一个问题，那就是他们该不该去获得商务专业、法律专业或者其他专业的更高学历。他们想知道，这样做会不会影响到自己的前途，会不会帮助他们找到一份更好的工作，会不会让他们在毕业后获得更高的薪酬。他们都问，自己是该辞掉现有的工作去上全日制大学呢，还是应当尽量修习在职课程，从而让他们可以一边继续工作，一边攻读研究生学位。还有一些人，虽然觉得自己应当去法学院深造，但又担心他们并非真的想要从事法律行业。而且，几乎所有的人都在担心，不知道怎样才能支付攻读更高学位所需的费用。

对于这些问题，人们有着各种各样的回答。攻读更高的学历，当然能够帮助大家集中精力、增强技能，并且在竞争中具有一定的优势。就我而言，我读研后成了一名更优秀的记者，尤其擅长于新闻写作。而在攻读研究生课程的时候，我的第一次作业却全都没有及格，那可是一种真正的当头棒喝。

我也曾经为筹措学费的问题而烦恼过，并且非常不愿意去申请助学贷款。然而，我从来都没有想过，自己毕业后不会直接进入新闻行业。要是知道的话，如今我就不敢肯定，自己当时还会不会去攻读硕士学位了。不过，我很高兴自己当时那样做了，因为我如今每天都要用到自己在研究生期间学到的知识。因此，在我看来，攻读更高学位是有用的。但是，对于如今的年轻人来说，在他们做出是否申请去读研的决定之前，我还有一些问题，要他们去考虑：

⊙有没有什么专业，是你们真正想要去攻读的呢？

⊙你们所从事的行业，是不是重视甚至是必须拥有一种更高的
学历，才能让你们获得晋升呢？

⊙一种更高的学历，会不会增加你们找到自己渴望从事工作的
机会呢？

⊙你们在生活中能不能做到灵活安排，从而辞职去全职学习呢？

⊙在经济上，你们能不能够支付上研究生的学费？或者说，你
们是否问过自己的老板，单位有没有什么基金能够帮助员工支付接
受继续教育的学费呢？

⊙你们是不是因为真的不知道自己希望干什么工作，才想起去
读研究生的呢？还是说，你们是因为厌烦了目前的工作，想要摆脱
这一工作呢？

对于读研，我的底线是，不要仅仅因为自己没有别的事情做就去读研。
要是你们拿不准自己要在读研的过程中获得什么的话，那可是一件既费钱
也很费时间的事情。不过，倘若在自己的专业领域里找不到工作，并且知
道高学历会有助于你们找到一份工作的话，那你们就无论如何都值得去读
研了。

然而，上研究生的这段时间，其实也可以用别的方式来度过。我一向都
提倡，年轻人应当试着到华盛顿特区的国会去工作，起码也要干上两年。这
种经历，并不亚于获得硕士学位，即便是不想在政界或者政府里工作，在国
会里学到的一切也会让你们受用终生。更何况，在那里结识的人将会让你们
的整个职业生涯都获益。

我还认为，父母不应当出钱让孩子去读研究生或者去上法学院。资助
一个学生获得四年制的学士学位已经是很慷慨的了，而获得更高学历，则应

当由学生自己去负责。那样做，可以确保孩子认真对待自己的学业，使年轻人真正拥有与学历相当的本领。等他们毕业后，这就是全家人都能够引以为傲的共同成就了。但是，不要鼓励孩子仅仅为了读研而去读研，要是那样的话，那工作经历就会有价值得多了。

行动起来，一路向前

在举办"一分钟指导"活动时，我最重要的三条建议中，有一条便是"不要害怕搬家"。不愿搬家，已经成了一种在整个美国扎下根来、日益普遍的现象，表明大家都不愿意去冒任何风险。每当我提到这一点，大家都会点头表示认可，流露出"我就想听到这个"的微笑来。在内心深处，他们都担心困死在自己的职业领域，因为在他们生活的地方并没有别的就业机会。可是，留在原地不动，可能会比离开糟糕得多。无论是为了爱情、职业还是为了有所改变，易地而居都有可能是你们为自己所做的最好的一件事情。

人们不愿搬家的原因有很多，比如家庭、气候、生活方式以及熟悉的环境。可实际上，一个人想要搬家的原因，可能也是这些方面呢！

如今，绝大多数人一生中都会搬上两三次家，可仍然有一些年轻人因为觉得自己必须要留在故乡或者附近地区，因为妈妈（有时是爸爸）让他们一想到要离家远行就觉得痛苦。对父母的这种精神依赖，可以达到很严重的地步。

整个美国都是这种情况，但在一些较小的城镇里则更普遍。有些人担心，孩子一旦离开那些小城镇，就不会再回来了。这也是事实，其中的许多人都不会再回来，起码不会马上回来。

那些深爱着孩子的父母，甚至可能没有意识到，他们正在强迫自己的孩子留在身边，或者，可能是他们的孩子过于紧张，从而不敢走出小城镇，到一个新的地方去尝试某些东西。若是那样的话，父母就应当鼓励孩子更大胆一点儿。不妨把孩子赶出家里一阵子，要是不得不回来的话，孩子们自然就会回来。

我在华盛顿特区和纽约市发现的另一种现象，就是年轻人都不愿意离开大都市里那种富有活力和激情的生活环境。他们热爱城市生活，无法想象自己到了一潭无事可干的"死水"中会是个什么样子。我很理解这一点。年轻人也希望在工作当中获得升迁、挣更多的钱，以便有朝一日能够过上其上司或者公司老板那样的生活。

有的时候，你们必须离开某个地方去锻炼锻炼，学到更多的经验，才能回来胜任薪酬更高的职位。那就意味着，当老板说印第安纳州的韦恩堡市有个空缺职位，说正在考虑让你们去干的时候，你们就不能拒绝。不要因为工作地点离家有三千英里远，就去拒绝一个机会。发现公司为了更好的税收结构而准备把总部迁往另一个州之后，也不要闷闷不乐。不要仅仅因为上班场所不在自己喜欢的地方，便放弃一个新的就业机会。在职业生涯中努力前进的过程中，到小城镇和中等规模的城镇工作，也是值得一试的。

在小城镇里，年轻人有许多大显身手的机会。由于这些小城镇都在大力吸引人才，因此年轻人应当好好利用这一点。

同样，不要让害怕体验新事物的心态，妨碍到自己把握职业机遇，妨碍到自己拥有一种可以开阔心胸的经历。与家人和朋友保持联系的办法有成百上千种（从某些方面来说，这样的方法实在是多如牛毛）。假如担心的是气候寒冷，那么带上大衣这样的东西，不就万事大吉了吗？

离开一座大城市，可能也正是某些人所需要的。许多年轻的单身男女发现，在城市里几乎不可能遇到一个志同道合的人生伴侣。一个地区居住的人越多，生活在其中的人可能就会觉得越孤单，这可真是一件奇怪的事情啊。倘若整天都是在摩天大楼里上班、生活，你们也是很难完全融入一个社会当中去的。走出城市的钢筋水泥丛林，选择一个能够发挥出自己长处的地方，即一个让你们的本领显得独一无二并且有人赏识的地方，也是有理由的。想一想供需法则吧：在城市里，本领和经验都相似的人成千上万，所以对那些了不起的新工作岗位而言，竞争也是异常激烈的。那么，为什么不到别的地方去大显身手呢？

假如能够从头来过的话，我会去像北达科他州这样的地方，因为那里的能源行业蓬勃兴旺，失业率也是全国最低的，只有3.5%。这并不是说，你们非得进入能源行业工作，在那里生活和工作的人需要各方各面的东西，并且都有钱来购买这些东西。所以，那里很适合于开餐馆或开健身俱乐部，适合于投资房地产开发，或者到学校当老师，因为该州在教育领域的投资比其他各州都要多。

北达科他州还是一个拥有无线网络的"狂野西部"。法律法规（迄今）还没有缚住该州人们的手脚。那里的人拥有比其他各州的人更多的可支配收入，这些收入既可以存起来，也可以用于购买他们向往已久的一些东西，比如"科尔维特"①汽车（那里的汽车经销商，可卖出了不少的汽车呢）。而且，该州的学校数量也正在迅速增加，因此是一个很适合于年轻家庭创业的好地方。既然永远都不知道自己的职业前景究竟如何，那么为什么不到一个更有可能让你们成功的地方去碰碰运气呢？

如果你们担心的是搬家，那么还要记住一点：倘若一切都变得失去了控制，而你们又完全无法忍受远离家乡，受不了离开你们所热爱的、激情四射的城市生活，那么好消息就是，你们仍然有一个很好的选择，可以随时搬回来。正如老话所说："家是永远都会向游子敞开大门的地方。"

离开一位了不起的老板也没事

乐意搬家的道理，也适用于离开原来的老板去追求新的工作机会这一点。对于那些被人们认为是本行业里最高标杆的公司或者组织来说，无论它们是属于金融、媒体、技术、出版领域，无论是非营利性组织还是政府机构，都是如此。倘若是在最好的单位工作，那么有时候的确很难将其抛开，因为你们会担心，其他任何新单位都没法与原来的单位相比。

在白宫工作，自然也是如此。几乎每一个从政的人，都希望自己有朝一

---

① 科尔维特（Corvette），美国通用公司雪佛兰部生产的一种高级运动车，沿用了17世纪英国的一种炮舰的名字，意在向当时风行的英国跑车挑战。

日能到白宫西楼里去上班，这就意味着白宫挑选的都是些出类拔萃的人才。然而，对于年轻人和那些经验较少的职员而言，要突破重围、进入白宫，确实很艰难，而且在白宫里面获得晋升可能也需要很长的时间，因为没有多少人会离开那些最高的岗位。

所以，我给这些人的建议就是，他们应当考虑考虑离开白宫，到别的地方去承担更多的职责和获得更多的历练，比如去国会，或者去联邦政府的其他机构。那样一来，他们就可以获得一些相关的、对日后在白宫工作有用的经验，日后就有可能再回到白宫了。

艾米丽·席林格就是这样做的。虽说一开始是在切尼副总统的办公室里接听电话，可她却有着更高的抱负。珍妮·马莫（她是我的一位朋友，曾经负责过媒体事务办公室）和我都对她说，她需要到国会去工作一段时间才行。像她那样的年轻人，可能会被国会聘去担任众议院新闻发言人这样的职务，从而获得一些实践经验，并且学到更多关于立法程序的知识。

还好，她听从了我们的建议。两年之后，当我在白宫需要雇用一名助理新闻发言人时，我就想到了艾米丽，因为她是我的人脉当中的一员，并且一直与我保持着联系。于是，她冷不丁便到白宫新闻办公室来与我们共事了。后来，她又开始替美国的一位参议员负责新闻通信事务了。不算很糟糕吧！

离开都市

现在，不妨假定你们无须搬家，也就是说，你们住在自己热爱的一个都市里，那里的就业机会很多，并且你们也有可能遇到某个心仪的男人或者姑娘，然后与之坠入爱河。如果不打算搬家，那你们就必须离开都市，多出去旅行游历才是。你们必须看一看美国其他地方的情况，甚至是看一看世界各地的情况。没有什么事情会比到另一个地方去旅行更能开阔我们的胸怀了。看看一些新奇的东西，能给你们带来更多的谈资，对建立人脉关系可能也很有裨益。你们的旅行见闻，可以在令人尴尬的时刻帮助你们打破沉默，并且结交某一个人。你们可以这样说："哦，您是弗拉格斯塔夫人？我曾经开着汽车去过那儿呢……"这可是一种非常不错的、与他人开始交谈的方式啊。

要是囊中羞涩的话，那么在有了坐着飞机来去的经济实力之前，你们不妨开车旅行。并且，要让旅行变得有意思，应当想出一些主题，把它们当成自己一生中要完成的旅行目标，比如参观所有的国家公园或者总统图书馆、找出最佳的野外烧烤地，或者到你们最喜欢的那些作家的家乡去看一看。

充实大脑

我们开始举办"一分钟指导"活动的时候，几乎所有的导师都会提出，年轻女性应当看更多的书。这种建议相当平淡无奇、浅显易见，于是我们便要求他们建议得更加具体一点儿。比如，他们建议年轻人去读些什么书？他们又为何觉得阅读很重要呢？

举个例子：我起初在国会工作的时候，麦金尼斯议员曾建议我去看《华尔街日报》每天刊出的《回顾与展望》栏目。当时我马上开始这样做，并且此后几乎一天都没有间断过。在我看来，《华尔街日报》的社论和特稿专页都极其精彩，阅读它们，既有助于我做出更好的判断、了解一些我所知不多的问题，还能提高自己的写作水平。

虽说喜欢阅读各种各样的新闻和观点，但是，一天当中我是不可能把所有的东西都看完的。于是，我开始设立一个周末阅读夹。在一周当中，倘若看到了某种有意思的东西，我便会把那篇文章用电子邮件发送给自己，然后再将这些文章打印出来，供周末阅读。波姬·萨蒙是一位曾在我手下工作过一段时间的年轻女性，她那时经常替我整理文件夹。跳槽之后，她也开始为自己设立一个周末阅读夹。如今，她被称为办公室里知识最渊博的人了。

成为一个见多识广的人，是很有好处的。因为这样做，可以让你们在竞争中获得优势。无论是以前在白宫为会议做准备，还是如今为《五人谈》节目做准备，我都希望，自己看过的东西要是比其他与会者都多就好了。对我来说，源源不断地汲取知识非常重要，就像一个患有糖尿病的人必须将血糖保持在一种正常水平上一样。没有这些知识，我就无法生存。要是没有跟上形势，我就会觉得自己的大脑萎缩了。所以，知识就是我的胰岛素①啊。

需要阅读的另一个原因，便是在阅读的过程中，你们可以把文章转发给自己的朋友、家人、同事和上级，这可是维持人际关系的一种好办法。有一天，我的邮箱里收到了一篇从《体育画报》上摘下来的文章，说的是人们在日常说话中，尤其是在政坛和商务领域里如何使用与体育相关的话语（比如"国会完全没法带球过线……"和"总裁在那个问题上完全应当单膝跪地②"），这是我在白宫工作时担任新闻办公室主任的同事凯文·苏利文发送给我的，因为他记得我以前经常将这种话语混淆（我最喜欢使用"三分触地姿势"③这个术语，曾经在一次新闻发布会上用过，可当时还以为自己说的是哪个人投篮命中了呢）。这封邮件促使我与凯文取得了联系，并且小聚了一次。他经常收看我的节目，而我则向他请教业务上的问题。我们一直保持着好朋友、好同事的关系，这可是一种双赢的结果。

朋友如己

我建议，大家每个月至少都应当参加两场社交活动。这种活动，既可以是通过老板组织起来的，也可以是商会举办的联谊会。准备好一些用于打破僵局的开场话，以便让自己可以顺利度过开头那几分钟的尴尬。

---

① 胰岛素（insulin），由胰岛β细胞分泌的、人体内唯一能使血糖降低的一种激素。糖尿病患者通常都需要注射人工合成的胰岛素，才能让血糖保持在正常水平。

② 单膝跪地（take a knee），美式橄榄球比赛中的术语，指在比分领先且剩余时间不多的情况下，通常由四分卫在接球后直接跪地结束这一档进攻，从而利用商聚来耗完比赛时间，确保胜利的做法。这样可以避免因为跑动导致掉球而给对手以反攻的机会，可以说是最稳妥的胜利办法。

③ 三分触地姿势（three-point stance），美式橄榄球比赛中的术语，是进攻前锋和防守前锋及跑卫所使用的一种姿势，要求球员一手触地，另一只胳膊则曲回放在大腿上或者臀部。

尽量不要直针直线地去问："那么，您是做什么工作的呢？"因为这实在是一个令人讨厌的问题，太过唐突，会让别人对你们产生戒备之心。相反，应当问问别人出生在哪里、他们在周末喜欢做些什么以及他们是不是养了小狗（要是他们不喜欢小狗的话，你们就会了解到这些人许多方面的情况）。

为了建立自己的人脉，我建议大家每个月都选出五个你们想要保持联系的人来（可以是家人、朋友、同事或者原来的上司），然后给他们寄一封亲手写出的信函。以前我经常这样做，且这样做纯属自然，是从我父母身上延续下来的一种传统。那时，他们要求我和妹妹每周都给爷爷奶奶和教父教母写上一封信。

记住，布什政府在"9·11事件"过后需要招人到司法部新闻办公室里工作的时候之所以会找我，原因之一就在于：多年来，我一直都在给朋友们寄贺卡和信件，其中一位就是我以前的同事，她后来在司法部长约翰·阿什克罗夫特手下负责新闻通信事务。她想到了我，是因为我一直都在努力让她记住我（因此，买点儿漂亮的文具就有很好的理由了）。

保持身体健康——你们唯一掌控得了的事情

虽说一生当中有许多事情都是不受你们控制的，但照料好自己的身体，却不在其中。我们每天都要在自己的营养、锻炼和睡眠等方面做出抉择，而糟糕的决定则有可能危及我们的职业和个人生活。我是付出了惨痛的代价，才明白这一点的。

我在白宫工作的时候，可以说是个"拼命三郎"，每天都从凌晨四点起，一直要工作到晚上十点。并且，我还经常在睡梦中惊醒，老是担心有什么事情自己还没干，或者担心着第二天的任务。虽然我的大脑可以不停地运转，可我的身体却不行。随着时间的推移，工作的节奏和压力对我的身体健康产生了永久性的影响。我没法掌控自己的身体了。

在白宫工作的最后七个月，是我最难熬的一段时间。总统正在向任期的终点冲刺，可我却在艰难地往前爬着。不吃安眠药我就睡不着觉，我的胃，只能吃清淡的食物，并且，助理如果不提醒我点餐，我常常会忘记吃饭。我喜欢吃上四分之一杯的花生酱、一个苹果，以及一大杯绿茶。倘若彼得要我多吃一点儿，我就会冲他发上一通脾气。

我的许多问题，都是自己导致的。要是营养摄入更充分一点儿的话，这些问题本来都是可以避免的。最糟糕的一次，是我陪着总统出访非洲的时候，我的偏头痛突然发作了。当时，天气又热又潮，我都没怎么吃东西、喝东西。一方面我没睡多少觉，要倒时差，另一方面还得工作，因此四天之后，我就病倒了。在饭店里，我独自一人，躺在床上抓着自己的头，蜷缩着，辗转反侧。

最后，到了凌晨两点的时候，我迷迷糊糊，连路都走不稳了，只好扶着饭店的墙壁，到塔布医生住的房间去。自那以后，我就会经常性地偏头痛了，因此，无论到哪里去，我都随身携带着一张处方。虽说如今我仍然这样，但不用经常服药了。

我的右臂也出了毛病。差不多有一个月的时间，我的右臂从肘部往下直到手指的那一截都没有知觉。这种毛病，自然是长时间使用智能手机引起的。接下来，我又得了重感冒，然后发展成了鼻窦炎，使得我的右耳里嗡嗡直响，声音大得我都没法清晰地思考了。彼得尽量装得感同身受，说我的耳鸣太响，晚上甚至把他给吵醒了呢。我还记得，在一场新闻发布会上，由于耳鸣得厉害，我看得见记者们的嘴唇在动，却听不到他们说的什么。并且，什么药物都不起作用！

我的背上，右肩胛骨下面也很不舒服，因此我几乎总是跟着总统医疗组里的那位正骨医生跑（我们叫他正骨高手）。当我开始每周要去那里做三次正骨治疗之后，塔布医生却让我不要担心，说他们会帮助我坚持到这届政府任期结束。他认为，一旦我们离开白宫，绝大部分症状都会消失的。

虽然塔布医生说得对，但后来又过了好几个月的时间，最糟糕的那些症状才结束，而且自那以后，我真的一点儿都睡不好了。要是我再去白宫工作的话，我就会用一种大不相同的方式来对待自己的健康。由于没有照料好自己，我让自己的身体受到了损害。你们完全可以想见，倘若我摄入充足的营养、没有让压力把自己压垮的话，我就会在那个岗位上干得更好。

但这并不是说，我就没有努力去更好地照料自己的身体。我曾经想方设法地改掉了一些不好的习惯，比方喝太多的苏打水。2004年10月，正值大选开始前，我意识到自己天天都在喝健怡可乐。上午我会喝上一大罐，下午再喝一大罐，接下来吃晚饭的时候还会喝上一大罐。我决定戒掉这个习惯。那可是我有生以来干得最艰难的一件事情，但我现在也觉得很自豪，感觉好多了。

接下来，2008年6月随总统出访阿尔巴尼亚时，我正在职员休息室里与同事们等着，当时布什总统夫妇正在参加一场官方举办的午宴。那天热浪滚滚，员工室里又没有装空调。阿尔巴尼亚的工作人员给我们端上了大盘大盘的鱼，可我不喜欢那种味道，便坐在那里饿着。过了一会儿，我瞄上了总统的健怡可乐。我们总是给他准备两罐，冷藏在一个桶里，以便他想喝的时候给他。可乐罐上凝结着水珠，看起来诱人得很。最后，我实在忍不住了，便拿出总统的一罐健怡可乐喝了（对不起，总统先生）。自那以后，我便开始爱上喝适量的咖啡来提神了。

绝大多数工作岗位，都不会像白宫里的职位那样有压力。但是，在一边工作，一边又要与家人、朋友保持联系的过程中，我们还是会应对许多压力。压力是相对的，如何对压力做出反应、如何应对好压力，全由我们自己来决定。保持充足的营养是一种选择，而我们每天都要做好几次这样的选择。我们会选择是吃苹果还是吃巧克力棒，是去散步还是坐在沙发上不动，是喝水还是喝咖啡（我可觉得咖啡非常可怕）。

由于应对压力的唯一之道就是锻炼身体，因此我们也得保证坚持锻炼才行。在国会工作时，我们多出的一间卧室里有一台跑步机，因此，每天凌晨四点的时候，我都尽量一边跑步，一边阅读报纸，并给白宫的记者发送电子邮件。这并不是一种最好的锻炼方式，但它会让我的头脑变得清醒起来，从而让我能够更加清晰地思考问题。当时，一到周末，我们就会散上很久的步，我称之为"城市远足"。既然如今已经有了更多可供自己支配的时间，所以我每天仍会尽量锻炼锻炼，一般都是早上，有时也会在下午，哪怕只是选择步行回家，而不去坐地铁，也是一种锻炼啊。

尽管我是一个起得很早的人（盖特菲尔德可很不喜欢早起），但我总是在早上进行锻炼，因为在有别的事情时，定期的锻炼通常都是待做事项中第一个被划掉的。要是早起对你们来说似乎做不到的话，那就可以只试上几个星期，然后你们可能就会对自己感到惊讶了。每天哪怕早起床半个小时，也有很大的作用：从长远来看，这样做会让你们的身体更健康（并且，你们的心情也会更好）。

倘若你们在本书中能够学到一些可以应用到自身生活当中去的东西，那么我希望，这则小窍门能够让你们保持好自己的身体健康。在你们还比较年轻的时候保持身体健康，这一点非常重要。待你们在生理上和年龄上更大一点儿之后，保持体型就要困难得多了。年轻时花在身体健康和保持体型上的时间，将是你们一生当中最好的投资之一，就像让你们的身体参加了401（K）计划[1]似的。从长远来看，这种投资将给你们带来巨大的回报。

身心平衡，旁观者清

这里，有一个值好几百万美元的问题：你们如何才能将工作和生活很好地平衡起来呢？如果有人找到了答案，那他就再也不用出去工作了。

许多人都觉得，他们陷入了一个牢不可破的循环当中：努力工作，导致他们需要更加努力地去工作，从而一点儿一点儿地把空闲时间占用了。

---

① 401（K）计划，美国20世纪80年代初实行由雇员、雇主共同缴费而建立起来的一种完全基金式养老保险制度。1978年，美国在《国内税收法》第401条中新增K项条款，规定：企业应为员工设立专门的401K账户，员工每月从其工资中拿出一定比例的资金存入该账户，而企业一般也应按一定的比例（不超过员工存入的数额）往这一账户中存入相应资金。与此同时，企业还须向员工提供三到四种不同的证券组合投资计划，员工可任选一种进行投资。员工退休时，可以选择一次性领取、分期领取和转为存款等方式使用账户中的资金。

你们认识的人当中，有多少人都在说自己只是希望"过上正常的生活"呢？听到一些二十几岁的年轻人那样说的时候，我觉得，他们实际上还没有权利来抱怨要保持工作与生活平衡这个方面。职业生涯一旦开始，工作就成了你们的生活。正如盖特菲尔德所说的那样，处于社会底层的那些人必须过得不舒服，因为只有这样，他们才会努力，要爬到上一个阶层去。

不过，还是有一些办法，来让这种循环更容易驾驭。

勇于坚持自己的日程安排

我最受不了的一件事情，就是听到有人吹嘘自己有多忙碌。这种人可能会觉得，自己那样做是在发泄。可实际上，每次问了"您好吗"之后，得到的回答都是"您可能不会相信，我忙得要命呢"，是一件令人不快的事情。事实上，我相信这一点，因为我自己就有那样的感觉。但是，这种话说出来，就变得既做作，又令人生厌了。

我也曾经一次又一次地掉入这种忙碌的陷阱之中。我有很多绝好的机会，去参加慈善基金募集、政策辩论、演讲活动、节日盛会以及颁奖晚宴。虽然我喜欢忙碌，但有很多事情可做，与被事情支配、变成拼命三郎之间，还是有一条细小的界线。我的日程安排，可能会变成我最厉害的一个敌人（并且，我甚至还没有小孩要照料）。

后来我终于明白，只有一个人才能帮助我保持一种恰当的日程安排，而这个人就是我自己。我既可以让日程安排控制自己，也可以让日程安排为自己所用。

我已经学会了拒绝别人的要求，学会了在承受压力时坚持原则，并且不会对此感到太不舒服。我尽量把每天上午空出来，看看书，研究研究与节目相关的问题。并且我每天都会抽出时间，在一种不允许接打电话、像是上课的环境下锻炼身体。那个时候，通常都是我脑洞大开、想出日后可以用得上的创造性思维的时候。在福克斯新闻频道，我还要为一档在黄金时间播出的节目工作一两个晚上，因此，如果推辞不掉的话，我便会尽量把那些要我去做指导或者参加社交咖啡活动的请求，安排在两个节目之间，那样的话，我参加指导或者社交活动的时间就不可能太久了！

从社交方面来看，我是生活在世界上最了不起的一座城市里。在纽约，每天晚上你们都可以跟着那些魅力无穷的人，到真正美妙的饭店去。你们可以看到、可以去做的事情，简直是无穷无尽。那种社交活动，虽说可能会让一些人觉得更有活力，却令我疲于应付。最终，我不得不减至每周只出去一个晚上，才能在该市生活下去了。我并不担心自己会错失度过一个美妙夜晚的机会，相反，我喜欢待在家里。

制订个人在日程安排方面的规矩，可能会让人产生一些担心，比如上司或者同事会对你们心怀不满，或者对你们的工作表现有不好的印象，不知道你们是不是真的尽了职、尽了责。不过我却认为，这一点，是符合每隔大约三个月便重新调整每个人的期望值这种日程界限的。不久，大家便都会意识到，虽说每天下午你们不能待到六点以后，但你们都能够准时完成自己的工作任务。在福克斯新闻频道，同事们都知道，我充其量只能待到下午七点，过了那个点儿，我便会浑身开始散架。我可以在拂晓以前就起床，白天全力以赴，可一旦天黑，我的气力便全都耗光了。

作为管理人员，你们也可以定下基调。然后，手下的员工便会效仿你们的做法。卡伦·休斯既是布什总统多年的朋友，也是他的新闻顾问。她还记得，在这一届政府刚刚上任的那几天里，总统就对自己的办公室主任说，日程安排要合理一点儿，并且说："不要把我手下那些年轻的妈妈们全都赶跑了。"他很明白，自己身边需要一个多元化的团队，而妈妈也必须尽力承担许多的义务。要是召开一次政策会议或者观看一场少年棒球联赛的话，他会希望你们在场外加油，而不是直接坐到会场上去。

我有一种新的方式，来回答关于我如何将生活中的一切安排得井井有条这个问题。我不会发牢骚说我有多忙，而是会说："我已经找到了一种非常不错的平衡之道。"那样，经常让人们大吃一惊！哪怕觉得自己其实并非如此，我也会那样说的。不过，如今这话却变得越来越可信了，尤其是对于我来说。

放松心态

要说世界上有哪件事情是我们都很擅长的话，那就是整天都在不断地给自己灌输消极的思想。除了很少的例外情况，是没有人想过自己其实在某个方面足够优秀的。大家想的，都是自己不够英俊、不够漂亮、不够骨感、不够幽默、不够可靠、不够富有、不够有天分或者不够聪明。他们都为自己不是心目中那样优秀的一位配偶、父母、兄弟姐妹、邻居和朋友而感到烦恼。每天，我们刚刚醒来，连床都没有起，就会给自己灌输这些消极的思想，然后又会整天将这些负面信息尽量塞进自己的生活和工作当中。接下来，待我们想要上床睡觉时，就再也没法打消这些想法了。这些坏习惯，我们需要集中精力、付出努力，才能加以克服。其中有些毛病是没法根除的，因为对于某些人来说，他们的缺陷可能是相貌，而对于其他人来说，缺陷则有可能是与朋友、同事相比而言，他们所取得的成就。

我还记得，我曾经认为，自己与前任新闻发言人托尼·斯诺相比相当差劲。可对于我的这种想法，他却没有自我感觉良好，而是下定决心，要帮助我摆脱这种想法。在白宫工作的最后一天，他来到我的办公室里，问道："您现在感觉怎么样呀？"我说："哦，不是很好。怎么会让我来取代您的位置呢？"

于是，他让我站起身来，走到他那儿。他把双手放到我的肩膀上，让我看着他的眼睛。由于他比我高了一英尺多，因此我只能把头向后仰，才能与之对视。他轻轻地摇了摇我的身子，说道："听我说，您比自己所想的更适合干这项工作。"我的脸红了，便转过头去，开始含含糊糊地说，我并没有他那样优秀，但还是感谢他来安慰我。可是，当时我并没有完全相信他的话。

大约两个星期后，一个星期五的晚上，我正在清理办公桌的时候，突然明白了他的意思：我并不是非得跟他一样，而是可以只做我自己。虽然这似乎是一个非常明显而又合乎逻辑的结论，但在当时却令我如释重负。我明白，走出他的阴影并按照自己觉得最自然的方式来干这项工作，是完全没有问题的。

后来，我做出的一种改变，便是让新闻发布室里的气氛缓和下来了，因为我不那么喜欢辩论，并且发布会持续的时间也较短。在很想对某人发难的时候，我会尽量忍住，不说讽刺挖苦的话，并且闭紧嘴巴。我对自己在人生当中那个时期的表现非常满意，感觉就像是我刚刚认识到自己是一个保守主义者并且再次与彼得相逢时那样。我决定只做真正的自己之后，一切便都顺理成章了。

绝大多数人在一生中的某个时候，都会有这种经历。此时，他们会认识到，自己不是无所不能的，不可能让所有的人都满意，尤其是不可能让自己事事都满意。这样的话，一切就开始显得更加光明了。记住，做任何事情的时候，你们都会比自己所想的更加优秀。当然，尽量完善自我也很重要。不过，还要让自己适当地放松下来，休息休息。不要无时无刻都把自己弄得精疲力竭，那么，生活当中的每一个人都会因你而受益。

可能出现的最坏结果是什么？

我从总统那里听到的最好的一些建议，都是在他卸任以后获得的。2009年4月他见到我后，曾经详详细细地问过我的情况。他可是一位优秀的职业顾问。我尽量把情况说得好一点儿，可他还是一眼就看穿了我。

当时，我已经进入了博雅公司工作，那是一家跨国公关公司，可这工作并不是很合适我（主要还是因为我其实并不想从事公关工作）。还有一个问题，就是我不太适应博雅公司的文化氛围。该公司的领导层都来自克林顿政府，跟他们说话令我觉得既新奇，又有趣。我们都喜欢交流政治斗争的经历，并且闲聊华盛顿的情况。但是，我们的风格却大相径庭：布什总统在任时的白宫，就像是一艘平平稳稳的远洋轮船；克林顿主政时的白宫，却更像是一艘杂乱无章的小渔船。坐在上面，我会晕船呢。

就在我想要改变话题的时候，总统却没有让我就此脱身。"您在离开白宫后，工作太辛苦了，因此弄得自己不快乐。为什么不开一家自己的公司，开一家咨询公司呢？"他问道。

我列出了一大堆的理由，说明我为什么觉得自己应当到一家成立已久的跨国公司去任职，可这些理由，其实都让人觉得很没说服力。

接着，他便问道："可能出现的最坏结果是什么呢？是公司开不下去，您又得回到一家公关公司去上班吗？对于一个受过教育，并且在白宫担任过新闻发言人的美国女性来说，那是不是一种最糟糕的结果呢？在我看来，这可不是一种什么太大的风险。"

虽然知道他说得对，可我心里又开始七上八下了。我担心，自己刚刚开始工作，要是那么快就离职的话，人们会怎么看我。我可不想让他们失望。回到家里后，我又问了自己一遍："可能出现的最坏结果是什么呢？"

一旦我彻底想通了这个问题，我就认识到，总统说得太对了。于是，我鼓起勇气，跟博雅公司的老板们说我不打算再干下去了。虽然他们都很失望，可他们并没有因此而对我怀恨在心。实际上，博雅公司后来还成了我的第一个客户，我也成了他们的顾问，而不再是员工了。这种结果，当然不能说是最坏的一种情况啊。

承担风险肯定会令人觉得不舒服，但竭力保护自己，以便不受到此种不良感受影响的做法，却关闭了我的心灵，使我看不到新的机遇了。没有风险，便没有回报。如果最坏的结果就是你们不得不去尝试某种新东西的话，那么，你们就实在没有任何借口不去冒险了。

娱乐消遣之道

下面这个问题，可要想好再来回答：你们都有些什么样的娱乐消遣活动呢？

搬到纽约之前，在一次采访中，记者就问了我这个问题。当时，正值我离开白宫之后，忙着确立职业生涯的时候。我回答说，我在一名教练的指导下锻炼身体，还会经常去参加"一分钟指导"活动。那位记者却觉得，我的回答不太令人满意。他继续逼问我：可您究竟有些什么样的娱乐消遣活动呢？我说，好吧，我会去遛狗。他说，那可不是娱乐消遣，而是一种义务。您究竟有些什么娱乐消遣活动呢？

我认识到，自己并没有一个可以令他满意的答案。我真的没有干过什么仅仅是为了娱乐消遣而去干的事情，也没有干过什么与工作无关的事情。这对我无疑是一记当头棒喝，于是我发誓，下次再有人问到这个问题的话，我一定要给出一种更好的回答。如今，我就可以说，我会骑着自己的越野自行车，到南卡罗莱纳州那些我最喜欢的地方去转，举行与工作无关的晚餐聚会，收看新的电视连续剧，而无须同时在笔记本电脑上忙工作。

确保你们也可以回答出这个问题来：你们都有些什么样的娱乐消遣活动呢？

爱情不会妨碍事业

1997年，我遇到了彼得，而六个星期之后，我们就明白双方都希望永不分离了。1997年10月，他在国家大教堂里向我求婚，但我要他先等一等，好好考虑考虑再说。当时我只有二十五岁，还没有准备好放弃我在华盛顿特区那份梦寐以求的工作，还没有准备好搬到我没法工作的英国去住。

然而，真正让我退缩的，还是我的担忧，因为我不知道家人、朋友和同事会怎么看待我的决定。这样做，似乎的确有点儿鲁莽，因为我与彼得相遇还没有多久。他比我大十八岁，还结过两次婚。而我则有一份很不错的工作。到那时为止，所有人对我说的，都是规规矩矩地把这份工作干下去，这样才能不断升职。

除了有着辉煌的职业前景，我还担心，要是太早结婚的话，我和彼得之间的婚姻可能会不太牢靠（后来我才知道，这个问题与年龄无关，而是需要一个人克服对于一种义务的恐惧心理）。此外，闪电式的恋爱似乎只是小说里才有的故事，不太像活生生的现实。我的理性和情感，在这个问题上展开了激烈的斗争。

我回到科罗拉多州的家中，见到了我家的一位好朋友吉姆·威尔克森。

吉姆不仅在高中教授着级别最难的数学，还是啦啦队教练，并且组织过毕业舞会。她也是我外甥女杰西卡的养母。我妹妹在十几岁的时候就生了孩子，于是我家便与吉姆夫妇举行了一次公开的领养仪式，让他们收养了那个孩子。这是一种很好的处置办法，而我们也一直保持着密切的联系，经常相聚。

吉姆从不隐瞒自己的观点，而她给我的建议，几乎就像飞舞着的斧头一样巧妙。她问我，我还在等什么。她觉得，这个决定并不难做，并且打消了我对于别人看法的顾虑。实际上，她对我说，绝大多数人都只会关注自己，因而根本就没有时间来考虑我的问题（这是真的，所以你们不妨牢牢记住这一点）。

"如果你想要在一生中有所成就，那就不要放弃被人爱上的机会，因为他没准儿就是唯一一个会真正爱你一生的人，千万不要错过。"

吉姆的建议，使得我开始考虑答应彼得的求婚了（令人难过的是，一年以后的1999年，她便在一场事故中去世了）。做出这一决定之后，我马上就觉得舒服多了。当我最终鼓起勇气，跟大家说我要搬到英国去与彼得共同生活后，他们都很激动，没有一个人说出我曾经担心过的话语。我的家人和朋友们也都被他迷住了呢。

选择跟彼得在一起，是我一生中做出的最明智的决定，可当时我却差点儿说服自己，拒绝了他呢。结果表明，这也是我唯一一场并不在意自己输掉的辩论。

第六章

————

礼貌与得失

五位总统齐聚一堂……

我是不会漏掉下面这件事情的：有史以来，五位总统首次（没准儿也是最后一次）齐聚总统办公室。

几天之后，布什总统就要把权力移交给下一任当选总统奥巴马了。权力移交过程一直进行得非常顺利，还被誉为有史以来最专业的一次移交。布什总统下令，要比2001年那一次更好地迎接奥巴马政府（因此，出于礼貌，我们便将键盘上的所有"O"键都留了下来）。

作为欢迎仪式的一部分，布什总统邀请了世界上顶级的一些社团成员，到总统办公室外的私人餐厅共进午餐。前总统吉米·卡特、比尔·克林顿和乔治·H.W.布什，以及现任总统布什和下一任当选总统奥巴马都出席了。后来，布什总统告诉我说，在午餐期间，他们主要回答了奥巴马总统关于如何才能最好地提升他那些女儿在公众眼中形象的问题。他得到的，自然都是一些最好的建议，因为其他几位在担任总统之前，都是孩子的父亲呢。

在领导人共进午餐的过程中，我带着下一任新闻发言人罗伯特·吉布斯参观了放在办公室那间小密室里、穿着去参加典礼的秘密防弹衣，这个密室，只能让历任新闻发言人这一小部分人知道。在防弹衣的口袋里，他会找到前任们写下的、用红丝带绑着的所有留言条。我还把自己掌握的、关于让工作量保持在可控水平的几个秘诀告诉了他，比如在晚上开始给记者们发送邮件，从而让我在第二天早上轻松一点儿。我提醒他，不要把文件留在办公桌上，因为白宫有让办公室的门开着的规矩，以便记者们在任何时候，只要想那样做，就可以进来。带着他参观白宫的西楼很有意思，而我也由衷地为他和他的团队感到激动，因为他们都将走上自己一生当中最好的工作岗位了。

把联合记者团召集起来之后，我便拽着罗伯特的胳膊，拉着他走进了总统办公室。我们俩都留在记者背后，一起挨着那座老爷钟①站着。我们的右边，墙上挂着林肯的肖像，那里是历任总统根据传统，悬挂他们认为美国历史上所有前总统中最具影响力者的肖像的地方。八年之前，布什总统还有点儿左右为难。要知道，他的父亲也担任过美国总统啊。不过，他对父亲说，他把父亲的肖像挂在自己心里，而把林肯总统的肖像挂在墙上了。他可真会解决问题。

我环顾四周，一种留恋和爱国之情油然而生。两位布什总统齐聚总统办公室，是一道特别的风景。我们在自己的一生当中，都是不太可能再看到一对父子总统了。

但是，全场最大的焦点、我永生难忘的历史性时刻，还是看到美国历史上第一位当选的黑人总统与其他几位总统齐聚一堂的情景。我们的心中，都既感自豪，又满怀希望。总统们都微笑着面对镜头，彼此之间似乎随意得很，只是卡特离别人稍远一些，仿佛有意保持一点儿距离，或者是觉得有点儿不太自在似的。

五个人都站在那张名为"坚毅"的总统办公桌前，这张办公桌，所有总统都用过。这张桌子，是用英国一块废弃的北极勘探船上的厚木板制成的，那条船叫作"皇家海军舰艇坚毅号"，是美国的一位海军舰长发现的。后来，为了表示两国间的友谊，美国修复了这艘船，并将它送回了英国。该船退役后，维多利亚女王就用其中的木料制作了这张办公桌，赠送给了美国。

---

① 老爷钟（grandfather clock），即有摆的落地大座钟。因为样式古老，如今罕有人用，故得名如此。

这张桌子既坚固又结实，正如英美两国之间的友谊、五位总统之间的友谊那样，也成了美国总统办公室的特色。

就在媒体采访的内容逐渐转到权力移交问题的过程中，我说服了老布什与小布什两位总统，让他们坐在一起接受采访。在新闻发布会之前，他们曾经对我说过，当总统的父亲和儿子，要比当总统本人更不容易（因为别人对你至爱之人的侮辱和批评，比别人对你自己的侮辱和批评更让人难以承受）。在那些年里，我已经得知，他们是通过宽容，通过将政治与个人分开，来应对那种冒犯的。他们最难过的事情，便是老布什在1992年竞选中败给了克林顿（事实上，正是在那一年以后，布什总统开始跑步，以此来应对当时所承受的压力。两个月之后，即1993年的1月，他还参加了休斯敦马拉松比赛）。

我想象得到，在那次竞选中老布什说了克林顿一些什么样的话，而克林顿又说了老布什一些什么话以及那些话又让小布什觉得有多么恼火。接着，我又想起了奥巴马在自己迅速崛起、从参议员一跃而成总统的过程中，他所说的那些关于小布什的话（甚至是在大选落幕后，他也还在说），然后又想起了吉米·卡特说的关于他们所有人的一些话……尽管如此，此刻他们却齐聚一堂，因某种未被政治玷污的东西而团结起来，为这个历史性的时刻站到了一起。

美国赋予总统荣誉、尊重和礼貌的传统提醒我们，我国之所以被誉为历史上最伟大的国家，是有理由的。但是，历任总统都只能做到这一步，而不让那些传统消失，则是我们的责任。

问题的核心

作为一个如此有福的国度，美国的确有很多问题需要争论。我们已经从担任自由世界里信心十足的领袖，发展到了为普天之下的任何事物而争吵不休。完全不信任政府的美国人，已经达到了破纪录的数量，而两个政党之间相互对立，也使得我们很难达成一致意见，连关于母亲节①的一个决议案也难以通过。在许多方面，尽管我们在团结方面已经有了巨大的进步，但如今我们也比以往任何时候都要更加四分五裂了。而问题的核心，就是文明礼貌的衰落。

为什么会出现这种情形呢？随着政府规模日益庞大，工作效率却日益下降，人们便开始觉得，他们好像没有任何权力似的，从而产生失望之感。华盛顿一直都在用纳税人的钱吃饭，并且依附于某些特殊的利益集团，而政府也经常对纳税人的诉求无动于衷。风险越来越高，因为没有人能够达到公众的期望。而彼此蔑视，则进一步削弱了我们解决任何问题的能力。接下来，便开始了一场相互指责的游戏，从而让我们丧失了更多的文明礼仪。对于许多人来说，这个国家已经完全沦丧了。

虽说双方之间的言语令人失望、尖锐刻薄，但共和党人和民主党人之间的斗争，多少还是处于民众的意料之中。但更具削弱力的，却是党内的争斗，尤其是共和党。我一向都很喜欢共和党的那种"大帐篷"政策②，也认为这种政策对我们这个党派具有重大的作用：虽然在帐篷里面，我们可以激烈地争论，但同时我们也很明白，待在帐篷里面很安全。我从小受到的教育就是，在帐篷里面，我们不会向自己人开枪。可如今，却并不是每一个人都（与五位总统这样的朋友那样……）认同这种观点了。共和党人与共和党人争斗得越久，我们给共和党的声誉所带来的损害就越大。如果我们相信这种保守的统治方法非常优秀的话，那我们就应当按照这种方法的准则来行事。我很理解，保守主义者经常不按常规行事（而左翼分子却步调一致），可我们却总是慢了半拍。如今，是时候回到正确的步调上来了。

① 母亲节（Mother's Day），每年5月的第二个星期天，是感谢母亲的一个节日，起源于古希腊。在美国俚语中，它也可指"福利救济金发放日"。

② 大帐篷政策（Big Tent approach），指包容各种不同政见和社会观点的宽容政策。

　　至于该由谁来承担文明礼仪沦丧的责任，完全可以写上一整本书了（总统、国会、有线新闻和脱口秀节目、工会、学术界、好莱坞……还要我举出更多来吗？）。因此，我们完全可以等到很久以后，再来讨论这个问题。或许，目前我们唯一能够达成一致意见的一件事情，就是需要在公共论争中恢复文明礼貌。没有了基本的文明礼貌，我们必将毁灭。要是我们彼此之间连话都不说了，哪里还会有达成一致意见的希望。

　　在我继续写下去之前，我很清楚，有些人可能会说，我也是这个问题的一部分，就算不是我具体的个人，也是有线新闻和脱口秀节目。我觉得，这既是一种公正的批评，也是我经常思考的一个问题。我承认，社会上有少数非常过分的传播者（意识形态领域里的两端都有），而且，尽管我不喜欢，但许多节目大获成功也是有理由的：它们都不乏味，因而能够吸引人们再去收看。朴实与有线电视并非一定有关联，因为没有人喜欢看令人生厌的节目。有线新闻节目彻底地颠覆了整个行业，给千百万对新闻和政治感兴趣的观众提供了一条消遣之道，而他们在别的地方是得不到这种消遣的。它给观众带来的选择并不是完全统一的，而是多得惊人。这是一个竞争激烈的行业。

　　尽管我很喜欢被人誉为"理性的发言人"，但对我持批评态度的一些人却不喜欢这个称呼。在文明礼貌方面，人们对我有许多争议，但这种争议源自我自身的权利，而不是源于自由主义者。信不信由你，保守主义者对彼此的要求，比对其对手的要求更加苛刻。这一点其实没有什么关系，因为它让我们变得更加聪明，也更加擅长于干我们的工作了。有些人之所以与我发生争执，是因为他们觉得我太过文雅、太过克制，并且太缺乏特色。他们想要看到我表现得更加辛辣、更加勇敢，说出更多的愤慨和抨击之语来。也就是说，他们希望我变得犀利有力起来。他们指出，保持文雅和蔼、寻求两党合作的做法，已经让我们一事无成，因此，我们应当实事求是。这些观点都很公平，而我也并没有把彬彬有礼跟胆小怕事或者被动消极混为一谈。

　　我想要指出的是，作为一个共和党人，我看出我们所面临的最大威胁还是一厢情愿，第二大威胁则是其他的共和党人，而第三大威胁才是民主党人。事实上，我更喜欢进行一场经过精心组织的、充满激情的辩论。通过讲道理说服对方，而非通过肆意辱骂所取得的胜利，这会让我更感满足。在我看来，肆意谩骂正是人们（从左翼到右翼团体）的政治言论中文明礼貌正在日益沦丧这一问题的核心。

讲文明礼貌，并不是指在争论面前畏畏缩缩。同样，它也并不一定是指"您必须同意我的观点"。相反，文明有礼是指，我们可以进行激烈的争论，然后要么是找到某种妥协办法，要么是打成平手，要么就是转到别的问题上去。长期以来，两党一直觉得，它们都是在人们的指责中才与对方达成一致意见的，无论是在伊拉克战争，还是奥巴马的医改措施问题上，都是如此。要是你不同意的话，你就会被别人妖魔化。那样做是不公平的，也失去了观点多元化所带来的益处。正如我的一位前同事、如今在"道德和公共政策中心"任职的皮特·韦娜在2010年所写的一篇论述文明礼貌的文章中所说的那样："礼貌与激烈的辩论或者对抗并不冲突。冲突激烈的争论，往往都是在阐明观点。"我们应当渴望更多地去利用这种辩论方法，而不是希望少用这种方法才是。

我认为，尊重别人观点的最佳办法，就是牢记对手的意图。你们双方的最终目标，通常都是一样的（比如提高教育水平、让社会更加安全、提供更多的就业岗位），有问题的不过是实现这一目标的方法不同罢了。因此，只要你们不从一开始就认为对方是魔鬼，而是明白他们与你们都渴望着实现同一个目标，那么，你们就是已经踏上了通往一场更有礼貌、更有成果的对话之路。

我们都有责任，去了解某个持有不同见解的人的思维方式，这样做，不仅仅是一种礼貌，还能帮助我们赢得一场辩论。应当用他们自己的话，去帮助他们按照你们的方式来思考问题，我可一直都是这样对付贝克尔的呢！不管你们信不信，在一些问题上，他的确会转而接受我的观点。

我国许多已经当选的领导人、有希望当选的候选者以及政治权威所使用的尖锐言辞，都是有失自己身份的。是什么时候，公务变成了《绝望主妇》节目里一段糟糕的情节呢？

美国人都明白，国会注定就是一个展开争论和辩论的地方。但是，让他们心烦的是，那些当选的领导人似乎根本就没法好好相处。在华盛顿，充满恶意的言论已属司空见惯，而这一点，正是让我们最觉得失望的地方。在个人生活和业务中，普通的美国人往往都不得不与一些意见不同的人打交道。他们还是可以把分歧抛开，变得积极而具有建设性，然后取得良好的成果。因此，他们便会问，为什么国会里的议员们却做不到这一点呢？

华盛顿特区的某些方面，已经发生了变化。人们以往极其尊重的那些政治领袖，如今都只能在一个充斥着媒体的世界中拼命引起公众的注意，从而通过彼此之间那些不礼貌和粗暴的言语，不断地破坏着他们自己以及祖国的威信。这种做法，让整个社会风气都堕落了。人身攻击越带有恶意，共事就会变得越困难。我听说，过去的国会议员常常在大街上用手枪来解决政治争端。在现代世界，我们不再用枪支来解决争端，而是用一种不同的武器，即我们的嘴巴，来解决争端了。

在布什政府的第二届任期里，抨击布什总统的那些言论的性质，让我们这些身处白宫之中的人都深感震惊，尤其是当这些言论出自国会里民主党的领导层之口的时候。他们对总统的抨击之语，都是过去从来没有人说过、有礼貌的人也很少去说的，比如"骗子"和"笨蛋"这样的词语。如果说以前的政治羞辱常常还是一种稍加掩饰的抨击，那么如今这些新的抨击，就完全变成粗鲁而又有失尊严的言辞了。

以前，某些政客在批评对手的时候，我们可能还会钦佩他们所表现出来的技巧和幽默感，而如今，这些抨击的话语，却已经堕落到了校园里那种肆意谩骂的水平了。有一个很好的例子，那便是在1988年的民主党全国代表大会上，安·理查兹州长试图将时任副总统的乔治·H. W. 布什归入精英主义者的行列："可怜的乔治，他生来就是锦衣玉食。"她表达出了自己的观点，同时也让人们开怀大笑。连那位副总统自己也都大笑起来了。我很怀念进行诙谐政治抨击的那个时代。到了我担任白宫新闻发言人的时候，政治言论已经变得很粗俗了。我经常犹豫不决，不想回应那些卑劣的评论，因此总是在说："那种评论不值得我来回应。"不过，在某些情况下，倘若对手无所不用其极地进行攻讦，而我们却一味闪避的话，那么，最终我们的上司就会变得鼻青脸肿、伤痕累累。

虽说这可能只是我个人的观点，但是，从一位保守主义者口中说出来的、毫无策略的评论，似乎必定会比一位自由主义者说出的东西招来更多的愤慨。保守主义者会用大量的时间，尽力保护自己不会被其他保守主义者的言行伤害到，或者尽力对其他保守主义者的言行敬而远之。自由主义者却似乎觉得，他们根本不会被其他自由主义者的评论所支配。我可以说是很钦佩这一点的：他们只管往前走，仿佛别人什么都没有说过似的，并且将他们遭到的抨击还击到共和党人的身上。这样做，既非常巧妙，又令人恼怒。

我不妨举一个我最喜欢提到的例子，来说明最糟糕的抨击者是什么样子。这个例子，就是参议院的少数党领袖哈里·瑞德。他发表的一些言论简直令人惊骇，那些言论，主要是针对政治对手的，但也不限于此。他经常说别人是骗子、笨蛋、无政府主义者和激进分子。他会捏造一些事实，比如说米特·罗姆尼没有纳税，还会因为别人的政治观点或者因为别人有钱而奚落他们（比如科赫兄弟①），说他们是"反美"分子。他不但称共和党人是自己的敌人和懦夫，质疑共和党人的诚信，还把参议员约翰·麦凯恩说成是一个"老奸巨猾的假货推销员"。他甚至还对布什总统说过，后者养的小狗巴尼很肥！

他的这些话，都是当众所说，都是在新闻媒体面前，常常还是在扩音器里说出来的。然而，他对共和党人的攻击，却没有任何下限。他曾称一名记者是"卑鄙小人"（后来我差点儿也被他"赐予"了这样一个称呼），并且说到华盛顿特区来观光的人都是"讨厌的家伙"。他的这种话，还有很多

---

①科赫兄弟（the Koch brothers），美国石油产业大亨，他们旗下的企业集团以石油产业为主，还涉及医药、化工、机械，等等。这两兄弟分别是大卫·科赫（David Koch，1940—）和查尔斯·科赫（Charles Koch，1935—），他们的身家加起来逾350亿美元，仅次于巴菲特和盖茨，被称为"隐形富豪"。

很多。可就是这样一个人，竟然当上了美国参议院的少数党领袖。这种人，应该是不受民众欢迎的。美国理应有更优秀的领导人，而我们的政策辩论也实在是太过重要，不应允许他将每一个人都妖魔化才是。我很惊讶（好吧，其实也不是），他所属的那个党派里竟然没有一个人举起手来，说上一句："住嘴！"虽然民众极其瞧不起国会的原因还有许多，但我敢打赌，有哈里·瑞德这样的人，就是其中的一个主要原因。他的言论，都是不可原谅并且应该受到谴责的。

在瑞德（以及支持他的其他人）对布什总统进行人身诽谤的过程中，我对自己为之效力的是一位没有以同样方法来进行回击的领导人感到很自豪。他经常都是默默承受，并且教导我们也那样做。他以身作则，连私下里也是这样。不过，曾经也有过一段时间，由于始终都忍住没有还击，所以由此而产生的愤懑之情，实际上已经挂在我的脸上了。

有一天，彼得开车到白宫接上我后，我在吉普车的后视镜里瞥了一眼自己的模样，觉得很不喜欢：我的整张脸都绷得紧紧的，棱角分明，所有的温柔之处都不见了。那是一种由内心深处散发出来的难看。当时我认为大家正在丢总统的脸，可我却觉得束手无策，无力去帮助他。我替他把所有的打击都扛了起来。

但是，尽管还有许多其他的领导方法，但布什父子不去猛烈地抨击那些批评者的做法，却是很正确的，他们这样做的时候，可能才令人不解。每种行动都有可能导致反应过度，从而让公众更加关注某个人，因为暴跳如雷可能会使问题复杂化。在新闻发布会的讲台上，我不可能孤注一掷地去进行反击，因为我的本性并非如此，并且我本来也不会去照镜子的。但我不知道，要是自己以前偶尔也凶狠一点儿的话，形势会不会有所不同。

自从我离开白宫后，政界人士所用的言辞变得每况愈下了。于是，我便开始思考一些更重要的问题：我们是不是已经丧失了在公共场合彼此以礼相待的能力了呢？礼貌和尊严、宽厚与友好等方面究竟是怎么了？这些美德还重要吗？我们能不能做点儿什么，让文明礼貌重新回归社会呢？

在新闻领域工作并代表他人发了这么多年的言之后，我觉得自己不会再被任何人的评价所左右了。在我看来，对自己所说的话负起责任，这一点就已足够。由于从事的是一种属于公共领域的职业，因此每天晚上，我的所有言论都会传播到千家万户，被人录下来、发到"推特"上，并且永久性地留在网络上，因此我在发表评论、表达观点的时候都会做到谨小慎微。虽然我会尽量敏锐地捕捉到人们对我所说的话语所做的反应，但还不至于胆怯到担心自己的话语太过文明，因而收不到应有效果的程度吧。

我是这样来看的：我从未想过要为自己说过的话而道歉，但我同时也希望自己做到彬彬有礼，这样，在必要的时候就有道歉的心理准备了。

对于那些问题，我的答案都是逐渐形成的，并且经过了反复的检验。在我的一生中（包括个人生活和职业生涯），我已经认识到，保持文明有礼是一种主动的、我每天都有好几次需要去做出的抉择。我之所以相信还有希望，相信文明礼貌并没有丧失殆尽，原因就在于此。这是一个选择的问题。

实践中的文明礼貌

变得更加文明有礼，这一点可不仅限于总统（但从总统开始，可是个不错的办法）。正如查尔斯·克劳萨默①在其所著的《重要事件》一书中所说的那样，礼貌是文明的关键。没有了文明礼貌，我们就没有了希望。礼貌会让其他的一切都发挥出应有的作用来。

令人欣慰的是，我们还是可以马上行动起来，恢复文明礼貌的社会风气。不过，这一点须从我们个人决定改掉自己的一些坏习惯，变得与人更加相投、与别人进行更好的沟通、预先考虑到他人的关注开始才行。下面这些办法，全都可以帮助我们完善人生中的方方面面，比如人际关系、友谊、家

---

① 查尔斯·克劳萨默（Charles Krauthammer, 1950—），美国著名的保守派专栏作家、时事评论员和普利策奖获得者。

庭、上司，以及应对那个不可理喻的古怪叔叔（大家都有，而我们的，叫作鲍勃叔叔）。

不与陌生人谈论危险话题

在有礼貌的人面前，我们不应该谈论宗教或者政治方面的话题，这是有原因的。我并不是说，绝对不能谈到这些话题（实际上，这是会对我们产生影响的两个最重要的问题），而只是说，在与别人开始交谈的时候，不应当用它们来做开场白。

身为共和党人，我对住在纽约还是有点儿担心的。我并不指望大家都认同我的观点，并且我也不会挑起争斗。我并不知道周围的人都信奉些什么样的政治意识形态，因为我并不在意这一点。我不是一个保守的福音传道者，不打算努力说服他人相信共和党的政策原则有这样或那样的优点。我那样做，只是为了谋生，因此在社交时就没有必要再这么干了。

我虽然喜欢广交朋友，但最不愿意听到别人对我像模像样地说布什政府如何如何，这个或那个共和党人如何如何令人讨厌。我相信，任何一位自由主义者去参加聚会，并且跟一些不喜欢民主党的人搭讪时，都会这样说的。我明白，凡事都有两面（但我完全敢说，在曼哈顿，这种情况并不多见）。

那就是我不与陌生人谈及危险话题的原因。我在遇到陌生人时，很少主动说自己是干什么的。要是有人问起，那我就绝不会撒谎，而是会努力改变话题。要是人们认出我来了的话，那么绝大多数人都会表现得很有礼貌，哪怕他们并不是《五人谈》节目的粉丝，或者曾经说过如果布什再次赢得大选，他们就会移民加拿大的威胁之语。不过有些人却觉得，在我面前抨击我的前上司和福克斯新闻频道完全没有什么，但这一点让我觉得非常惊讶。我已经学会了在这种情况下一笑置之，点点头，或者给出自己那种标志性的回应，即"你知我知的表情"（金柏莉·吉尔福伊尔很喜欢我的这种表情）。

我真的非常讨厌有人因为粗鲁无礼而让我整个晚上都过得不舒服。有一次，我曾到一家餐馆里去参加一个家庭式的晚餐聚会，当时大家都你挨着我、我挨着你地坐在一起。我们彼此都不认识，因此我希望能够结交一些新的朋友。

我们对面，坐着一家三口：一位父亲、一位母亲和一个上大学的儿子。当那位女士的儿子问我，看我在纽约是干什么工作的时候，我就看出，他显然是没有听到主人对我们的介绍。

沙拉端上来之后，她的儿子说，自己刚刚听了史蒂芬·科拜尔①的一场演讲，后者说比尔·奥莱利②在《奥莱利实情》节目中完全就是在演戏，而不是在表现真正的自己。接着，他妈妈便急不可耐地插了进来，说："奥莱利是个小丑。彻头彻尾的小丑！他就是一个傻瓜！"

"哦，我可不那么认为呢。"我说。

她嗤之以鼻，仍然说她觉得奥莱利非常愚蠢。

"好吧，您可以不喜欢他，但他并不愚蠢。他主持的有线新闻节目，十八年多来收视率一直都是排名第一。"

她翻了翻白眼儿，说："哦，我觉得就该那样骂骂他才行。"

于是，我们之间便是一阵难堪的沉默。

"那么，"后来她笑着问道，"您在纽约又是干什么工作的呢？"

"我在福克斯新闻频道工作。"我勉强挤出一丝笑容，回答道。

她有点儿尴尬，但我可不想帮她摆脱这种尴尬。

---

① 史蒂芬·科拜尔（Stephen Colbert，1964—），美国喜剧演员兼当红政治讽刺节目的主持人，其主持风格机智幽默、辛辣无情，曾荣获四次艾美奖。

② 比尔·奥莱利（Bill O'Reilly，1949—），美国著名的电视节目主持人、作家、历史学家、专栏作者、编剧兼政治评论家。下文中的《奥莱利实情》（The O'Reilly Factor）是他在福克斯新闻频道主持的一档政治评论节目，在节目中，他有时会表达强烈的感情，谈话会表现出强烈的进攻性，甚至会对嘉宾说"闭嘴""请你离开"这类话来表达不满，这也是奥莱利的主持方式和风格饱受争议的一个原因。

"噢……"她说。

"是的。"我说。那时，我只想起身离开，我已经没有胃口吃饭了。一个晚会竟然以这种糟糕的方式开始，令我非常失望。因为从很多方面来看，既然她来自华盛顿特区，并且还与我同期在司法部工作过，那么我们本来应该是有很多可谈的共同话题的。

那个晚上，正好证明了我的观点：我们要说些什么样的话语，完全是自己的选择。如果不想毁掉一场晚会，那么一开始的时候，你们就要找对方法，谈一些与政治无关的话题。或者，也可以出其不意地恭维别人一番，让他们对你产生好感，因为最好的防御方法，就是发起一种有魅力的进攻。

哦，还要搞清楚一点：比尔·奥莱利实际上是一个非常非常聪明的人。

如何回答

批评是人生的一部分。除非一生中不去做任何有意思的事情，否则的话，你们就永远不可能听不到批评。如今，社交媒体已经让批评达到了一个不同的水平，使得批评既可以是即时的、恶毒的，还可以是很不公平的了。

如今，网上只要提到一个人的名字，智能手机就会发出提醒。我见过许多人，他们都沉溺于这种提醒，或者是被这种提醒弄得筋疲力尽。这种提醒，完全让他们失去了理智。从总体上来看，这种提醒也具有消极的作用，因为网上少有表扬之语。学会控制自己对批评意见的反应，对生活的各个方面来说都确实重要（如果你们是某个单位的管理人员，或者是负责竞选办公室工作的话，则尤其如此）。

你们要做的第一件事情，就是不管网上什么地方提到了你们的名字，都关掉手机的全部提醒功能（赶紧，现在就关掉，因为你们都知道自己是谁）。要是担心自己会错过什么重要的信息，或者觉得自己需要纠正那些信息的话，可以指定办公室里的某个人，或者指定一个自己信得过的朋友，来为你们查阅互联网上的东西。这样做，没准儿会让你们多活几年呢。

我担任白宫新闻发言人一职之后，妈妈曾经在网上浏览我的消息，她对看到的内容感到既震惊，又不安。我对她说，我们需要立一条规矩才行：无论在什么情况下，她都不能用任何搜索引擎去搜索我的名字。并且，她也不能去搜索网上对我的批评意见。

我的建议就是，不要去管那些闲言碎语（效果是令人惊讶的：如果不刻意去听，你们就不会听见别人的批评）。倘若批评意见越积越多，以至于达到了你们自己或者你们的代表需要做出回应的程度，那么十有八九，它自然就会引起你们的注意。你们无须主动去搜索那些对自己进行负面评价的信息。相信我吧，负面信息会主动找到你们的。

应对负面信息的另一个办法，便是预先对别人的批评做到心中有数。如果你们打算将某种东西发布到社交媒体上，或者要发表一场可能会引起争议的演讲，那就可以预先猜想一下，批评者可能会说些什么。"不要去反驳。"应当在最初发表评论的时候就巧妙地胜过他们，或者，就算你们的目的是发起一场论争，那也要用一种乐观而内行的方式去参与。应该花点儿时间去想一想，怎样才能在批评者不知不觉的情况下说服他们。这样，你们才会取得更好的效果，才更加具有说服力。此外，要是你们还能做到不厌其烦，了解到他们所持观点的话，他们就会觉得受宠若惊。也就是说，在发表评论之前花点儿时间和精力，是很值得的。

在你们确实需要对批评做出回应的时候，尽量不要防卫过度。如果有人攻诘你，就像操场上那种横行霸道的同学一样，那么他的真实意图就是要激得你们做出反应，从而可以让他再次对你们发起攻击。最好的办法，就是高昂着头，把他们逼疯，并且让他们显得渺小（想一想文弱书生遇到四肢发达、头脑简单者的情况吧，文弱书生总会取胜）。你们可以承认别人的批评，而不去消极回应。事实上，有些批评者偶尔也可能说得很中肯。在别人对你们的表现所进行的评价当中，有没有什么可以学习的东西呢？如果能用一种积极乐观的方式来看待，那么别人的反馈意见也可以帮助我们完善自我啊。不过，如果觉得自己必须对某种批评做出回应，那你们就应当尽量用一种优雅的方式来进行，没准儿甚至可以用一种尖锐的幽默之语来进行回应，从而让批评者需要想上一想，才明白中计失败了。幽默，的确是一张最好的王牌。

此外，倘若从事的工作让你们处于众目睽睽之下（或者说，倘若你们希望有朝一日能够从事此种工作），那么不妨建立一个由支持者所组成、可以用于维护你们权益的人际网络。让别人来支持你们可能是一种有效的办法，这样既可以回击批评，同时又无须让你们自己堕落到与抨击者一样的程度。你们的人际网络中，有些人可能会自发地去维护你们，而无须督促。但有的时候，你们可能也得要求别人来支持你们才行。就算你们现在还不是公众人物，从现在开始考虑由谁来充当这样的支持者，并且在他们需要的时候去支持他们，也不算太早。有的时候，我们都会需要这样的支持者。

这一切，都是我经过惨痛的教训才明白。2007年，刚刚被任命为新闻发言人之后，我就受邀前去参加《等一等，先别告诉我！》节目。这个节目，是全国公共广播电台一档非常精彩的周末新闻问答节目，主持人就是那位非常有趣的彼得·萨加尔。大家都知道我很喜欢这档节目，而能去当嘉宾也让我觉得很兴奋。在节目里，萨加尔问我这么年轻就当上了白宫的新闻发言人，是一种什么样的感觉。我被这种玩笑逗得乐不可支，说我明白他是什么意思，然后说：白宫里的记者绝大多数都比我大得多，他们实际上还报道过古巴导弹危机①事件，可我却假装自己从未听说过这一事件。虽说我当时是在开玩笑，但还是给人留下了"愚蠢的共和党金发女郎"的印象。自那以后，这句话就成了左翼分子最喜欢攻讦我的一个理由，可我说这话其实是在开玩笑，这一点却没人在意了。指出那一点来，并不意味着我在与那些想要讨厌

---

① 古巴导弹危机（the Cuban Missile Crisis），是1962年在美国、苏联与古巴之间爆发的一场极其严重的政治和军事危机，爆发的原因是苏联在古巴部署导弹。这一事件被看作冷战的顶峰和转折点。事件持续了13天，最后以双方妥协而告终。又称"加勒比海导弹危机事件"。

我的狂热者之间的斗争中已经打赢了。我只能对各种冷嘲热讽都做到毫不在意，不让那些恶毒的攻击将我击垮。

这一切，全都让我得出了这样的一个结论：对自己在人世间所起的作用，应当尽量保持着信心。无论别人说你什么，无论你面对的是什么样的批评，与那一天世界上所发生的千桩万件其他的事情来说，它们很可能都坏不到哪儿去。这样想，让我保持了一种自信之心：要记住，我们当中的绝大多数人，其实都不是什么大人物。

真心称赞他人

我最没法忍受的，就是跟那些假惺惺地恭维别人的人打交道。如果没有什么好话可说，那就不要说。一句言不由衷的恭维话，可比什么都不说更令人心烦。

我这样说，是什么意思呢？好吧，我经常听到这样的一些恭维：

"我不喜欢布什政府里的一切，却很喜欢您呢。"

"我跟您在每个问题上的观点都不一样，可您养的小狗可真棒。"

"我真受不了福克斯新闻频道，但从来都没有漏过收看哪一期《五人谈》呢。"

我一直都搞不清，为什么人们会认为我听了这样的话后不应该觉得受到了冒犯，或者他们的恭维为什么会产生不了应有的效果？人们用卑劣的评价，抵消了恭维的力量。我宁愿人家只是有礼貌地打声招呼，也不愿听到他们一边诋毁我的意识形态、以前的老板和同事，一边又虚情假意地对我进行恭维。还不等他们说出下半句，我早就"充耳不闻"了。

想象一下，要是他们不说那些负面之语，而是这样说的情景吧：

"我很喜欢收听您在福克斯主持的节目。"

"我觉得您养的小狗可真棒。"

　　"您以前是个很不错的新闻发言人。"

　　看到了吧，这样做并不难，对不对？恭维一下别人，并不意味着接下来你们就会跟一个支持共和党或民主党的人扯上什么关系。试一试吧，要是你们担心自己会因为恭维了某个人而牵扯上保守主义或者自由主义，或者会因为称赞了另一党派里的某人而受到己方抨击的话，那么，问题就在于你们自己，或者在于你们称之为朋友的那些人身上了。不妨把这看成是礼貌方面的报应。这种赞扬，下一次就会给你们带来好处的。

　　布什总统曾经和我在一场毕业典礼的演讲上，一起应对了别人对我的轻慢。2008年，我受邀去母校科罗拉多州立大学普韦布洛分校，给毕业生做一场演讲。我受宠若惊，而总统则不断地问我，我打算说些什么。他甚至还给我提出了一些建议："尽量简短。"

　　我到达该校后，校长乔·加西亚在校门口迎接我。他拥有哈佛大学的法律学位，克林顿政府曾经请他去"住房和城市发展部"担任一个地区性的职务，当时他正在高等教育行业里工作。因此，他相当熟悉政治界，人际交往本领应该比他在我面前的表现更加老练才是。

　　一开始，他就想用共和党的话题来挤对我。我不知道他是觉得那样做显得聪明呢，还是本来就爱开玩笑，但那种做法明显非常无礼。我并不了解该校任何人的政治立场，可在午餐的时候，他又开始说这个人是什么、那个人又是什么，好像我很在意似的。当时在座的客人都彬彬有礼，对他的举止都觉得有点儿尴尬，可他呢，既没有礼貌，也不觉得尴尬。

　　第二天上午就是毕业仪式，于是我们都穿上礼服，准备参加典礼。加西亚和我在会场外的太阳底下轻松地聊了一会儿天，因此直到他在会场里站起来介绍我之前，那个上午我都过得非常愉快。我有点儿紧张，因为我已经有一段时间没有演讲过了（除了白宫的新闻发布会），而我也真的希望，底下的学生们会喜欢我要演讲的内容。可接下来，加西亚完全就是扇了我一个耳光。

　　在讲台上，在数千名聚集一堂来参加典礼的学生面前，加西亚简单地介绍了一下我迄今所从事的职业，然后说："现在，不管她的政治面貌如何，我还是很高兴地向大家介绍达娜·佩里诺。"

我脸上虽然微笑着，可心里却在想："我没有听错吧？"怒火一下子从我的心头涌起。我跑了那么远的路，在白宫里的团队需要我帮助的时候挤出时间来到这里，完全没有想到会在听众面前受到此种侮辱。我决定对他进行反击，尽自己的全力，热情洋溢地进行演讲。不过，那时我应当把布什总统的忠告放在心上才是。所以，我的演讲太冗长了，结果只能匆匆收场。我都看得出，底下那些毕业生都只想拿到自己的文凭，只想接下来去进行他们的庆祝活动。

过后，我便回到了自己家人和朋友所坐的地方，一路上都有人拦住我，就加西亚的行为向我道歉。我假装他的话并没有影响到我，说："这么说来，不是只有我一个人注意到了喽？"事实显然不是这样。那所大学开始收到许许多多的投诉信，而当地的报纸《普韦布洛酋长报》也是如此。该报刊登了一些读者来信，因此当地民众显然都对加西亚那样做大感愤慨。

我回到华盛顿后，布什总统询问我演讲的情况，我便把这事跟他说了。总统说，加西亚肯定会打电话来向我道歉的。

他说得对，加西亚给我打了电话。我的助手问我想不想接，我拒绝了。

在接下来的三天里，总统和我都在拿这事儿开玩笑：

"他给您打电话了吗？"

"打了，先生。"

"您接他的电话了吗？"

"没有，先生。"

"很好。"

到了第三天，加西亚又打了三个电话，而总统也再次问我：

"他给您打电话了吗？"

"打了，先生。"

"这一次您接电话了吗？"

"接了，先生。"

"很好。"

受到冒犯之后，在处理的时候要保持礼貌。我无须给加西亚打电话，向他大喊大叫，因为已经有其他的人替我那样做了。但是，我也没有必要那么早就放他一马，得让他不舒服一阵子之后再那样做。

在我终于接听电话的时候，加西亚非常真诚地向我道了歉。我对他说，不要再为这事儿烦恼，然后就很快改变了话题。我说了一大堆的感谢话，感谢他让我有机会回到普韦布洛去参加学生的毕业典礼。

加西亚后来担任了科罗拉多州的副州长。我希望，如今他变得老练圆滑一点儿了。

巧妙争论，不做傻瓜

做一个乐观积极的人，关键之一就是学会如何聪明地据理力争，而不做一个傻瓜。你们可以坚定自信，而不咄咄逼人。你们只需用一种令人愉快的语调，既有礼貌，同时又有说服力就行。那样的话，你们的上司就更有可能听从你们的意见，而同事也会指望着你们去帮忙解决问题了。

想想吧，一位新闻发言人在白宫的讲台上经常不得不与记者争论，这样的争论，简直是无休无止。几乎每一次回答，都需要重申事实、提供背景，或者对问题的前提、语气进行质疑。

在担任新闻发言人和主持《五人谈》节目的过程中，我已经明白，在回答问题的时候，我是可以选择自己的回答方式的。我既可以火药味儿十足，也可以富有成效地去回答，但无论是哪种方式，我都必须做出选择。我通常选择的，都是那种富有成效的方式。为了做到这一点，我想出了一些可以称之为"有用工具"的话语，比如"我理解您为什么会用那种方式提出这个问题，但从另一个角度来看的话……"或者"您说得很有道理，但请允许我从另一个角度来看一看这个问题……"这样说，既让我显得通情达理，同时也让人们更加愿意倾听我的话语。

这种话语，在办公室里的作用也很不错。无论一次会议有多么令人失望，最好也不要翻白眼儿，不要耷拉着脸，不要皱眉头。不要把手中的笔放下，双手抱在胸前，眼睛只看着地下。相反，应当练习自己最一本正经的表情，在需要掩饰情绪的时候摆出来。然后，应当提出一个建设性的论点，并且先对别人所说的话进行总结，然后再开始回应。我会在记者们面前这样做，以免因为误解而与他们争执起来。从我的经验来看，一旦话音升高，效果就没了。为了争论而进行争论，是不会让你们有多少胜算的。

要想在一场激烈的争论当中取胜，你们就必须保持冷静。

不要讽刺，保住工作

讽刺挖苦，就像是廉价的葡萄酒，会给人留下一种糟糕透顶的余味。十几岁的时候，我们就明白，一句冷嘲热讽的话，可以让我们引起大家的注意。我们可以让朋友们开怀大笑，而让父母怒气冲冲，只要是什么会惹恼他们，我们就会说什么。

可在工作场合，讽刺挖苦则会给你们带来自己并不想要的那种关注。明显有趣的话语与显然粗鲁的话语之间，是有区别的。由于它们之间的界线并非始终都是可以衡量的，所以通常最好是紧闭嘴巴不说。

就在我离开白宫之后，我再一次获得了这样一种教训。我曾经受邀去在一群潜在的客户面前，代表自己的演讲办公室做一次演讲。这一次，我针对奥巴马总统说了一句虽然幽默却很伤人的话。听众中没有人笑。我这种人说出那样的话来，实在是太早了。我马上对自己犯了这一错误感到后悔。这不仅是因为我对自己说了这样的话感到很难受，还是因为我明白，自己刚刚丢掉了一个有可能揽到的生意机会。自那以后，我在演讲时就只说自嘲式的幽默话，那样一来，唯一可能冒犯到的人，就只有我自己了。

担任白宫新闻发言人的时候，我忍住了，许许多多的讽刺话语都没有说出来。想一想，在每天都处于无力回击的情况下，要忍住不把别人骂得狗血淋头，是多么不容易啊。不过，我总是这样问自己："如果布什总统此刻正注视着我，他会对我所说的话感到骄傲吗？"这样做，让我避免了因为说出一些对我的朋友们来说可能有趣，但对别人却很无礼的话语而惹上麻烦。我把这当成一种定期而自愿地监控讽刺挖苦之语的工具，并且明白：对新闻媒体不友好，既无魅力，也无说服力。我觉得，倘若在新闻发布会的讲台上遭人鄙视，这既属于表现糟糕，也会伤害到新闻发言人本身，或者危及其上司。

这并不是说我从来都不会变得沮丧恼火，而只是说我尽量将这种情绪掩饰起来罢了。

但是，我必须承认，我也做过一件不好的事情，来让我熬过几场新闻发布会。

这件事情，我告诉的第一个人，就是2008年12月来白宫观光的肖恩·汉尼提①。当我们站在新闻发布室的讲台上，与他的孩子们一起合影的时候，他问我为什么我从来都没有过沉不住气的时候。

"难道您就没有想直接走过去，给其中的某个人来上一拳的时候吗？"他问道。

我说自己从来都没有想过要与人发生肢体冲突，但我的确有一件秘密武器，帮助我熬过了几次比较艰难的交流。

我指给他看，在讲台上我放发言稿的地方下面，有一个小小的架子。在极为罕见的情况下，新闻发布会的气氛会变得越来越紧张，与会者的情绪会变得越来越暴躁。当某位记者在镜头面前大出风头的时候，我就会把手放在自己的水杯旁边任何人都看不到的地方，脸上保持着愉快的神情，对着他们

——————————

① 肖恩·汉尼提（Sean Hannity，1961—），美国福克斯新闻频道的电视节目主持人、作家和保守派政治评论家。

竖起中指①（抱歉了，总统先生！可这种办法，的确让我熬过了一些处境艰难的新闻发布会）。

肖恩非常欣赏我的做法，我觉得，是因为这让我在他看来更有人情味儿了。我要他替我保守秘密，直到我自己做好了准备、将这一秘密公开为止。那些年里，我一直都在参与他主持的节目，可尽管这是他在华盛顿最喜欢的故事之一，他却从来都没有提起过。

我要向联合记者团里那些受到冒犯的人道歉，我本来是可以暗中告诉他们，要他们去体会言外之意的，但是，我并不是针对哪个人。再说，你们自己来穿上我这双5.5号②的鞋子看看吧，会挤得满满当当的呢③。你们又会怎么做呢？据我所知，没准儿你们也在向我竖中指呢。

民主党人也是人

在这里，不妨让我来证明一下，你们可以是共和党人，同时又赞扬一位民主党人，甚至与民主党人成为朋友，而不被他们同化。我在礼貌方面最喜欢的一些经验，都是关于民主、共和两党的合作与理解的。

在华盛顿，人们最希望收到的一种邀请，就是去参加"烤架俱乐部"晚宴。"烤架俱乐部"成立于1885年，是美国历史最悠久和最负盛名的新闻媒体俱乐部之一。人们必须获得邀请，才能加入这个俱乐部。因此记者们都非常清楚，能够参加这个俱乐部举办的晚宴，实在是一种成功的标志。而对于

---

① 竖起中指（flip the bird），这是一种常见的侮辱别人的方式，也是一种很不礼貌的粗俗手势，据说起源于英法"百年战争"末期。当时，英国弓箭手让法军损失惨重，故后者发誓在击败英军后要将英军弓箭手拉弓的中指斩断。可结果却是法军惨败，于是在法军撤退时，英军弓箭手纷纷伸出右手中指进行炫耀。

② 5.5号（size 5.5），美制女鞋尺码，相当于中国的36码。

③ 作者在这里是双关的意思，实际上是指"你们不妨设身处地地替我想一想，当时我的处境很是艰难呢"。

政治家、外交家、新闻发言人以及政策专家们来说，要获得邀请也是很不容易的。

2005年的"烤架俱乐部"晚宴在华盛顿特区的希尔顿酒店举办之时，我刚刚担任白宫副新闻发言人一个月左右。《今日美国》节目组邀请我跟他们一起去参加晚宴。"现在，我真的成功了。"我心想。

那是一次隆重的盛会，的确非常奇妙，对我这个在布什总统任期内一直都有两套正式礼服的人来说，尤其如此（我有一件短礼服，一件长礼服，两件都是黑色的。我轮流穿着它们去出席每一次活动。参加这场晚宴的时候，我穿的是那件长礼服）。

每一年举办晚宴的时候，宴会厅里都会摆满狭长的餐桌，沿着大厅排成一列。其一端有一个舞台，供新闻单位表演小品，另一端则是贵宾席。整场晚宴都不会录像播出，从而让出席者可以畅所欲言，不必担心自己的言行第二天上午会见诸报端（这是一种很了不起的理念，可在华盛顿，如今的信任却不再是以前那么回事了）。

我找到了自己的座位。我坐下来的时候，对面那张椅子上还没有人。于是，我便跟其他人聊了一会儿天，直到对面那位受邀客人也来了才停下。让我既高兴又惊讶的是，这位客人竟然是来自伊利诺伊州资历较浅的参议员贝拉克·奥巴马。

自从他在2004年的民主党全国代表大会上发表了那次演讲之后，我也成了他众多崇拜者当中的一员。跟他坐在一起，我觉得非常高兴。当时，尽管他到华盛顿才一个月，却已经成为特区的热门话题了。

当时我的阅历还不够深，并没有被他即将成为美国总统这一点所吓倒，因此我一直都在和奥巴马参议员聊天。我们不时开怀大笑，畅聊了四个小时。中场休息的时候，他曾领着我去见了他的夫人米歇尔，他的夫人对我极其亲切。

我们过得非常愉快，那天晚上，我便滔滔不绝地跟丈夫说起了这位新结交的朋友。

"我觉得，他可能成为美国二十年来真正优秀的一位总统。"我说。

这样，三年之后，就在我担任白宫新闻发言人的时候，奥巴马参议员便成了民主党提名的总统候选人。当时，他的支持率遥遥领先，赢得了大选。于是，我们便再次相逢了。

2008年9月，共和党的总统候选人约翰·麦凯恩参议员在金融危机期间暂停了竞选活动，前往华盛顿来协助谈判，以促成通过银行救助法案。当时，布什总统不得不邀请两位总统候选人和国会领袖来到白宫。这是一场高级政治表演，每个人都有自己出演的角色（只是有些人演得比其他人更好罢了）。

在会谈开始前，布什总统和手下在总统办公室开会，听取简报。我是最后一个排队进入内阁会议室参会的人。我进门的时候，看到奥巴马参议员正在跟大家握手。整个会议室里，都洋溢着他的活力。麦凯恩参议员则更像是一位旁观者，而不是一位参会者。但我认为，他那样做是出于礼貌，并且他也明白这一时刻的重要性：这一刻，并非只是对他的竞选很重要，而是对整个美国都至关重要。

就在奥巴马参议员转过身来面对我时，我伸出手去，准备做自我介绍，可他却张开双臂，说道："达娜·佩里诺！见到您真是太高兴了！"然后简短地拥抱了我一下。我的脸一下子红了。

我说："先生，我以为您可能不记得了，可是——"

他打断了我的话，双手搭在我的肩膀上，说："不记得？那可是我在华盛顿这段时间里过得最愉快的一个晚上呢！"

这么一来，我是真正脸红了，尤其是因为我不太肯定，其他人是不是都知道他说的是什么！

我与其他高级行政人员都走到内阁会议室的一侧，在总统身后坐了下来。奥巴马参议员还认识我，并且像我一样充满感情地记得那次"烤架俱乐部"晚宴的情况，可真让我得意。

总统办公室副主任乔尔·卡普兰探过身来，低声问我道："他说的是什么呀？"

"日后我再告诉您，"我说，"但我完全有可能会投他的票！"（注：后来我并没有投他的票。）

华盛顿最可爱的男士

副总统乔·拜登作为一名公务员，有着非同寻常的一生。而且，他也是华盛顿为数不多的、能够在自己的职业生涯中让朋友越交越多而不是越交越少的人之一。

2010年春，副总统邀请刚刚批准的"广播理事会"委员前往他的办公室，去宣誓履职。"广播理事会"是由两党联合组成的一个委员会，而我则是奥巴马总统任命的共和党委员之一。

再次回到白宫，我非常紧张，担心自己会因为在布什总统手下工作过而不受现任政府工作人员的欢迎（因此，我的确有点儿多疑，可是，这种性格也并非一无是处）。我在民主党内的那些朋友都坚持要我跟他们一起前往，于是我便带上了彼得，把他当成我的精神支柱。

副总统走了进来。他转过身来，说："达娜·佩里诺在哪儿呢？噢，她在这里！"他朝我走过来，张开胳膊，给了我一个热情的拥抱。

他紧紧地拥抱着我，说道："我每天都收看您的电视节目。您真了不起！您能过来坐在我们这一边吗？您说什么，我都会听的！"

我仍然被他拥抱着，便回答道："好吧，先生，您说的所有话我也会听的……这样，日后我就可以（在节目里）嘲笑您了。"

他一只手拉着我，一只胳膊挽着彼得，跟我们闲聊了几分钟。就是在那一天，我明白为什么白宫里的每一个人都那么喜欢乔·拜登了：因为他是我们能够遇到的一位最有风度、最友好的政治人物啊。

华盛顿最可爱的女士

在白宫工作过的好处之一，便是能够在热衷于政治的听众面前谈论自己的经历。这些年里，我在演讲场合里最经常的搭档，一直都是丹娜·布拉吉勒。我们在一起的时候，丹娜最突出的性格就是"彬彬有礼"了。

丹娜是第一位负责过总统竞选活动的女性，也是第一位负责过总统竞选活动的非裔美国人。1999年，艾尔·戈尔曾经聘请她去负责其竞选活动。每次她开始演讲的时候，我都会大笑起来，因为她的开场白是这样的："首先，在这次演讲中我不会提到任何有党派性质的内容，因此，我只会说'谢谢大家，再见'，然后再补充一句：'我是艾尔·戈尔的前竞选主管，因此今天下午无论形势如何大好，我都是赢不了的。'"

我们所到之处，丹娜都会大受欢迎。在机场里，我不得不像她手下的竞选工作人员一样，替她挡住粉丝，才能登上我们的航班。

丹娜和我是在"卡特里娜"飓风过后结识的。她出生于新奥尔良，是家里九个孩子中的老三，她对这场暴风雨及其带来的后果大为震惊。她决定向布什总统伸出援手而不是落井下石之后，受到了民主党党内一些人士的猛烈批评。可她所做的种种努力，还是为新奥尔良获得重建所需的援助发挥了重要的作用。她不顾党派之争，把结果置于优先地位，而如今衡量起来，那也是一种最好的做法。

我们一起出现在听众面前，这一点会提醒他们，在两种大相径庭的环境下出生并成长起来的两个人，长大后完全可以具有相同的经历和兴趣。因此，就算是在促进经济发展、完善教育制度或者国防建设等方面，我们对于哪种政策最好这一点意见不一致，又能怎么样呢？我们一开始就有一个共同的目标，因此接下来，我们就会去找出实现这一目标的最佳途径。尽管华盛顿有的时候可能会让它看起来就像是一种陌生的理念似的，可其实这并不是一种解决问题的新方法呢。

而且，即便我们在其他事情上都意见相左，但起码我们也知道，我们都有同样的真爱：我们都爱自己养的小狗，即我的贾斯珀和她的奇普。

2013年，丹娜到了纽约，顺便来我家拜访，并跟我一起收看《六十分钟》节目（我可的确知道如何让一个人玩得开心）。贾斯珀在她身上到处乱爬，把她当成了自己的新密友。我一向都很相信这条小狗的判断力。

看完节目后，我便带着贾斯珀送丹娜回她所住的旅馆去。我们必须在通往林肯中心①的第六十三号大街过马路，到百老汇的那一边去。由于当时正值"时装周"，所以纽约市内不但交通非常拥挤，而且还有成吨成吨的高跟鞋，甚至比平常更显奢华与迷人。

就在我们一边聊天一边横过马路的时候，贾斯珀却开始拉便便，而当时我们只剩下十四秒的过街时间了（纽约市里的红绿灯都会倒计时）。我觉得有点儿不好意思，担心由于车流量大，司机们可能会看不到我们。于是，丹娜一边忍住不笑，一边走到街道中央，双手高举，向司机们大声呼喝，确保他们看得见贾斯珀。

她大声叫道："嗨，嗨，注意，那可是'美国之狗'呢，给我们一点儿时间，伙计们！"就在她让路上的汽车分流的过程中，我把小狗的便便铲起来，然后我们便在只剩下一秒钟的时候，跑到了街道对面（争分夺秒的大城市生活啊）。那些出租车司机和公共汽车司机都在一边大笑，一边呜呜地按着喇叭呢。

这就是生活当中非常有趣的瞬间之一。既有友谊，又有小狗，真是完美啊。

---

① 林肯中心（Lincoln Center），全称"林肯表演艺术中心"，是纽约市最大的表演艺术中心，位于曼哈顿。

遛狗时不谈政治

在我们讨论小狗和礼貌问题时还要注意，遛狗的公园应当是一个不谈政治的地方。认真点儿，伙计们，如果你们带着小狗外出的话，就不要再聊政治话题了。

在过去的几年里，遛狗的公园一直都是我的避难所。在那里，我不用化妆，可以与他人一起谈论自己的小狗有多机灵，谈论天气，谈论前一天晚上所看的电视节目。在公园里边遛狗边散步的时候，我尽量不去查阅电子邮件（但我的确会发照片到网上）。无论天气如何，我都会出去遛狗，散上三英里左右的步。我不会与别人谈论自己的工作，而与我一起遛狗的那些人中，绝大多数也不知道我从事的是什么工作。他们称我为"贾斯珀的妈妈"（这可是我最喜欢的一个称呼）。

这些年来，在遛狗的公园里，我结识了许多朋友。在圣地亚哥，我去的是黛玛遛狗海滩；在华盛顿，我去的是林肯公园和国会公墓；而在纽约，我去的则是中央公园（上午九点钟以前，可以把狗狗的项圈松开，这可是曼哈顿的最妙之处）。在那里，人们通常都不会谈论政治，不过，也有例外。

一些没有从政却关注并热爱政治的人，都很喜欢找个人来聊一聊。在公园里遛狗时，偶尔会出现这样的情况：若是一位遛狗者认出了我，或者我在与人交谈的过程中最终暴露了自己的工作性质，那么他们便会想要了解一些当下的新闻，并且有时还想要与我争论一番。虽说我有很多不同的办法来回避这样的讨论，但这样做往往并不容易。有的时候，我就只能直言不讳了。

在中央公园，有一个与我同住一栋楼的男士，每天早上都会带着自己养的那两条可爱的小狗到公园里来遛遛。他很有钱，在金融行业的高层领域里工作。我之所以知道他很有钱，是因为他在交谈中会自然流露出这一点来。

他并不是在炫耀，因为这完全是一种事实。对他来说，有钱就像是我长着一对蓝色的眼睛那样自然呢。

他认出我在布什主政时的白宫和福克斯新闻频道都工作过。他一直都在自己的公寓里，替一些大额募捐机构招待大量的民主党人，因此想提一提他结交的一些人，好让我记住他。我一边微笑，一边点头，但没有流露出想跟他讨论的意思。我不想卷入任何争论当中去。好几个星期里，他都想方设法地激我，可我每次都很有礼貌地推掉了他的提议。

很快，我便开始躲避，不想见到他了，可狗狗毕竟是狗狗，贾斯珀却很喜欢和他养的小狗玩，因此有时我也没法不与他攀谈攀谈。有一天，在度过了一个新闻报道特别多的星期之后，我看到他径直朝我走了过来。那天天气晴朗，之前的潮湿一扫而光，因此我只想散上一个小时的步，好好享受一下那个早上。看到他后，我马上紧张起来，想找别人跟我交谈，可他朝我挥舞着双臂，想引起我的注意，还说他非常想跟我谈一谈。

我终于崩溃了。我举起一只手来，说道："对不起，在公园里遛狗的时候，我是不会谈论政治话题的。"

"可是，我们有很多有趣的事情可以谈啊……"

"不，我是说真的。我不会在这里谈论政治的。除了政治，其他什么东西都可以聊。"

这话似乎伤着他了，我也觉得很不舒服。他说，他只是喜欢听我说一说自己对当天新闻的看法。但我必须划出一条界线来，才能确保政治不干扰到我真正喜欢的一个地方，即遛狗公园里的礼貌气氛。

自那天起，我的那位邻居在公园里便再也没有提出过政治话题，而我们也非常愉快地东聊西聊……聊的都是无关紧要的事情。这才是度过一个早上的最佳方式，而如今我再去遛狗的时候，也真的希望再看到他了。

毫不掩饰的礼貌

布什政府下台三年之后，我在曼哈顿的邮筒中收到了一封信，信封呈米黄色。上面的笔迹看上去熟悉得很，可起初我并没有想起写信的是谁。我已经很久没有收到来自白宫社交办公室的邮件了。这封信，是奥巴马总统和夫人邀请我前去参加布什总统和布什夫人肖像的正式揭幕典礼。收到这种邀请本是一种荣誉，可我并不想去参加。

此时，我正在全职主持《五人谈》节目，住在纽约市里，跟华盛顿几乎没有什么联系了。作为一个对现任政府持批评态度的人，尽管我在批评时相当谨慎，但我还是觉得，接受新政府的款待可能会让我显得很虚伪。我决定不去参加，但那天晚上醒来后却想，倘若布什总统去了，观众中却没有他最强有力的支持者，那么对他来说就不公平了。于是，我改变了主意，向节目组请了一天的假。然后，我给卡尔·罗夫打了个电话，请他做我的同伴。这可是我们自2009年1月以后，第一次回到宾夕法尼亚大街1600号①呢。

白宫有许许多多的神奇之处，那一天自然也不例外。我们见到了许多多年都没有见面的朋友。奥巴马夫妇实际上是给了我们一次重聚的机会，而他们这样做，也显得非常大度。

卡尔和我，坐在时任中央情报局局长的大卫·彼得雷乌斯将军边上。当时华盛顿有一种谣传，说奥巴马和彼得雷乌斯之间关系不好，彼此不大说话。我悄悄地对他说："您愿意我把您介绍给奥巴马总统吗？"将军微笑着，朝我眨了眨眼睛。这种气氛，与过去那些旧日时光何其一样啊（当然，我们可再也没有要回去工作的那种压力了）。

仪式开始后，另一位总统却抢走了风头。前总统乔治·H. W. 布什虽然已

---

① 宾夕法尼亚大街1600号（1600 Pennsylvania Avenue），美国白宫的门牌号码。

届八十八岁高龄，却像明星一样，吸引了众人的目光。他坐在轮椅上，被人推着进了东厅，人们纷纷站起来向他鼓掌致敬。他对大家挥了挥手，并且炫耀了一下自己穿着的那双色彩亮丽的袜子。他起身站了一会儿，任由我们给他加油打气。

老布什身上的那种持久魅力，部分便在于无论走到哪里，当大家都热烈而发自内心地欢迎他时，他总是显得很惊讶。比如，有一次我们在休斯敦出差的时候，总统办公室主任让·贝克建议我们都出去吃晚饭。我们并没有预订餐位，因此老布什说，他觉得我们在餐馆里可能找不到空位。我却说，他到世界上哪个地方都找得到吃饭的空位子呢。可当我们走进餐馆后，餐馆那位年轻的女老板却没有认出这位名人，说里面没有空位了，但可以帮我们在餐馆外的露台上摆张桌子（当时，室外气温华氏50°呢）。

老布什总统把手放在我的肩膀上摇了摇，说道："看到了吧。我跟您说过，没人记得我了。"可差不多就在那时，餐馆里的一位老主顾转过身，开始鼓起掌来。其他顾客也纷纷鼓掌，很快，整个餐馆里的人便全都站起来了。我用胳膊在他的腰上顶了一下，说："看到了吧，我跟您说过，他们会记得您的。"大家不难想到，然后我们就有吃饭的位子了。

在白宫里，当工作人员宣布奥巴马总统和第一夫人携同小布什总统夫妇到来之后，我们便在各自的座位上就座了。两位总统的演讲都很亲切，而布什总统的发言更是感人至深，又令人捧腹。在演讲中，他一再确定奥巴马夫人知道要把他的肖像挂在哪里，以便在英国人万一再次把白宫焚毁的时候，她能够像多莉·麦迪逊抢救乔治·华盛顿的肖像画那样，把他的画像抢救出来①。

仪式结束之后，大家都开始漫无目的地到处走动，来宾都被邀请前去国

---

① 美国的白宫在第二次独立战争（1812—1815年）期间曾经被英军放火焚毁（具体时间是1814年8月）。当时担任美国第四届总统的是詹姆斯·麦迪逊（James Madison，1751—1836），他的妻子多莉·麦迪逊（Dolly Madison，1768—1749）为保卫华盛顿进行了杰出的战斗，还保护了许多的政府文件和华盛顿的肖像画。

宴厅里参加一个招待会。卡尔和我正在闲聊，有时还向一些我们在这些年里认识的白宫工作人员挥手致意。我以为大家正在被人领着走向出口，可实际上却是在排队，等着和两位总统合影。

我拽着卡尔的衣袖，说道："算了吧，我们不该去，太不合适了吧。"

卡尔回答道："哦，不会，不会有问题的……"就在我打算抽身而去的时候，我们却已经来到了队列的最前头。

奥巴马总统一边热情地问候卡尔，一边对布什总统说："就是这个家伙，想让我的肖像画早点儿挂在这里呢！"

他们握手的时候，布什总统看到了我。他伸出双臂拥抱着我，并在我的额头上亲吻了一下。然后，他看着奥巴马总统说道："这位是……"

奥巴马总统说："哦，您不必告诉我。大家都很喜欢达娜，可我也有杰伊·卡尼①呢。"他既是开玩笑，也是在拿我开心，于是我们全都笑了起来，交谈了一会儿，然后我们才迅速进入接待区，当时，老布什总统正在那儿的壁炉旁边，接受大家的致敬。

那一天，我再次获得了一个时时都会回想起来的教训：把自己的焦虑情绪映射到别人对我的看法上，通常都要比现实情况消极得多。幸好，人们不一定像大家可能认为的那样具有党派偏见。至于这次我其实不愿参加的盛会，它必定会在我一生中最为难忘的时光中占有一席之地。而且，那天人们对整个布什班子所表现出来的谦恭有礼，我也会永远心存感激。

① 杰伊·卡尼（Jay Carney，1965—），美国政治家、记者，曾于2011年被任命为白宫的第二十九任新闻发言人，后于2014年辞职。

第七章

———

坚持真理，无所畏惧

坚持真理，无所畏惧

我为什么会是一个保守主义者呢？

这是我经常被人问到的一个问题。我不知道自由主义者是不是也被人问过，要他们解释自己为何是自由主义者，好像自由主义是一种正常的状态，而保守主义则是一种不正常的状态，必须加以审视和辩护才行似的。

当我被人问到这个问题的时候，提问者通常都带有某种怀疑之情，甚至是蔑视："您怎么可能是一位保守主义者呢？"

实际上，在我看来，这是个很容易回答的问题。

我不知道人们是生来就拥有某种世界观呢，还是说他们的思维是所处环境的产物。如今，许多大学都在研究，想要弄清这个问题（研究人员很可能还希望，能够借此找出纠正保守主义的办法来）。而问题的答案，很可能是两者都有。

与绝大多数保守主义者一样，我的成长道路也有点儿曲折。在我长大成人的过程中，周围的人多半都持有保守主义或者自由主义的观点。我所认识的自由主义者，在这个方面都相当保密，或者说，我起码不记得当时这个方面很严重。那个时候，我还不明白新闻媒体的观点有多自由，但如今一段段地回想起来，我却深感惊讶，因为在看过了那么多的新闻之后，我却仍然是一个保守主义者。

我真正关注的第一场总统大选，是1988年乔治·H.W.布什对阵迈克尔·杜卡基斯的那场竞选。在长大的过程中，我非常崇拜罗纳德·里根和时任副总统的布什。因此，倘若当时年纪够大的话，我就会投票选举老布什。他最终赢得了大选，让我觉得非常高兴。

但四年之后，我在上大学的时候，却差点儿投了比尔·克林顿一票。我曾经参加了他在科罗拉多州普韦布洛举行的一场竞选集会。虽然不记得当时克林顿说了些什么但我如今还记得集会上那种热烈的气氛、《我漫步在阳光下》那种悠扬的音乐以及一切令我觉得新颖而乐观的东西。它有点儿像是希望……哦，还有变革（后来我才知道，所有竞选活动都会想方设法令人产生这种感觉，因为没有人会带着绝望之情或者维持现状的想法去参加竞选）。我的心里，并没有什么客观存在的理由要去支持克林顿。之所以想那样做，我更多的是希望因此而获得新的活力，希望感受某种新的东西。后来我也得知，这个方面可能是很具吸引力的，并且，它可能也是很危险的。

第一次在总统大选中投票，对我来说非常重要，那是一个重要的时刻。我以为自己的抉择将会决定我未来的某个方面（我曾以为，要是投票支持一个政党的话，以后就会永远与那个政党绑在一起了，这完全是无稽之谈，可我当时却对此激情满怀呢）。于是，我便开始阅读更多关于政策立场的书籍，并且开始在政治课上参加与两位总统候选人相关的辩论。这是一种艰难的抉择，可最终我还是投了老布什的票。我相信他。他竞选失利后，我还觉得非常失望呢。

当时，我的政治见解还没有定型，可由于兴趣以及赖以谋生的工作，我的政治见解如今多少变成我的特点了。起初我大学毕业并暂时在新闻行业开始工作的时候，我会掩饰自己的保守主义倾向。我可不想与那些发自内心地反对保守主义者的人发生冲突。我甚至都不知道："我究竟哪里错了呢？"

不过，正如你们在本书第一章中看到的那样，看了佩吉·努南所著的书后，我便找到了自己意识形态的基础，并且对我的信仰日益有了信心。慢慢地，我便不再害怕谈论自己的信仰了。

我之所以是一个保守主义者，是因为比较起来，其他的一切似乎都很容易。而某件事情若是太过容易的话，就会因为太过美好而显得不真实，或者说它必定有所欠缺，必定会令人失望。我并没有被可以替代保守主义的那些东西所折服，因为我更倾向于接受事实、逻辑和现实，而在我看来，自由主义却是建立在理论、情感和幻想的基础之上呢。

我尊重传统，从历史中汲取教训，并且遵守着那些帮助我理解世界的道德规范。因此，我当然会排斥那些随环境而变的道德规范。我有自己的标准，并且会坚持这些标准。比如说，保守主义让我能够充分表达出自己对个人而非国家的支持，并且能够让我对自我管理和自我责任的信仰，不会与我所支持的政策产生矛盾。

做一名保守主义者，根本没有限制我的行为和思想，而是让我拥有了巨大的自由。我是根据一整套基本原则来约束自己的思想的。我会聆听别人的论点，甚至还会被别人说服，因为我很乐意被别人说服。不过，你们必须向我证明你们的论点才行。道貌岸然也好，冷嘲热讽也罢，都不会改变我的想法，只有证据，才会让我改变。

尽管每个人所遵循的基本原则不一样，但我发现，绝大多数保守主义者所用的方法，都与我的方法相同。据我的经验来看，自由主义者必须查验许多方面，提出像"您信仰这个吗，信仰那个吗，信仰别的吗"这样的问题之后，才能将别人归入自由主义者的行列，而且，他们也非常刻板，使得他们在辩论中很难有获胜的余地。他们都是些教条主义者，一方面依赖伪善，另一方面又罔顾事实。我发现，那样做是很不招人喜欢的。而我也见过，当基本的事实与现实情况不符时，自由主义者便会猛烈抨击保守主义者，说后者"卑鄙无耻"，好像那样做就可以解决问题似的。他们的这些论调，和孩子们与父母争吵时一样，就像是在说，保守主义者之所以卑鄙无耻，是因为他们不肯给自由主义者买第三个冰激凌似的。但情绪改变不了事实，指出他们的这一点来，也并不是"卑鄙无耻"。我希望听到毋庸置疑、实实在在的真理，然后再将自己坚持的基本原则，应用到这些真理上去。

如今，媒体上到处都是关于保守派的漫画，但其中描述的那些怒气冲冲、残酷无情而又过时守旧的保守主义者形象，却完全与我的经验不符。我发现，绝大多数保守主义者都开朗乐观而头脑清醒，这的确让许多自由主义者都恼怒不已。当然，尽管差不多所有东西都让许多自由主义者恼怒，但没有什么，会比一个乐呵呵的保守主义者更让他们生气了。那就是我在纽约市里穿着"乔治·W.布什学会"的夹克自豪地到处跑时，总是面带微笑、与他人打招呼的原因所在。人们看到我的样子时，都会忍不住多看两眼，我很喜欢这种感觉呢。

身为保守主义者，并不意味着我会拒绝妥协。我的天性就是寻求与他人达成一致意见，就是让人们团结起来，并且帮助他们认识到，他们身上的共同点比自己所想的要多。我觉得，用这种方法能够更好地赢得辩论。并且，我也经常发现，在这一领域里，保守主义者比左翼分子所做的"让步"要多得多。

就其本质而言，保守主义者是富有同情之心的，而这一点，也正是将我吸引到乔治·W.布什总统身边的原因之一。保守主义者既仁慈，又宽厚，并且始终、始终都更愿意嘲笑自己（是的，我们的确有许多可以嘲笑的地方）。我很理解，有些保守主义者为什么会不喜欢布什总统那句"富有同情心的保守主义者"的竞选标语，没准儿是因为他们觉得这句话有点儿多余吧，可我完全同意这种说法，并且它也为我打开了一扇大门，使我能够更加积极地参与到公共事务当中去。

做一名保守主义者，让我明白了许多事情。它也给了我自由，使得我的心灵变得自由自在。因此，我的心中也就更加敞亮了。这是上帝恩赐给我的一份礼物，我觉得，我们必须与世界各国的其他人分享这一礼物才是。

此外，我还很喜欢立于不败之地。只要问问彼得就知道了。

还有一点

在别人给我的所有建议当中，我最喜欢的，就是玛格丽特·斯佩林斯让我"别耍姑娘脾气，成熟一点儿"的那一条。因为这句时髦话里，隐含着许多忠告。她是在告诉我，不要再烦恼得要命，要把自我怀疑之心通通抛开。她提醒我，别人已经给了我一个出类拔萃的机会，而要不要出类拔萃，则是我自己的选择。

在写作本书的过程中，我还记起了另一件事情。那一次，我在别人的推动下，摆脱了羞涩，变得大方勇敢起来了。那是在一场新闻颁奖晚宴上，我代表托尼·斯诺坐在贵宾席上，因为他当时正处于探查手术恢复期。我心事重重，明白我们坐在那儿听别人演说的时候，该做的工作却正在越积越多。我只想晚宴早点儿结束，只想早点儿离开颁奖台。当晚宴主持人向我致意的时候，我只是稍稍起了一下身，几乎连头都没抬地冲人群点了点头。我觉得很难为情，好像我根本不该坐在那里似的，因为我当时还只是一个代理新闻发言人。

晚会结束后，来自弗吉尼亚的资深参议员约翰·沃纳向我挥了挥手，要跟我说上几句。

他说："我看到您坐在那里，我也知道您觉得很不自在。不过，还是请您允许我冒昧地给您提一条小小的建议吧：您瞧，今天晚上您在这里的位子是您自己努力得来的。以后您将会出席更多的这种场合。因此，当主持人叫到您的名字之后，您应当自豪地站起来，对人们露出灿烂的微笑，并且挥一挥手，给他们一个鼓掌的理由。他们希望替您感到高兴。因此，不妨让他们得意得意呢。"

他那么关心我，真是一个好人。我明白他的意思，可我当时对自己的看法却不是那样。尽管觉得那样不太自然，我还是照他说的去做了。慢慢地，我开始变得更加自在，开始喜欢上时不时地到聚光灯下去露上一面了。我很感激约翰·沃纳和许多其他的人。他们给我的建议，都会帮助我不断进步并喜欢上自己的工作。他们把在职业生涯中学到的一些经验教训传授给了我，而如今能够把自己的经验教训同样传达给其他人，对此我也心存感激。

在成长的过程中，所有的良师益友都给了我帮助，让我获得了如今自己需要的大部分成就。这种成就，我称之为"有效的静思"。与世界上的千百万人一样，我也曾受到"静思祷告"[1]的鼓励，它让我平静下来，并且给予我指导。我曾向上帝祷告，请求上帝赐予我信任、勇气和智慧。静思对我来说并不容易，我只能尽力去做到这一点。因此，我曾下定决心，尽量主动地保持镇定、宽容、端庄和谦逊有礼。我寻求的是一种平衡：既反应敏捷，又不恶声恶气，既意志坚定，又不咄咄逼人，既能体谅他人，又不是一个轻易能被打败的人，并且，始终都要带着幽默感，用一种健康的自信之心，来看待我在这个世界上那种微不足道的作用。

在很长一段时间里，我都没有一种明确的、属于我达娜的理论来说明这种方法。因此，它更像是一团乱麻。后来，有一天上午，我在参加完一场演讲活动，回到旅馆里去睡觉的时候，看到旅馆员工在我的枕头上放了一张禅修卡片，上面印着一则佛教偈语（这样的东西，会让盖特菲尔德不以为然

---

① 静思祷告（the Serenity Prayer），基督教最有名的一种祈祷词，1934年由美国神学家兼思想家尼布尔（Reinhold Niebuhr, 1892—1971）所创，在第二次世界大战期间曾被印刷四千万份，广为散发。祷词内容为："上帝，/请赐予我平静，去接受我无法改变的，/请给予我勇气，去改变我能改变的……"，亦译"尼布尔祷词"或"尼布尔祷文"。

的）。偈语说："要慎言。说话时，要说能够触动心弦的温柔之语。要真诚。要表达出友善之情。要远离虚荣。禅修之道，即在于此。"

看到这些偈语，我非常惊讶、非常激动，因为它们完全说中了我正在尽力让自己的人生过得最有成就和最为幸福的方法。我把那张卡片随身携带了好几个月，后来又把它钉在自己的药箱里面。如今，每天早晚刷牙的时候，我仍会看一看这张卡片上呢。卡片有点儿旧了，但上面的话语却会永不过时。早上，它会帮助我确定当天的生活目标，到了晚上，倘若我没有达到要求（通常都是因为鲍勃·贝克尔惹我生气了），它又会提醒我原谅自己。

2009年1月20日早上，我动身前往白宫，去度过布什政府最后几个小时的任期。由于当天要举行新总统的就职典礼，出于安全考虑，所有道路都被封堵了，所以我只能乘坐地铁。地铁里的乘客，几乎全都是前往国家广场，去见证奥巴马总统宣誓就职的。他们全都兴高采烈，而我也由衷地替他们感到高兴。没有人认出我来，也没有人知道，我正在前往白宫，去完成自己在白宫里最后四个小时的工作任务。这就像"灰姑娘"即将在午夜时分到来，而地铁列车也即将变成一个南瓜似的。

我走进新闻办公室，核对了一遍已经被召集到新闻发布室里的记者名单。大家都已经做好了准备，静候着奥巴马夫妇的到来。我给记者和职员们拿来了最后几盒白宫发给我的M&M's牌花生豆，不停地跟他们说再见。我们已经共事多年了，是他们帮助我适应了这一工作。

我的最后一站，就是总统办公室。布什总统坐在那里，正在打最后几个告别电话。他已经按照传统，写好了给新任总统的信，并将信放到了办公桌的抽屉里，收信人写的是"第44任总统"。

我走了进去，他用一只胳膊拥抱了我一下，说："您知道，第一天就任总统的时候，我走进这里后就说过，我希望能够正视自己，希望能够说，我每天都信守了自己为三军总司令特权而定下的那些原则。我觉得，我是做得到那一点的。"他捏了捏我的肩膀，我的鼻子开始发酸，好不容易才忍住，没有流下自豪而怀念的泪水。

　　接着，总统说他准备绕着白宫的南草坪最后散一次步，然后再去与布什夫人会合。他离开总统办公室的时候，白宫摄影师艾瑞克·德雷珀给他拍了最后一张照片。我一直深深地铭记着那个时刻，因为一位了不起的总统走了。

　　过了几个小时，在就职典礼结束之后，我们又与他不期而遇了，这一次，则是在安德鲁斯空军基地。即将登上飞机的时候，他和我对视了一眼，那架飞机，将把他送回得克萨斯州，送到一个他称之为"乐土"[1]而布什夫人则称之为"来生"的地方去。他把我叫过去，然后双手捧着我的脸，弯下腰来，在我的额头上亲吻了一下。我觉得好像一切都已结束似的，而事实上也的确如此。不过，许多东西也在这一时刻开始萌芽，而这一点，始终都是一个好消息。我已经做好准备，来迎接这个好消息了。

---

　　① 乐土（Promised Land），原指《圣经》故事中上帝赐予亚伯拉罕及其后裔世袭的迦南之地。亦译"应许之地""希望之乡"等。

致　谢

　　2009年夏季，在一趟火车上，我曾经记下了一些想法，准备要写一本书。然后，我将那一页纸撕下来，放进了自己的钱包，后来就忘掉这事儿了。

　　三年以后，当肖恩·德斯蒙德和我一起忙于出版《抉择时刻》一书的时候，他问我说，有没有想过要写一本书。我说还没有认真考虑过这事儿，并且给他说明了几点理由。可接下来，我就想起了自己所写的那张纸。他说："把这个给我吧。"然后便开始做准备工作，打算出版我想写的书。我很感激他的尽心尽力，感激他始终如一的指导，感激他那种谐而不谑的幽默感。肖恩、苏珊和丹尼尔一直都在鼓励我，要让我这本书变成他们一家人的作品。

　　"十二出版部"①的出版人德碧·富特从一开始就很信任我和肖恩，并且给了我们充分发挥的空间。宣传主管布莱恩·麦克伦登一说他很喜欢我的小狗，便立即赢得了我的好感。凯瑟琳·卡萨利诺和我一起设想出了封面，而且她还非常了不起，精心选定了摄影师米兰尼·德尼亚。利比·伯顿为本书所做的编辑工作，既具体仔细，又巧妙高明。她是一个能够揣摩别人心思、

---

　　① 十二出版部（TWELVE），桦榭出版集团（Hachette Book Group，缩写为HBG）美国分公司旗下大中出版社（Grand Central Publishing）的一个出版部，其出版的图书上都带有TWELVE的标志。

前途无量的人。还要感谢保罗·萨缪尔森和托尼·福尔德两人，因为替一位前白官新闻发言人打理公共关系并不轻松，可他们却干得非常出色。还有，琼·马修斯和玛丽·奥田的文字编辑工作，也帮了我的大忙。

鲍勃·贝内特和我已经合作过多年，主要是为了其他一些作者而共事。与肖恩一样，甚至还在我动手撰写之前，他就对本书的前景深信不疑了。他提出的一些建议，让我受益匪浅。因此，有的时候我还很苦恼，觉得自己实际上全是在依赖他。

保罗·毛诺是大家都未听说过的一位最优秀的编辑和作家。他和夫人琼·麦克诺顿，是我在格雷格·盖特菲尔德那里偷偷结交的两位朋友。虽然保罗白天的工作任务非常繁重，可在有限的空余时间里，他还是为本书编校了三稿，并且在页边添加了许多评语，让我读后忍不住哈哈大笑。我简直不知道要用什么样的话语，才能表达我对他的感激之情。

在我信得过的读者中，有下面这几位：蒂姆·切斯和米歇尔·切斯夫妇、斯宾塞·盖斯辛格、达西·格尔宾和她的儿子约翰、英格丽·亨利克森、杰米·霍洛维茨、巴里·杰克逊、约书亚·麦卡罗、艾米丽·席林格、特蕾西·斯凯伯格和杰夫·斯凯伯格夫妇、唐·斯图尔特以及克里斯·斯蒂尔沃特和玛丽·斯蒂尔沃特夫妇。

我在布什政府里的许多朋友一直都在陪伴着我，而尤其需要感谢的，是汉娜·阿布尼、查尔斯·布拉豪斯、特雷·博恩、弗雷迪·福特、托尼·弗拉托、基思·亨尼西、肯·利萨伊斯、珍妮·马莫、迈克·米斯、布伦特·麦金托什、比尔·麦克古恩、斯科特·史坦泽和劳尔·亚内斯。

尼古拉·华莱士也对我进行过鼓励，他把我当成一位作者，而不是只把我当成另一位正在撰写一本书的新闻发言人。

克里斯·伯恩、雷切尔·埃利斯、斯图亚特·西西利亚诺和卡尔顿·卡洛尔这几位，都曾帮助我回忆起了自己在白宫工作期间的一些细节情况。

在本书中，我还涉及了《五人谈》节目里那些联合主持人的情况，除了要感谢他们每天都让我开怀大笑之外，我还要感谢福克斯新闻频道里的一些人，因为他们不但给了我一个尝试的机会，而且非常支持我实现其他的追求。他们是：罗杰·艾尔斯、比尔·夏恩、苏珊娜·斯各特、黛安妮·布兰迪和约翰·芬利。

肖恩·汉尼提是我离开白宫之后，第一个邀请我去福克斯新闻频道主持节目的人，而自那以后，我们就成了要好的朋友。梅格恩·凯利和她的先生道格·布伦特，对我的这本书也非常热心。节目组里的员工、化妆师和发型设计师，都是我的一些好友，我也很欣赏他们的本领。

我尤其要感谢的，就是盖特菲尔德。他给我打了一针强心剂，让我在语言方面字斟句酌，并且非常信任我的写作天分。我在写作的时候，就像走钢丝那样战战兢兢，而他就是我身下的那张保护网。在我碰到问题的时候，他也非常有耐心。他的嗜好和最了不起的天赋，就是写作。我们都深感幸运，因为他也很乐意在电视节目里与我们一起分享这些天赋。

我无论怎样感谢都不过分的两个人，便是乔治·W.布什总统和第一夫人劳拉·布什。在八年的时间里，我从他们身上学到了很多的东西，比如政治方面的经验、忠诚方面的教训和爱心方面的知识。他们都是杰出的领导人，而我也非常清楚，如果没有他们提供的机会，没有他们对我的信任，此刻我就不会撰写本书。

我的母亲简·佩里诺阅读过本书所有的稿次，并且对其中的错别字有着敏锐的眼光。我的父亲利奥和姨妈帕蒂·苏·舒勒则帮助我描述了整个家族在美国的创业史。我的堂弟普雷斯顿在骑马的时候，回答了我提出的一些问题。我的妹妹安琪·马霍克则是我的最佳支持者，完全应当荣获奥斯卡奖呢。

最后就是彼得，他是我一生的爱人，自从1997年在一架航班上与他挨着坐了之后，我便嫁给了他。那时我还从未见过布什总统呢，因此，如今这种生活，可是我们当时根本没有想到过的。彼得给了我很大的成长空间，并且一直满怀热情地支持着我，跟着我一会儿搬到这里，一会儿又搬到那里，还任劳任怨，承担了大量既耗时又令人心烦，并且本来不该由他去干的家务。

正是因为他，我才享受到了喂养两条匈牙利维兹拉犬的乐趣，小狗亨利在2012年差不多十四岁大的时候死掉了，而如今的贾斯珀则是一条模样傻乎乎的幼犬，给我的粉丝和支持者带来了无尽的欢乐。

迄今为止，我的生活都很幸福，而这种美满的生活，也在不断地感动着我。

作者简介

达娜·佩里诺既是美国福克斯新闻频道的撰稿人，也是《五人谈》这个全美最受欢迎的有线电视节目的联合主持人。佩里诺是第一位担任白宫新闻发言人的共和党女性，她在乔治·W.布什总统主政期间的美国政府中的任职时间，长达七年多。其间，她还在"9·11"恐怖袭击事件发生后，到司法部工作过。目前，佩里诺与丈夫彼得·麦克马洪带着他们养的那条小狗贾斯珀，一起居住在纽约的曼哈顿。

关于"十二出版部"

　　"十二出版部"是2005年正式成立的，其目标是限定每年出版的图书不超过十二部。我们努力做到只出版单行本，出版由那些拥有独特视角和令人瞩目之权威性的作者所撰写的图书。也就是说，只出版那些阐述我们的文化，具有教育性和启迪性，能够引人深思，并且具有娱乐性的作品。我们力图建立不同的沟通团体，使之能够围绕我们出版的图书来进行沟通。有才华的作家，不但值得出版商来关注，也值得读者来关注。出售这样的图书，仅仅是我们使命的开始。让读者的生活因这些作品中的营养所充实，并在这些读者中培养出热心的听众来，才是我们的终极目标。

　　如欲了解"十二出版公司"即将出版之图书的更多情况，敬请访问网址：www.twelvebooks.com。